AF221338

MARCVS CARACALLA

...

DIE WIEDERGEBORENE

...

EIN ROMAN AUS BIBLISCHER ZEIT

Herstellung und Verlag:
BoD - Books on Demand, Norderstedt

ISBN 9783753482576

Auch habe ich meinen Bund mit ihnen aufgerichtet, dass ich ihnen geben will das Land Kanaan, das Land, in dem sie Fremdlinge gewesen sind.

2. Mose 6,4

Ihre Eltern waren sehr aufgeregt, gewiss aufgeregter als sie selbst.

Abba hatte am vorigen Abend dem aufsteigenden Sikkul ein weißes, ganz makelloses Böcklein geopfert, für das er drei gute Ochsen geben musste. Und Ma hatte die Nacht mit Flehgesängen verbracht, über denen Kinna nicht hatte einschlafen können. Als das erste Licht des Tages durch die schmalen Hochfenster drang, rief Ma sie endlich. Ihre Augen waren rot und verschattet, doch sie lächelte.

„Steh auf und zieh dich aus, Kind. Heute ist der große Tag meiner Tochter."

Gehorsam zog Kinna ihr Unterkleid über den Kopf und entblößte den Leib eines Wesens zwischen Kind und Frau.

„Ist kalt," protestierte sie und verschränkte die Arme über der Brust.

„Es muss sein," erklärte Ma. Sie tauchte einen groben Schwamm in den tönernen Bottich und begann Kinna abzuschrubben. Diese stieß kleine Schreie aus, doch es half nichts. Kinna wurde von oben bis unten abgeschrubbt, bis ihre Haut glühte.

„Jetzt ist meiner Tochter warm," lachte Ma. Danach trocknete sie Kinna gründlich mit frischen Leinentüchern ab.

„Ich hab etwas besonderes für dich, Kinna."

Ma zog ein Döschen hervor.

„Was ist das?" fragte Kinna.

Ma hob den Deckel ab. Ein berauschender Duft schlug Kinna entgegen.

„Das ist aus dem Land der Sphinx, aus Ägypten. Sag Abba nichts davon. Riech mal."

„Wie gut das riecht!"

Ma lachte. „Das sollte es aber auch. Ich hab es gegen unser Frauenkleid eingetauscht."

Kinna riss die Augen auf.

„Unser Frauenkleid? Das Kleid, das meine Mutter von ihrer Mutter bekam und jener von der ihren und so fort bis ins fünfte Glied hinein, da unser

5

Stamm in diesem Land sesshaft wurde am Fuße des Hauses der Häuser?"

„Ja," bestätigte Ma. „Das Kleid, das aus der Wolle von den Schafen des Baal Baruk gewoben und mit dem Blut des Himmelsbullen gefärbt ist."

Kinna atmete tief ein. Tränen standen ihr in den Augen.

„Das Kleid, das meine Mutter mir schenken wollte, wenn ich die erforderliche Zahl an Tagen meines Leben vollendet hätte?" fragte sie leise.

Ma drückte ihr den Finger auf den Mund.

„Hör mich an, Kind. Vor einem Mond habe ich geträumt," sagte sie leise, „dass Avlas Auge auf meine Tochter fiele und dass er Wohlgefallen an ihr fände und dass sie in seinem Haus wohne und die Göttersöhne ihr huldigten. Ich sah dich auf einem goldenen Thron und du warst gewandet mit einer Robe von grünlicher Seide, die wie das Meer schimmerte."

„So etwas hast du geträumt?" fragte Kinna mit tränenerstickter Stimme.

„Oh ja. Aber es war mehr als ein Traum, es war ein Schlafwort des Baals. Denn als ich an jenem Morgen erwachte und vor das Haus trat, fand ich auf unserer Schwelle die Heuschrecke, das Zeichen deiner Erwählung. Und da wusste ich, dass meine Tochter das Frauenkleid unserer Sippe niemals tragen würde. Und so tauschte ich es gegen den Duft aus dem Land der Sphinx ein und tat es leichten Herzens."

Mit diesen Worten reichte sie ihr die kleine silberne Heuschrecke.

Nachdenklich betrachtete Kinna das zauberhafte Ding auf ihrer Handfläche. Mit ihm beschenkte der Baal Jahr um Jahr jene Töchter der Stadt, die er als Ehefrauen in Betracht zog. Seit zwei Jahrzehnten suchte er so vergeblich eine Gattin. Gegen Ende des Sommers wurden dreiunddreißig Erwählte vor das Haus der Häuser geführt. Der Hohepriester des Baals wählte unter ihnen die vorzüglichste aus. Diese wurde

6

dann in das Haus des Baals gebracht und von jenem selbst einer geheimen Prüfung unterzogen.

Kinna biss sich auf die Lippen. Sie dachte an die Mädchen, die diese Prüfung nicht bestanden hatten, die Verworfenen. Auf einem hohen, mit Silberplatten beschlagenen Wagen brachten die Göttersöhne sie aus der Hohen Pforte zum Tempel des Baal Ashuri, der über die Graue Öde herrscht. Das Volk schrie und klagte bei diesem Anblick verzweifelt. Die Männer zerrissen sich die Gewänder und die Weiber zerkratzten ihre Brüste und Wangen. Denn Avlas würde nun ein weiteres Jahr ohne Weib bleiben müssen und die Hoffnung, dass Bitot bald ein neuer Gott geboren würde, der irgendwann an seines Vaters Stelle die Stadt vor den Angriffen der Shasu beschützen konnte, war für ein weiteres Jahr verloren.

Ma erriet die Besorgnis ihrer Tochter.

„Du darfst keine Angst haben, Kind. Ich bin sicher, Avlas wird Gefallen an dir finden."

„Ja, aber… Es sind so viele andere Mädchen da. Viel schönere als ich…"

Ma reichte ihr die weiße Robe der Erwählten. Als Kinna sie übergestreift hatte, streichelte ihre Mutter ihr zärtlich über die Stirn.

„Du darfst keine Angst haben, Kind," wiederholte sie. „Als ich unser Kleid verkaufte, brachte ich das größte Opfer, das ich geben konnte. Denn ihm gab ich dich, meine einzige Tochter. Und doch war der Preis gering. Denn du weißt, mein Kind, Avlas, der Herr der Häuser, und Efrati, sein Mund, kamen ursprünglich aus dem Land der Göttin Sphinx. Wenn sie ihren Duft an dir wahrnehmen, werden sich ihre Herzen öffnen."

„Aber was, wenn der Mund mich zwar vor den Baal ruft, aber der Herr der Häuser mich dennoch verwirft...wenn ich die Prüfung nicht bestehe wie die anderen..."

Wieder kamen Kinna die Bilder der verworfenen Mädchen ins Gedächtnis. Leichenblass waren sie, als die Göttersöhne sie vom Wagen hoben und in den Tempel des Baal Ashuri schleppten. Von dort mussten sie lebendig ins Totenreich gehen, um dem Ödlandbeherrscher zu dienen, bis der Tod sie selbst von einem Leben in Finsternis und Kälte erlöste.

Kinna zitterte. Wieder war sie den Tränen nahe. Ihr Herz war zerrissen, ihre Seele entzwei. Einerseits wünschte sie sich wie alle Mädchen Bitots nichts mehr, als die Ehefrau des Baals zu werden. Auf der anderen Seite erfüllte sie die Vorstellung, ins dunkle Land reisen und der Sonne, Ashair, auf immer Lebewohl sagen zu müssen, mit Grauen.

Flehentlich wimmerte sie. „Vielleicht werde ich gar nicht erwählt und kehre zu meinen Eltern zurück, dass sie mich einem Sterblichen zur Frau geben. Es ist ein geringes Unglück, die Mutter von Menschen zu sein. Und es wäre in diesem Fall zweifellos besser gewesen, wenn meine Ma nicht unser Kleid getauscht und Abba nicht ein weißes Böcklein um den Preis dreier, guter Ochsen erstanden hätte. Denn was werde ich ohne ein Frauengewand anfangen? Man muss ein neues anfertigen, aber wie soll..."

Mama fing mit der Fingerspitze eine Träne Kinnas.

„Schhh, still Kind. Meine Tochter wird im Haus des Avlas wohnen und die Göttersöhne werden ihr huldigen", wiederholte sie zuversichtlich. Sie tröpfelte das Duftöl auf ihr Haar und verteilte es mit einem knöchernen Kamm. Darauf nahm sie Kreidepaste und weißte erst Kinnas, dann ihr eigenes Gesicht. Schließlich trat sie einen Schritt zurück und betrachtete ihr Werk.

„Wie schön meine Tochter ist!" rief sie aus und klatschte in die Hände. „Ashair und Sikkul seien gepriesen, wie eine Baalsbraut bist du. Und hör, da kommt Abba. Es wird Zeit zu gehen."

*

8

Die Stadt war bereits in hellem Aufruhr. Menschenmengen drängten sich aus den dichtbebauten Wohnquartieren mit ihren engen Gassen in Richtung des prachtvollen Tempelbezirks. Dieser umgab das Haus der Häuser wie ein kostbarer Gürtel. Von überall tönte das ekstatische Schrillen der Frauen und die hohen Rufe der Männer. Die schreiend bunten Farben der Festgewänder standen im krassen Kontrast zu den kreideweiße Gesichtern der Feiernden.

Abba bahnte seiner Tochter mit dem Hirtenstab einen Weg durch die Menge.

„Schafft Raum für die Auserwählte," rief er wieder und wieder, wobei er seinen Stock bedrohlich niedersausen ließ.

Wann immer man ihrer gewahr wurde, fielen die Menschen vor Kinna in den Staub und verbargen ihr Angesicht. Einige versuchten sogar, den Saum ihres Kleides zu berühren, doch Abba war achtsam und trat und schlug die frevlerische Hände beiseite, war es doch nicht erlaubt, eine Auserwählte zu berühren.

Kinna war wie betäubt. Sie konnte nicht glauben, dass all das ihretwegen geschah, dass sie der Mittelpunkt dieses unfassbaren Treibens sein sollte. Und doch war es so. Sie war eine der Auserwählten und dieser Tag gehörte ihr und ihr allein. Trotz der geweißten Gesichter und Festkleider erkannte sie etliche ihrer Nachbarn wieder und erkannte sie doch auch nicht, da sie sich ganz ungewöhnlich verhielten. Da war der Schmied vom Ende der Langen Gasse. Der sonst wortkarge und ernste Mann schnalzte entzückt mit der Zunge und führte eine Art Tanz auf, wobei er sich unentwegt um die eigene Achse drehte und die Hände in die Höhe warf. Eine dickbusige Amme, die Kinna oft mit wüsten Verwünschungen verjagt hatte, wenn sie durch das Fenster nach den Neugeborenen gespäht hatte, pries lauthals Kinnas Schönheit und verglich sie mit der Sternengöttin Ishtar. Tränen der Verzückung flossen ihr über die dicken Wangen und zeichneten dort ein Netz dunkler Linien.

9

Endlich erreichten sie den Tempelbezirk. Die Straßen waren hier breiter und durchweg gepflastert. Auf dem weitläufigen Vorhof vor dem Haus der Häuser ragte ein riesiger Obelisk von schwarzem Stein empor. Etliche der anderen Auserwählten hatten sich bereits dort versammelt. Soldaten bildeten einen Kreis um den Platz und hielten die feiernde Menge mit Schimpfworten und Drohungen in Zaum.

„Geh," sagte Ma, die Kinna die ganze Zeit gefolgt war. Sie lächelte, doch an ihrem Blick konnte sie erkennen, dass ihre Mutter weit weg von ihr war.

„Ma..." flehte Kinna. Doch ihre Mutter schüttelte den Kopf.

„Geh, Auserwählte, der Baal Avlas harrt deiner."

Dann sah sie sich nach Abba um. Er stand einige Schritte entfernt. Seine Augen waren verweint.

„Oh, Abba," brach es aus ihr hervor. Sie stürzte auf ihren Vater zu, um ihn – vielleicht ein letztes Mal – zu umarmen.

Erst als er entsetzt zurückwich und den Stab wie zur Verteidigung gegen ein wildes Tier hob, erinnerte sie sich an das Gebot ihrer Unberührbarkeit.

„Abba," wiederholte sie traurig.

„Geh, meine Tochter," forderte sie der Vater auf und wischte sich die Tränen aus den Augen.

Die Soldaten ließen Kinna, nachdem sie die Heuschrecke vorgezeigt hatte, mit einer ehrerbietigen Verbeugung in den Kreis. Dort huschte sie, so schnell sie ihre Füße zu tragen vermochten, zu den anderen Mädchen.

Als die Sonne im Zenit stand und der lange Schatten des Obelisken wie ein Zeigefinger auf die Hohe Pforte des Hauses der Häuser fiel, öffneten sich deren gewaltige Flügel. Die Menge wurde augenblicklich still.

Efrati, der Hohepriester und Mund des Avlas, trat hervor. Er war angetan mit einer langen Robe von dunkelgrünem Stoff. Kostbare Edelsteine funkelten auf der Brust und den Schultern des hochgewachsenen

10

Mannes, und goldene Ringe zähmten den prachtvoll gekräuselten Bart von grauer Farbe, der ihm fast bis zum Gürtel reichte. Das hagere, dunkle Gesicht des Mannes war von tiefen Furchen durchzogen, die auf sein hohes Alter schließen ließen. Sein Blick war streng. Abschätzig musterte er das Volk und die Mädchen.

Ihm folgte Elra, der Kommandant der Göttersöhne. Er war ein Riese unter den Riesen mit muskulösen Gliedern, die wie Baumstämme aus einem abgewetzten Schuppenpanzer wuchsen. Auf seiner Glatze glühte eine tiefrote Narbe, eine mannshohe, schartige Keule ruhte lässig auf seiner Schulter.

Während die beiden Männer über den Platz in Richtung der Auserwählten schritten, die angstvolle Blicke nach ihnen warfen, unterhielten sie sich. So vertraulich steckten sie die Köpfe zusammen, als wandelten sie alleine in einem der vielen Gärten Bitots.

Endlich trat Elra vor die Mädchen, die sich ängstlich aneinander schmiegten.

„Bildet eine Reihe", bellte er sie an und bezeichnete mit der Keule eine ungefähre Linie vor dem Obelisken.

Wie ein aufgescheuchter Schwarm von Tauben stieben die Auserwählten auseinander, nur um sogleich wieder auf der Linie, die Elra ihnen bezeichnet hatte, zu landen. Vermeintlich vorteilhafte Plätze wurden besetzt, unvorteilhafte aufgegeben, vertauscht und bestritten. Die Mädchen zwickten einander, zankten sich, schimpften und zeterten.

„Ist gut jetzt!" brüllte der Kommandant verärgert. „Gebt Ruhe!"

Die Auserwählten hielten auf der Stelle inne.

Nun trat Efrati vor sie hin. Er hob die Hände und begann Gebete zu sprechen, wobei er sich langsam um die eigene Achse drehte. Er bediente sich dabei der Heiligen Sprache, die Avlas selbst, so hieß es, ihn

11

gelehrt hatte.

Als die Gebete gesprochen waren, traten drei Göttersöhne aus dem Haus der Häuser. Zwei von ihnen trugen einen Flechtkorb, über dessen Rand zwei kleine Händchen zu sehen waren, die nach der Sonne griffen. Ihnen folgte ein dritter, der eine goldene Schale trug.

Ein fragendes Murren ging durch die Menge. Auch Kinna stockte der Atem. In den Vorjahren war es Brauch gewesen, zum Fest der Auserwählten einen Kriegsgefangenen aus den Reihen der Shasu zu opfern, einen ausgewachsenen Mann oder manchmal auch eine Frau. Doch in diesem Jahr war wie so vieles auch dieses anders.

Der Göttersohn mit der Schale platzierte sich zwischen Efrati und den Obelisken. Dann legten die beiden anderen das Kind darauf. Bei der Berührung mit dem kalten Metall begann es jämmerlich zu schreien.

Efrati breitete erneut seine Hände aus und murmelte weitere Gebete. Dann zog er einen gekrümmten Dolch aus seiner Robe und schnitt dem Säugling mit einer einzigen flüssigen Bewegung die Kehle durch.

Kinna wollte die Augen schließen, vermochte es aber nicht. Der Anblick des Kindes, dessen Arme nun schlaff neben ihm lagen, während sein Blut die Schale füllte, hatte sie in eine totengleiche Starre versetzt.

Nach einer Weile packte der Hohepriester die Leiche seines Opfers an den Füßen und schleuderte sie achtlos beiseite. Dann ging er, gefolgt vom Schalenträger, zum ersten der Mädchen. Er tauchte seinen Zeigefinger in das Blut und malte einen kleinen Kreis auf ihre Stirn, wobei er jene aufmerksam und argwöhnisch musterte. Dann wiederholte er das gleiche bei der nächsten und so weiter.

Endlich kam die Reihe an Kinna. Sie senkte den Blick und hielt die Luft an. Efrati zeichnete den blutigen Kreis auf ihre Stirn. Vor Aufregung und

Grauen zitterte sie am ganzen Körper. Schauer liefen ihr über den Nacken und ihr Magen verkrampfte sich.

„Wenn er nur weiterginge," dachte sie und wünschte sich doch zugleich nichts mehr, als erwählt zu werden.

„Hmm," schnurrte Efrati plötzlich.

Plötzlich fühlte sie seinen Atem an ihrem Ohr. Tief sog er den Duft ihres Haares ein.

Dann hob er ihr Kinn empor.

„Sieh mich an, Kind," befahl er.

Zögerlich schlug sie die Augen auf. Efrati funkelte sie boshaft und begehrlich an. Es war ein stechender Blick, der ihr körperliches Unwohlsein bis hin zur Grenze des Schmerzes verursachte.

„Wie heißt du, Kind?"

Sie vermochte keine Antwort hervorzubringen. Vergeblich bewegte sie die Lippen, doch ihre Zunge war wie gelähmt.

„Sprich, ich befehle es," wiederholte er.

Da brach sie in Tränen der Angst und Verzweiflung aus. Ihre Knie wurden weich, der Boden unter ihr begann zu beben und öffnete sich schließlich wie ein riesiges Maul, das sie verschlingen wollte. Ihr wurde schwarz vor Augen. Das letzte, was sie wahrnahm, war das ohrenbetäubende Triumphgeschrei der Menge. Die Wahl war auf sie gefallen.

*

Als sie wieder zu sich kam, wusste Kinna sofort, dass sie sich im Innern des Hauses der Häuser befand. Der Palast des Avlas war viel älter als die Stadt, die ihn umgab. Es hieß, die Götter selbst hätten den gewaltigen pyramidalen Bau aus weißen Quadern errichtet, von denen jeder einzelne so schwer war, dass man einen vierspännigen Ochsenkarren benötigt hätte, ihn von der Stelle zu bewegen.

Kinna hatte nie daran gezweifelt, dass das Haus der Häuser das Werk der Baale war. Doch nun begriff sie auch, dass das von außen Sichtbare nur die schlichte Fassade für weit größere Wunder in seinem Innern war. Alles um sie wirkte fremdartig, wie von einer anderen Welt. Selbst die Art, wie Schall und Licht sich verhielten, schien unnatürlich. Kinna richtete sich von einer aus kostbarem Ebenholz gefertigten Liege auf, die die Form einer riesigen Hand hatte. Die glatten Wände des Raums waren blau gestrichen und schimmerten, als läge ein feuchter Film auf ihnen. Schiffe von ihr unbekannter Bauart kreuzten in dem meerigen Blau. Sie glichen schwimmenden Städten und waren mit einer Unzahl von Seeleuten bevölkert. Auf ihren dreieckigen Segeln prangten Delphine. Je länger sie hinsah, desto mehr glaubte Kinna wahrzunehmen, die Bilder bewegten sich. Die Wellen brachen sich an den schwarzen Rümpfen, Gischt spritzte bis über die Reling empor, Männer zogen an den Rahen oder kletterten die Takelage hinauf, während der Wind die Segel blähte. Neben der Liege befanden sich noch andere, sehr kunstvolle Möbelstücke im Zimmer: eine Truhe, ein Stuhl, ein Tisch und ein schweres Regal, das bis unter die Decke reichte. Sein Inhalt erregte Kinnas Interesse. Sie wollte schon hinübergehen, als sie blitzartig die Füße wieder anzog. Der Boden, mit schwarzen Fliesen belegt, deren Material mit dem des Obelisken auf dem Vorplatz identisch zu sein schien, war warm, so als hätte die heiße Sommersonne ihn über lange Stunden hinweg beschienen. Doch das konnte unmöglich sein. Denn das Gelass hatte keine Fenster und wurde nur von einer kleinen leuchtenden Kugel erhellt, die unter der Decke hing.

Kinna atmete tief durch, sammelte ihren ganzen Mut und setzte die Füße auf die Fliesen, bereit, sie sofort wieder zurückzuziehen, sollten diese zu heiß sein. Doch die Wärme war, wenn auch unnatürlich, sehr angenehm. Vorsichtig durchquerte sie den Raum zum Regal. Es war angefüllt mit hauchdünnen quadratischen Blättern. Sie zog eines heraus. Es war

14

leichter als Papyrus, ganz weiß und unendlich schmiegsamer und glatter. Winzige, ihr unbekannte Schriftzeichen waren in langen, exakt ausgerichteten Reihen dort aufgemalt. In nichts glichen sie den Bildzeichen der Ägypter, die auch die Wände der hiesigen Tempel zierten. Plötzlich öffnete sich die Türe. Hastig schob Kinna das Blatt zurück und versteckte ihre Hände schuldbewusst hinter dem Rücken.

Eine kleine Frau mit schmalem Gesicht trat ein. Augen, Haut und Züge verrieten ihre ägyptische Herkunft. Stumm verneigte sie sich und legte ein Kleid auf den Tisch. Daraufhin faltete sie die Arme vor der Brust und trat einen Schritt zurück.

Kinna vertauschte ihre weiße Robe mit einem Gewand, dessen leichtes grünes Gewebe sie an die Farbe von frischem Gras erinnerte. Als sie fertig war, nickte ihr die kleine Frau zufrieden zu und bedeutete wortlos, ihr zu folgen.

Sie gingen durch einen kurzen Flur in eine riesige Halle, die gleichsam das Zentrum der Pyramide bildete. Durch etliche Schächte im dem oberen Teil fiel Tageslicht ein. Träger Staub tanzte in den dicken Strahlen. Vier riesenhafte Statuen in fremdartiger Trachten standen in den Ecken, den Blick auf ein gemeinsames Zentrum gerichtet. Dort stieg eine gewendelte Treppe zur Spitze der Pyramide empor. An den Innenseiten der Wände liefen übereinanderliegende Galerien entlang, die den Göttersöhnen als Wohn- und Schlafstätten dienten. Ein komplexes Netzwerk aus Treppen und Leitern verband die Plattformen. Einige Göttersöhne standen müßig herum. Teilnahmslos musterten sie Kinna und ihre Führerin. Ihre grob geschnittenen Gesichter zeugten von tierhafter Rohheit. Außerhalb der Pyramide sah man die Göttersöhne nie ohne ihre Helme. So war Kinna erschreckt darüber, dass diese Riesen viel weniger wie die Engel waren, mit denen sie in Liedern verglichen wurden, sondern

15

stumpfsinnige Tiere in den Körpern hünenhafter Menschen.

Die Mitteltreppe, die bis unter das Dach des Hauses der Häuser führte, besaß kein Geländer und war weniger als eine Armlänge breit. Kinnas Führerin schien der gefährliche Aufstieg keinerlei Mühe zu bereiten, während Kinna bereits nach einem Dutzend Stufen bang wurde. Sie fragte sich, ob dies die Prüfung sei, an der ihre Vorgängerinnen gescheitert waren. Sie nahm all ihren Mut zusammen, richtete den Blick auf die nächste Stufe und folgte ihrer Führerin. Während sie weiter und weiter in schwindelerregende Höhe stieg, betete sie stumm zu den Baalen um Beistand. Es half. Sie wurde ruhig, ja kühn, und ehe sie sich versah, hatte sie eine von unten her unsichtbare Plattform unmittelbar unter der Spitze der Pyramide erreicht. Ihre Führerin machte einen Schritt beiseite und bedeutete Kinna die Quartiere des Avlas zu betreten.

Ein nur schwach erhellter Raum empfing sie. Kisten und Truhen stapelten sich ohne erkennbare Ordnung übereinander. Einige waren geöffnet worden, ihre Inhalte lagen verstreut herum, Stoffe, Metallstücke, Glaskugeln, Phiolen, gebundenes Papyrus, sowie eine Unzahl von äußerst kunstvollen, doch zugleich verwirrenden Gegenständen, die Kinna völlig unbekannt waren.

Mit dem Rücken zu ihr an einem langen Tisch, auf dem sich etliche jener hauchdünnen Blätter befanden, saß der Baal. Langsam und konzentriert malte er jene kleinen, fremdartigen Zeichen. Da sie nicht wagte, ihn von seiner Arbeit aufzustören, schwieg sie. Aufmerksam beobachtete sie den Baal für einige Minuten. Plötzlich hielt er inne und drehte sich halb nach ihr um, als hätte er sie erst jetzt gehört.

„Sei gegrüßt, Kind," sprach er mit einem fremdartigen, sehr harten Akzent. „Ich bin Avlas, der Herr der Häuser, dein Gott."

16

*

Weil der Herr der Häuser sich niemals außerhalb seiner Pyramide zeigte, wusste auch niemand in der Stadt wie er aussah. Gemeinhin ging man davon aus, dass er wie die ägyptischen Baale einen menschlichen Körper besaß, auf dem ein übergroßes Tierhaupt thronte. Der Streit ging meist darum, welches Tier das sein mochte: Ein Löwe, ein Delphin, ein Adler oder etwas anderes.

Nun kannte Kinna die Antwort auf diese Frage, die sie sich seit ihrer Auserwählung oft genug selbst gestellt hatte. Stundenlang hatte sie wach im Bett gelegen und überlegt, wie es wohl wäre, einen Stier oder Schakal zu küssen. Und einmal war sie sogar soweit gegangen, ihre Lippen auf die eines alten Ochsen namens Mula zu pressen. Erst hatte das Tier nicht auf diese unerwartete Zärtlichkeit reagiert. Dann aber hatte Mula den Kuss erwidert und ihr Gesicht mit seiner riesigen, nassen Zunge abgeschleckt, worauf Kinna schreiend und lachend zugleich fortgelaufen war.

Sie war erleichtert, aber auch ein wenig enttäuscht, als sie in Avlas einen Mann unbestimmten Alters und mit einem sehr menschlichen Haupt auf den Schultern erblickte. Doch sah er keineswegs den Bewohnern dieses Landes oder gar den Göttersöhnen ähnlich, sodass man ihn mit einem gewöhnlichen Sterblichen verwechselt haben würde. Seine Haut war weiß und sein Haar von goldener Farbe. Ganz glatt fiel es ihm bis auf die Schultern. Die stechenden Augen des Baals waren vom hellen Blau des Meeres und des Himmels.

In ihrem Leben hatte Kinna kein faszinierenderes und zugleich in all seiner Fremdartigkeit abstoßenderes Wesen gesehen als den Herrn der Häuser. Etwas Kaltes und zutiefst Beunruhigendes ging von ihm aus, auch wenn er ihr sein lächelndes Gesicht zeigte.

17

„Du wirkst überrascht," sagte er. Sein Akzent machte die Worte hart, fast schneidend, obwohl er sich zweifellos bemühte, freundlich zu klingen. „Setz dich dorthin, mein Kind, wir wollen gleich anfangen." Er deutete auf eine Bank, deren Beine den Füßen eines Löwen so kunstvoll nachempfunden waren, das Kinna sich nicht gewundert haben würde, wenn sie plötzlich zum Spurt angesetzt hätte. Dann ließ er sich neben ihr nieder, stemmte die Hände auf die Knie und betrachtete sie ausgiebig von der Seite. Kinna zitterte am ganzen Körper und starrte verlegen auf ihren Schoß.

„Wovor fürchtest du dich? Ich beiße nicht," scherzte Avlas.

„Es heißt, wenn ein Gott eine Sterbliche berührt", entgegnete Kinna leise, „die nicht völlig rein ist, geht sie in Flammen auf und verbrennt auf der Stelle."

Avlas schmunzelte. „So, sagt man das also? Nun, glaubt mein Kind denn, es sei nicht rein?"

Kinna schüttelte heftig den Kopf. Dann rezitierte sie die Vorschriften: „Seit Ashair in die himmlische Burg eingezogen ist, ist es der Sklavin meines Herrn nicht nach Art der Frauen gegangen. Sie hat auch keinen Tierkadaver berührt, noch gesehen. Auch hat keine unreine Hand den Leib der Sklavin meines Herrn berührt. Ihr Mund hat keinen Unrat und keine Lüge gesprochen und ihr Ohr nichts Böses vernommen. Sie hat nichts Rohes verspeist und nichts Vergorenes getrunken. Die heiligen Gesetze wurden von der Sklavin meines Herrn nicht gebrochen."

„Na, dann hast du doch nichts zu befürchten," erwiderte Avlas amüsiert. „Was bedrückt dich denn, mein Kind?"

Kinna schluckte. „Deine Sklavin hat etwas Schlechtes gedacht."

„Nein, so etwas!" rief Avlas mit gespielter Überraschung aus. „Und was mag das wohl gewesen sein?"

Kinna atmete tief durch. Sie bedauerte,

ausgesprochen zu haben, was ihr Herz bedrückte. Doch nun, da er sie danach fragte, durfte sie dem Baal auf keinen Fall die Wahrheit verweigern.

„Die Sklavin meines Herrn war betrübt darüber, dass es dem Mund meines Herrn in diesem Jahr gefallen hat, den Segen mit dem Blut eines... Säuglings vorzunehmen."

„Betrübt hat dich das? Hm. Ich verstehe. Sprich weiter."

„In ihrer Seele hat die Sklavin meines Herrn zu sich gesprochen: Das ist nicht recht, was Efrati da tut. Das kann nicht der Wille des Herrn der Häuser sein, der Bitot vor den Feinden beschirmt und es auf die Felder regnen lässt, dass die Stadt nicht umkommt."

Als sie fertig war, schlug sie die Hände vor dem Gesicht zusammen und begann leise zu weinen.

Da spürte sie wie Avlas Hand über ihr Haar strich und unwillkürlich versteifte sie sich.

„Du hast etwas Furchtbares gesehen, Kind, und bist verstört," tröstete er sie. „Ich verstehe, was in dir vorgeht. Die Eindrücke dieses Tages haben sehr stark auf dich gewirkt. Du bist verwirrt und voller Angst, weil du vor deinem Gott stehst. Wie du weißt, bist du nicht die erste, die ich in mein Haus habe holen lassen."

Bei diesen Worten fuhren Kinna kalte Schauer über den Rücken, die ihre Tränen augenblicklich stillten.

„Dieses Haus," fuhr Avlas im Plauderton fort, „seine Ausmaße und all die Wunder, die du seit deinem Eintritt zweifellos bemerkt hast, und die doch nur einen winzigen Teil seiner wahren Schätze darstellen, haben dir deinen kleinen Kopf verdreht, mein Kind. Das ist nicht verwunderlich. Du bist die Kreatur einer anderen Welt und einer anderen Rasse. Bevor wir kamen, lebtet ihr in niedrigen Hütten aus Stroh und Lehm ohne jede Kultur und Bildung, ohne alle Technologie und Wissenschaft. Ihr wusstet nichts von Ackerbau oder Bewässerungssystemen, von

19

Metallurgie oder Zügen und Hebeln… Aber, was erzähl ich dir da und verwirre dich nur noch mehr?"

„Tech…no…." wiederholte Kinna leise.

„Technologie, Kind. Du kannst nicht wissen, was das bedeutet, also zerbrich dir nicht deinen kleinen Kopf darüber. Hörst du? Ich, dein Herr und Gott und so weiter, gebiete dir, nicht mehr darüber nachzudenken. Und denk auch nicht mehr an das Kleine, das Efrati geschlachtet hat. Wir haben in diesem Jahr keine Gefangenen gemacht, das ist alles. Sei nur artig und gehorsam und mach mir keine Scherereien bis ich mit dir fertig bin."

„Mein Herr spricht Worte, die seine Sklavin nicht zu fassen vermag," stammelte Kinna. „Aber ich werde meinem Herrn gehorchen."

„So ist es gut," lobte Avlas. Dann seufzte er und wurde melancholisch. „Sei mir nicht böse, Kind. Es ist ja nur verständlich, wenn die Motte das Licht bewundert. Mir an deiner Stelle ginge es wohl ebenso. Ach, wenn du nur wüsstest, dass alles das hier, dieses Haus und die Dinge, die es enthält, nur ein fader Abglanz meiner wahren Heimat sind, dann…"

Mitten im Satz brach er ab und sah sie mit einem Ausdruck plötzlichen Erstaunens an. Dann roch er an ihrem Haar.

„Hm, was ist das für ein Duft?"

Kinna wollte eine Erklärung abgeben, doch der Baal winkte ab.

„Nun, wie dem auch sei. Wir wollen unsere Zeit nicht mit eitler Rede verschwenden, die uns beiden nichts nützt. Denn ich habe von dir nichts zu lernen und du…man kann einem Frosch nicht das Fliegen beibringen."

„Wenn es meinem Herrn gefällt," protestierte Kinna leise, „dann vermag er auch das. Dem Herrn der Häuser ist alles möglich."

„Was meinst du?"

„Die Sklavin meines Herrn meint, wenn es meinem Herrn gefiele, könnte er auch einen Frosch das Fliegen lehren."

Avlas lachte auf.

„So weit ist der gute Efrati also gegangen, dass er euch solche Dinge glauben macht! Wie gut, dass ich ihn mitgebracht habe. Moment mal! Ich hab´s. Der Duft. Ja. Das ist es. Der Duft auf deinem Haar, Kind!" Er roch noch einmal an ihr. „Oh, ja, natürlich. Haha! Wunderbar, phantastisch! Weihrauch, Balsamon und Patschuli. Das ist die Mischung, mit der sich die Priesterinnen meiner Schwester Isis die Haare ölen. Was für ein netter Einfall!"

Bevor Kinna etwas erwidern konnte, klatsche Avlas auf seine Schenkel und erhob sich ruckartig.

„Kommen wir nun zum geschäftlichen Teil, wie man so sagt."

Kinna wusste, dass nun die Prüfung bevorstand, die ihr Schicksal entscheiden würde. Abermals versteifte sich ihr Leib. Mit den Augen folgte sie Avlas, der im hinteren Teil des Raums verschwand, nur um Augenblicke später mit einer kleinen metallenen Schachtel wieder zurückzukehren. Auf ihrem Deckel war eine Heuschrecke eingraviert.

Kinna zitterte am ganzen Leib.

„Keine Angst, nur stillhalten musst du," sagte Avlas. „Es tut nicht mehr weh als der Biss einer Heuschrecke."

*

Kinna rieb ihren Arm. Kalter Schweiß perlte auf ihrer Stirn. Die Eindrücke dieses Tages begannen mehr und mehr sie zu überwältigen. Was sie sah und hörte und fühlte – es glich einem sonderbaren Traum, nein einem Alptraum, der einfach kein Ende nehmen wollte.

Avlas hatte mit einer winzigen Nadel, die an der Spitze eines durchsichtigen Zylinders angebracht war, in ihren Arm gestochen und dann Blut abgesogen. Sie war bei dieser Prozedur beinahe in Ohnmacht gefallen. Erst als der Zylinder ganz voll war, hatte Avlas die Nadel herausgezogen.

„Braves Mädchen," lobte er sie, zufrieden ihr Blut betrachtend. „Nur noch ein wenig Geduld, dann wissen wir mehr."

Daraufhin verschwand er wieder im hinteren Teil des Raums. Sie konnte sein Summen hören, während sie selbst wie angewurzelt auf der Bank saß, ihren Arm noch immer reibend, verwirrt, verängstigt. Dort, wo die Nadel in ihre Haut eingedrungen war, entstand jetzt ein kleiner schwärzlicher Fleck, der bei Berührung einen leichten Schmerz verursachte. Sie verstand jetzt, dass jene geheime Prüfung, deren Ergebnis ihr Schicksal bestimmen würde, nichts mit ihr, sondern mit ihrem Blut zu tun hatte. Doch was wollte Avlas mit ihrem Blut? Vielleicht herausfinden, ob sie göttliche Verwandte hatte. Es war immerhin möglich. Die Baale und die niedrigen Geschöpfe aus Himmel und Unterwelt, so gingen die Erzählungen, hatten sich in der Vorzeit oft mit sterblichen Frauen eingelassen, um Helden oder Dämonen zu zeugen, die ihrerseits Nachwuchs mit Sterblichen hatten. Viele Königsgeschlechter und Kriegsmänner führten ihren Stammbaum auf solch göttliche Ursprünge zurück. Auch die Göttersöhne, die Avlas dienten, waren das Produkt einer solchen Vereinigung. Es waren nämlich Ashairs Strahlen gewesen, so hatte Efrati es gelehrt, die sich in Gestalt großer, geflügelter Engelsmänner mit Frauen von gewöhnlicher Herkunft eingelassen und so das Geschlecht nie alternder Riesen begründet hatten. Sikkul, neidisch auf die Schwester, hatte sich dadurch an ihr gerächt, dass sie die Göttersöhne unfruchtbar machte. Es gab viele solcher Geschichten, in denen Baale und Dämonen nach den entfernten Abkömmlingen anderer Unsterblicher suchten, um sich durch die Vereinigung mit diesen deren Kräfte anzueignen.

Während sie so ihren Gedanken nachhing und dem Summen des Baals lauschte, überkam Kinna

22

plötzlich eine überwältigende Müdigkeit. Ihre Augen wurden schwer und sie sank auf die Liege zurück. Das sonderbare Summen vermengte sich mit den Bildern und Eindrücken dieses Tages und verschwamm bald zu einem wirren Halbtraum. Sie spürte das Blut in ihren Schläfen pochen und das Herz in ihrer Brust trommeln.

Ein stetes Trommeln.

Das Trommeln ihres Herzens.

Das Trommeln.

Das Trommeln aus der Wüste.

*

„Trommeln, Trommeln," rief Mama. Doch Kinna war schon wach. Die Rufe der Wachleute und das Schmettern der Hörner, die die Männer zu den Waffen riefen, hatte sie schon vor Minuten aus dem Schlaf gerissen. Sie hüpfte aus dem Bett und stülpte eilig ihr Gewand über. Es war ihr Kinderkleid, dem sie bereits halb entwachsen war. Er reichte ihr gerade noch bis über die Knie. Der Saum war ausgefranst und etliche Löcher an den Flanken und am Rücken ließen ihre Haut durchschimmern. Seit ihre Freundin Asara im Frühjahr ihr Frauengewand angelegt hatte, schämte sich Kinna ihres fadenscheinigen Kleidchens mehr denn je. Asara war nur ein halbes Jahr älter als sie. Doch seit sie ihr langes Kleid hatte, tratschte sie wie ein altes Weib mit den anderen Frauen vor den Tempeln oder auf dem Markt. Für sie, ihre Herzfreundin, hatte sie keine Augen mehr.

Kinna war beleidigt und neidisch.

„Müssen wir denn gehen? Es ist ja noch Nacht," wimmerte sie. Die Vorstellung, dass Asara ihr auf dem Großen Platz begegnen könnte, beunruhigte sie weit mehr, als die Bedrohung Bitots durch die Shasu. Und das mit gutem Grund. Mit einer Gleichförmigkeit, die dem Schlag ihrer Trommeln in nichts nachstand, attackierten die Shasu die Mauern jedes Jahr kurz

23

nach der Erntezeit. Jedes mal sammelten sie sich in der Nacht hinter einer nahen Hügelkette und begannen ihren Angriff auf die Mauern beim ersten Licht des Tages. Und jedes mal begrüßten sie die Männer Bitots mit einem Hagel von Steinen und Pfeilen und allerlei Beschimpfungen und Flüchen.

Während des Angriffs beteten und flehten die Weiber vor dem Haus der Häuser um Beistand. Und nach einer Stunde oder zwei öffnete sich dann die Hohe Pforte und die Göttersöhne kamen heraus. Sie überragten selbst die größten Männer Bitos um wenigstens einen halben Kopf. Ihre Arme waren so dick wie die Stämme zehnjähriger Zedern und ihre Schultern so breit, dass zwei Frauen bequem auf ihnen Platz hätten finden können. Sie trugen Rüstungen und lange Schilde aus einem grauschwarzen Metall, das so stark war, dass weder Pfeil noch Stichschwert es durchdringen konnten. Ihre Gesichter waren unter Helmen verborgen, an deren Seiten Delphine eingeritzt waren. Elra, ihr Hauptmann, schritt ihnen voran. Seine Augen funkelten mordlustig und seine Muskeln waren bis zum Bersten gespannt. Die Göttersöhne marschierten in enger Formation gegen die Feinde, die nun ihrerseits Steine und Pfeile und allerlei Beschimpfungen und Flüche gegen sie schleuderten. Nur die mutigsten Shasu, meist junge Männer, die noch keinen Angriff mitgemacht hatten, wagten sich in den Nahkampf. Sie starben mit zerbrochenen Schwertern und einem Ausdruck ungläubigen Erstaunens auf ihren olivbraunen Gesichtern.

So war es jedes Jahr und so würde sie es für immer sein. Doch die Trommeln aus der Wüste schienen diesmal widersprechen zu wollen.

„Komm, schnell," rief Mama. Unwirsch zog sie Kinna hinter sich her. Der Platz rund um den Obelisken war bereits von kreischenden und flehenden Frauen und ihren Kindern überfüllt. Im bleichen Licht des Morgens, das gerade erst über den Horizont gekrochen war, glich die Menschenmenge einem wogenden Meer von Schatten.

Kinna kniete sich neben ihre Ma und fiel mechanisch in das ohrenbetäubende Wehklagen und Flehen mit ein, wobei sie immer wieder nach Asara und ihrem neuen Frauenkleid Ausschau hielt. Nach einer Weile begannen ihre entblößten Knie auf dem harten Pflaster zu schmerzen. Sie versuchte ihr Gewicht immer wieder vom einen auf das andere Bein zu verlagern, doch es half nichts. Ihr Flehen nahm den Charakter echter Klage an, Tränen liefen über ihre die Wangen und sie wünschte sich nichts mehr, als dass das Haus der Häuser sich endlich öffnen und ihre Tortur ein Ende haben würde.

Als die Sonne hinter dem Horizont hervorbrach, begann der eigentliche Angriff. Von jenseits der Stadtmauer drang das Schmettern der Hörner und das Rufen der Männer. Die Frauen steigerten ihr Flehen und Kreischen. Etliche fielen aus Erschöpfung in Ohnmacht, andere gerieten in eine irrsinnige Raserei. Sie rissen sich die Kleider vom Leib und die Haare vom Kopf, zerkratzen ihre Wangen, Brüste und Schenkel und krochen heulend und schluchzend bis vor die Hohe Pforte.

Dann schwang sie auf. Efrati trat in vollem Ornat heraus. Frenetischer Jubel schlug ihm entgegen. Gebieterisch hob er den Stab und die Menge teilte sich. Dann erschien Elra an der Spitze der Göttersöhne. In seiner brachialen Rüstung glich er einem Helden aus grauer Vorzeit, der drauf und dran war, gegen einen Drachen ins Feld zu ziehen. In der einen Hand trug er seine Keule, in der anderen ein bronzenes Horn. Wie die Göttersöhne normale Männer überragten, so überragte Elra jene. Er glich einem Riesen unter Riesen.

„Sieh, Kinna. Acht mal vier und zwei. Letztes mal waren es noch acht mal fünf."

Kinna begriff erst nicht, was ihre Mutter meinte. Nie hatte sie auf die Anzahl der Kriegsmänner geachtet, die im Haus der Häuser wohnten. Ihr Aussehen und Auftritt hatte ihre Aufmerksamkeit stets zu sehr in Beschlag genommen, als dass sie sich um ihre genaue Zahl gekümmert hätte. Doch ihre Ma hatte recht. Wenn man es genau betrachtete, waren die Göttersöhne nur wenige, weniger als letztes Jahr und weniger als im Jahr zuvor. Und Kinna sah mit einmal mal noch mehr. Die Rüstungen der Krieger wiesen etliche Scharten und Risse auf, die ihr nie zuvor aufgefallen waren. Die Schilde waren abgewetzt und löchrig, die Lanzenschäfte abgegriffen, die Spitzen teilweise verborgen, teilweise abgebrochen und in verkleinertem Maße rekonstruiert worden. Vor lauter Dellen waren die Delphine auf den Helmen kaum noch zu erkennen.

Singend und jubelnd folgten die Frauen und Kinder dem Zug der Bewaffneten zum Tor. Dann stiegen sie zu ihren Männern auf die Mauer, um von dort den Untergang der Feinde besser sehen zu können.

Elra ordnete die Göttersöhne in einer Doppelreihe unter dem Tor. Dann blies er das Horn und die Flügel schwangen auf. Beim Anblick der Göttersöhne wichen die Shasu auch diesmal zurück, doch langsamer als sonst, geordnet und keineswegs in kopfloser Flucht wie die Jahre zuvor. Immer wieder sprangen Schleuderer hervor, um Geschosse abzufeuern, die wirkungslos von den Schilden und Helmen abprallten.

Die Männer auf den Mauern lachten und klatschten in die Hände, als Elra mit einem röhrenden Schrei den Angriff befahl. Ohne ihre Formation aufzulösen, rannten die Göttersöhne in vollem Lauf auf den dichtgedrängten Haufen der Feinde zu. Diese suchten auszuweichen, doch ihre schiere Masse behinderte sie. Etliche stürzten und wurden von blitzartig hervorstoßenden Lanzen durchbohrt. Andere stellten sich in ihrer Verzweiflung zum Kampf, nur um gleichfalls niedergemäht zu werden.

26

Die Shasu, nun etliche hundert Fuß von den Mauern abgedrängt, wandten sich schließlich zur Flucht. Der Sieg schien schon errungen, als plötzlich die Trommeln wieder einsetzten. Wenige Augenblicke später erschien eine Staubwolke über den nahen Hügeln und die Erde begann zu beben.

Eine Gruppe von dreißig Streitwägen raste über die Anhöhe hinab auf die Göttersöhne zu. Diese waren zu weit von der Stadt abgerückt, um sich nun ihrerseits einfach in den Schutz der Mauern zurückziehen zu können. Elra bellte Befehle und seine Männer bildeten einen Kreis. Anstatt direkt anzugreifen, umrundeten die Streitwägen die Göttersöhne. Je zwei Krieger fuhren auf ihnen: Ein Wagenlenker und ein Bogenschütze, dessen Waffe sich von den landesüblichen Kurzbögen durch seine Länge erheblich unterschied. Die Reichweite und Treffsicherheit der Schützen war ebenso erschreckend wie die Tatsache, dass die Pfeile nicht von den Rüstungen der Göttersöhne abprallten, sondern darin stecken blieben oder sie gar durchschlugen. Zwei von Elras Männer sanken verwundet in die Staub, ein dritter brach wütend einen Schaft ab, der ihm aus dem Arm ragte.

Elra brüllte einen weiteren Befehl und die Männer begannen sich in Kreisformation unendlich langsam nach Bitot zurückzuziehen.

Die Streitwagen setzten ihren Angriff fort. Sie umrundeten die Göttersöhne, ohne sich je in die Reichweite ihrer Lanzen zu wagen. Ein beharrlicher Regen wohl gezielter Geschosse zwang die Verteidiger immer dichter zusammenzurücken und die von Pfeilen gespickten Schilde zu verschränken. Bald sah es so aus, als krieche ein riesiger Igel über den blutigen Sand.

Erst als die Göttersöhne fast das Tor erreicht hatten, ließen die Streitwägen von ihrem Angriff ab. Lachend und höhnend zogen sie einige weitere Bahnen und feuerten mutwillig Pfeile auf die Mauern.

Die Männer und Frauen dort waren stumm vor Entsetzen. Nie zuvor waren die Göttersöhne, ihre unbesiegbaren Beschützer, geschlagen worden und nie zuvor hatte sich der Feind des Streitwagens bedient. Jene Waffe war in diesen Teilen der Welt zwar nicht unbekannt, aber doch sehr selten. Man wusste zwar, dass die Turmbauer im Osten und die Sphinxdiener über sie verfügten, doch selbst unter jenen fernen und sagenhaften Völkern war das todbringende Gefährt nur Fürsten und Königen vorbehalten. Wie die Shasu in den Besitz so vieler dieser Wägen hatten gelangen konnten, war ebenso unbegreiflich wie die Tatsache, dass sie nach ihrem Erfolg sofort abzogen.

Die obligatorischen Dankesopfer und Feiern an diesem Abend verliefen in bedrückender Stille. Nichts von der üblichen Ausgelassenheit war zu spüren. Die Männer standen schweigend um die Altäre und die Frauen tuschelten in kleinen Gruppen. Selbst die Sonne hatte sich hinter einer dunklen Wolkenbank verborgen. Man hatte keine Gefangenen gemacht, deren Blut die Baale hätte erfreuen können, und etliche der Göttersöhne wurden im Haus der Häuser gepflegt. Ihre Abwesenheit vor den Tempeln fiel schmerzlich auf.

Kinna spürte an jenem Abend der erste Mal mit schmerzlicher Klarheit, dass sich ihre Welt veränderte. Sie war im Schatten des Hauses der Häuser und im Glauben an die Allmacht seines Herrn, des Baals Avlas, groß geworden. Nie war es ihr in den Sinn gekommen, dass diese Macht schwinden oder die hohen Mauern Bitots jemals fallen konnten. Zwar kannte sie die Berichte, dass diese oder jene Stadt von den Shasu zerstört worden war, und es war ihr auch nicht entgangen, dass sich die Anzahl der Karawanen jedes Jahr verminderte. Ma beklagte sich darüber, dass dieses oder jenes in den Markthallen entweder nur noch um einen Wucherpreis oder gar nicht mehr zu bekommen war. Doch bis zu diesem Tag hatte Kinna niemals all diese vereinzelten Tatsachen in einem größeren Zusammenhang betrachtet, in dem auch ihre Heimatstadt einmal der Eroberungslust der Shasu zum Opfer fallen konnte.

*

Sie schreckte aus ihrem Halbtraum hoch, als sie Avals Schritte näherkommen hörte. Er setzte sich neben sie und nahm ihre Hand in die seine. Schweigend, den Kopf nachdenklich gesenkt, verharrte er in dieser Pose, während er abwesend mit ihren Fingern spielte.

„Du hast ausgeruht, Kind? Das war klug von dir. Man muss ausruhen, wenn man müde ist. Hast du auch etwas geträumt?" fragte er endlich.

Kinna nickte. Sie war nun viel ruhiger als vorher. Aufmerksam beobachtete sie den Gott und erblickte zugleich in ihm einen Menschen, auf dessen Schultern eine ungeheure Last ruhte.

„Ich träumte von den Streitwägen der Shasu und vom Donner der Hufe jener kleinen Pferde, die sie ziehen. Es sind schöne und mutige Tiere," sagte sie, nur um sofort zu erröten, als sie begriff, dass sie die Erzfeinde Bitots gelobt hatte.

Avlas nahm es ihr nicht übel. „Wir haben keine vergleichbaren Tiere hier," erklärte er gleichgültig. „Wir könnten ebenfalls solche Wägen bauen oder sie in Babel oder Memphis kaufen. Sogar bessere als jene, die uns seit diesem Jahr soviel Kopfzerbrechen bereiten. Aber es mangelt an Reittieren. Wir haben nur Esel, und die taugen nicht zum Wagenziehen."

„Ja," stimmte Kinna zu.

„Ich dachte auch darüber nach, längere Bögen herzustellen. Unsere Kurzbögen und Schleudern haben sich als nutzlos gegen die Langbögen der Shasu erwiesen. Die Reichweite ist ein Problem, ebenso die Treffsicherheit. Leider verstehen sich die Göttersöhne nur auf den Nahkampf. Darin sind sie zwar unüberwindlich, aber im Fernkampf taugen sie nur als

29

leichte Ziele," führte der Baal aus, wobei er mehr mit sich als zu ihr sprach.

Mit bebendem Herzen legte sie ihre Hände auf die seinen, doch wich seinen blauen, stechenden Augen aus.

„Wenn es meinem Herrn gefällt, wird er Wege und Mittel finden, seine Feinde auszurotten. Niemand kann dem Herrn der Häuser widerstehen," sagte sie.

Avlas lächelte. Doch sein Lächeln war mehr denn je kühl und abweisend.

„Efrati hat wahrhaft sein Meisterwerk mit euch vollbracht."

„Er ist ein guter Lehrer und treuer Mund der Worte meines Herrn," stimmte Kinna verwirrt zu. Es fiel ihr schwer, sich einen Reim auf die sonderbaren Anspielungen des Baals zu machen.

„In der Tat. Und mit dir hat er auch dieses Jahr ganz und gar meinen Geschmack getroffen. Die Größe, die Kopfform, das Alter…Vor allem aber das Öl, dessen Duft ich an dir wahrgenommen habe und noch immer wahrnehme…Phantastisch! War das seine Idee?"

Kinna schüttelte den Kopf. „Mama hat eine Dose, um den Preis unseres Frauenkleides von einem Ägypter erstanden."

„Ja, ja. Noch immer diese primitive Tauschwirtschaft. Hat Efrati euch nicht ermahnt, mit Silberbarren zu tauschen, vor allem, wenn ihr mit den Leuten aus Ägypten zu tun habt?"

Kinna senkte schuldbewusst das Haupt. Efrati hatte tatsächlich mehrere Male versucht, Silberbarren von unterschiedlichem Gewicht als universelles Tauschmittel auf dem Markt einzuführen. Aber der Starrsinn der Männer und das Misstrauen der Frauen hatten dieses Vorhaben immer wieder scheitern lassen.

„Wie dem auch sei," fuhr Avlas fort. „Es ist, was es ist. Mir wurde dieser Vorposten nun einmal zugeteilt und alles in allem, kann ich mich keineswegs über mein Los beklagen. Andere haben es viel schlechter getroffen als ich."

„Die Sklavin meines Herrn..."

Avlas winkte ab. Er begann ungeduldig zu werden.

„Genug jetzt, Kind. Du musst dich doch fragen, ob du die Prüfung bestanden hast und nun die Ehefrau deines Gottes wirst, nicht wahr?"

Kinna nickte. Kalte Schauer liefen ihr über den Rücken.

„Lass uns hinab gehen. Dort wirst du dein Schicksal erfahren," sagte er in einem Ton, der nichts Gutes verhieß.

Kinna gehorchte willenlos. Die Art, wie Avlas sie aus seinen blauen Augen musterte, beunruhigte sie immer mehr. Angst kehrte wieder, stärker als je zuvor. Die Grube schrie ihren Namen. Ihr Magen krampfte sich zusammen, ihre Knie zitterten und obwohl ihr der Schweiß über den Rücken lief, fror sie.

Der Abstieg über die enge, geländerlose Treppe war noch schwieriger als der Aufstieg. Der Schwindel war nun fast überwältigend. Mehrfach musste sie innehalten, um fest an den Pfeiler gedrückt, Atem zu schöpfen. Avlas, der voran geeilt war, redete ihr gut zu. Doch in seiner Stimme schwang hörbar der Überdruss mit.

„Nur zu, Kind, nur keine Furcht."

Kind, Kind. Warum nannte er sie nur immer so? Warum hatte er nicht nach ihrem Namen gefragt? Sie war wohl nur ein Ding für ihn, das seinen Wert erst unter Beweis stellen musste, bevor es etwas gelten konnte.

„Vielleicht kennt er meinen Namen ja," versuchte sie sich zu beruhigen. „Gewiss kennt er die Namen aller Bewohner Bitots. Ja, so muss es ein. Er ist ja der Stadtbaal und daher allwissend und allmächtig". Aber während die Worte noch in ihrem Geist nachhallten, wusste sie, dass sie sich nur selbst betrog. Denn wenn der Baal Avlas wirklich allmächtig und allwissend war, wie kam es dann, dass er die Streitwägen nicht vorhergesehen und Mittel gegen sie erdacht hatte? Wie kam es, dass er ihr Blut prüfen musste, wenn doch ein Blick in ihre Augen hätte genügen müssen, ihm zu verraten, was immer er zu erfahren begehrte?

Als sie das Ende der Treppe erreichte, war ihr Gesicht nass von Tränen und ihr Herz erfüllt von Zweifeln.

Efrati eilte heran, einige Göttersöhne folgten ihm. Ein Blick auf Avlas genügte ihm, zu verstehen. Voller Zorn ohrfeigte er Kinna.

„Du hast mich betrogen. Mit dem Duft hast du mich betrogen."

Er riss sie an Haaren zu Boden und trat nach ihr.

„Na, na," beschwichtigte Avlas. „Du hast dich selbst im wahrsten Sinne des Wortes an der Nase herumführen lassen, mein Freund. Kein Grund, die Kleine unnötig zu quälen."

Efrati spuckte sie an und warf sich dann seinem Herrn vor die Füße.

„Ich bin nicht würdig, der Mund meines Herrn zu sein. Der Herr verfahre mit seinem Diener, wie ihm gefällt," jammerte er.

Avlas seufzte.

„Es ist wahr, Efrati, ich bin unzufrieden mit dir. Aber darüber sprechen wir später. Schaff mir das Mädchen jetzt aus den Augen, ich habe mich mit Elra über dringlichere Dinge zu beraten. Vielleicht haben wir ja das nächste mal Glück," sagte er konstaniert. Dann ging er, gefolgt von den meisten der Göttersöhnen, die als stummen Zeuge der Szene beigewohnt hatten, in einen anderen Teil der Pyramide.

Jene, die übrig geblieben waren, betrachteten Kinna und den noch immer am Boden winselnden Hohepriester gleichgültig.

Kinna setzte sich auf und umschlang ihre Knie. Das blanke Grauen machte sie fühl- und willenlos. Sie konnte keinen klaren Gedanken fassen und doch stand ihr klar und deutlich vor Augen, was nun unweigerlich geschehen musste.

Sie war verworfen worden.

Efrati stand auf und staubte sorgfältig sein Gewand ab. Er warf Kinna einen weiteren bösen Blick zu, sagte aber nichts. Dann wandte er sich an die anwesenden Göttersöhne und befahl ihnen den Wagen zu holen.

Wenig später rollte jener silberbeschlagene Wagen heran, auf dem Jahr um Jahr die Verworfenen ihren letzten Weg zurücklegten. Die Göttersöhne hievten Kinna hinauf.

„Schafft sie zum Tempel des Baal Ashuri. Soll der Blinde Mann sich mit ihr herumplagen," giftete er und spuckte noch einmal angewidert vor ihr aus.

*

Kinna hielt sich am Geländer des Wagens fest, der über das Pflaster des Vorplatzes rumpelte, um dann die Straße in Richtung des Totentempels einzuschlagen. Dieser lag abseits des prachtvollen Tempelplatzes im Armenviertel, das man schlicht „Staub" nannte. Ein abscheuliches Gebäude in einer abscheulichen Umgebung, wo Hunger, Seuche und Gewalt zusammen mit den Menschen in engen und schmutzigen Hütten wohnten.

Die Sonne des noch jungen Nachmittags blendete Kinna. Sie konnte noch immer nicht fassen, was geschehen war und gerade geschah. Sie dachte an Ma und Abba. Die Erinnerung an ihre Eltern kam wie aus weiter Ferne zu ihr, so als läge der Morgen dieses Tages und aller Tage, die vor jenem gewesen waren, unendlich weit zurück, in einer anderen Zeit, die mit der bizarren Gegenwart unvereinbar schien.

Das seltsame war, dass Kinna keinerlei Angst mehr verspürte. Ganz dumpf, fühllos war ihre Seele geworden. Wie tot.

„Ich gehe zum Baal Ashuri, dem Herrn der Ödnis, um ihm zu dienen," sagte sie sich vor. Doch

33

die Worte, obgleich sie aus ihrem Mund kamen, schienen keineswegs für sie bestimmt zu sein. Nein, sie schienen einem anderen Mädchen zu gelten, das mit ihr nichts zu tun hatte, einer anderen Kinna in einem anderen Bitot.

Sie suchte in der Menge nach ihren Eltern. Irgendwo im Gewühl der enttäuschten Masse mussten sie doch sein. Sie wollte sie noch einmal sehen, nur sehen, um ihr Bild ganz fest in sich einzuschließen, bevor sie zu jenem dunklen Ort abstieg, der ihr fortan als Wohnung dienen würde.

Doch Abba und Ma waren nirgends zu sehen. Sie wollte nach ihnen rufen. Doch ihre Stimme versagte.

Nach einer Zeit, die Kinna wie eine kleine Ewigkeit empfand, erreichten sie den Tempel. Das Tor, das wie ein grobschlächtiges Maul gestaltet war, stand bereits weit offen, bereit sie zu verschlingen. Aus dem fensterlosen Innenraum drang das Licht einiger Fackeln.

„Sag Lebewohl zu Ashair," rief irgendjemand aus der Menge ihr zu. Mechanisch drehte sie den Kopf nach der Sonnenscheibe, die gleichgültig über der Stadt thronte.

Dann verschlang sie die Dunkelheit.

Das Volk blieb vor den Toren zurück, die sofort, nachdem der Wagen hindurch gerollt war, wieder verschlossen wurden. Nur den Toten, Tempeldienern und Göttersöhnen war der Zutritt erlaubt.

Der Innenraum des Tempels war ein düsteres schmuckloses Gewölbe. Riesenhafte, sich nach oben hin verjüngende und in den Innenraum hinein biegende Säulen trugen eine unsichtbare Decke. Im Schein der Fackeln wirkten sie wie die bleichen Rippenbögen eines riesigen Tieres.

Zwischen den Säulen lungerten die Diener des Ödlandbeherrschers in zerfetzten Roben herum. Wie Kinna wusste, rekrutierten sie sich aus der Kaste der Unerwünschten, die Staub bewohnten: Schwachsinnige, Krüppel, Waisenkinder und jene ganz besondere Art von Menschen, deren Seelen sich aus unerfindlichen Gründen zum Totenreich hingezogen fühlten. Die Ashuridiener besorgten den Leichendienst Bitots, holten die Toten aus den Häusern und versahen den Ritus des Übergangs.

Kinna wurde aus dem Wagen gehoben. Sie befand sich vor dem Thron des Totengottes, der in Vertretung Ashuris von seinem Priester, dem Blinden Mann, gehalten wurde. Der Thron war aus einem einzigen Stück Stein gefügt und lag unter dunklen Schatten begraben. Im zittrigen Schein der Fackeln verschmolzen Thron und Priester zu einer einzigen schwarzen Masse.

Die Göttersöhne hielten Kinna an den Armen, während der Blinde Mann sich langsam erhob und auf sie zu humpelte. Kinna schrie auf, als sie sein Gesicht sah. Die Augen des Priesters waren zugenäht. Wo eine Nase hätte sein sollen, klaffte ein rundes Loch, das bis in die Rachenhöhle reichte. Unter dem Gaumen, der an eine verdorrte Frucht erinnerte, pulsierte die geschwollene Zunge. Die Zerstörung des Gesichts setzte sich am Mund fort. Die Lippen waren entfernt worden und enthüllten dunkelrotes Zahnfleisch, aus dem die Spitzen verfaulter Zähne ragten.

Kinna wollte zurückweichen, als der Priester seine Knochenhände nach ihr ausstreckte, doch der Griff der Göttersöhne war zu fest.

Eisige Finger berührten erst ihre Ohren und wanderten dann langsam zu ihren Wangen. Der röchelnde Atem des Priesters ging schneller. Ein beißender Gestank schlug ihr entgegen, während seine Nägel über jede Stelle ihres Gesichtes kratzten. Die Fratze des Blinden Mannes verzog sich zu etwas, das entfernt an ein Grinsen erinnerte. Seine Hände glitten nun über ihr Kinn, den Hals hinunter bis zum Ausschnitt des Kleides. Plötzlich packte er den Stoff und riss ihn entzwei. Dann befühlte er ihre entblößten Schultern und Kindsbrüste. Sein lippenloser Mund schnappte vor Entzücken und seine Zunge schoss wie ein schleimiger Wurm hervor.

Ein ältlicher Diener erschien. Er trug eine steinerne Tafel, von der er vorzulesen begann. Es war eine Eulogie auf den Totengott, der die Tränen der Lebenden trocknete und ihre erschöpften Seelen mit ewigem Schlaf erquickte. Es waren die Worte des Übergangs.

„Ich bin noch nicht tot," keuchte Kinna.

Der Vorleser hielt inne. Verärgert fuhr er sie an: „Doch, du bist tot. Verhalte dich entsprechend und schweig."

„Bitte," flehte Kinna, „gebt mir den wahren Tod. Stoßt mich nicht lebendig in die Grube."

„Es ist eine Ehre, dem Totengott in der Unterwelt zu dienen! Du solltest dich glücklich schätzen!" erwiderte der Vorleser empört.

Ein Handzeichen des Blinden Manns brachte ihn zum Schweigen.

„Es ist nicht recht," krächzte der Blinde Mann, jedes Wort dehnend, „dass man eine Jungfrau ins Ödland schickt, wo sie ihre Jungfernschaft nur immerzu beklagen wird, dem Baal Ashuri ein Ärgernis. Haltet sie fest. Ich werde sie zur Frau machen, bevor wir sie in die Grube schicken."

*

Kinna wusste nicht, wie lange ihre Tortur gedauert hatte. Das letzte, woran sie sich erinnern konnte, war ein stechender Schmerz in ihrem Unterleib. Danach hatte sich gütige Finsternis über ihren Geist gebreitet.

Als sie die Augen öffnete, nahm sie den Schein einer Kerze wahr, der sich an den feuchten Wänden einer Höhle widerspiegelte. Über ihr erstreckte sich grenzenlose Dunkelheit wie ein sternenloser Nachthimmel.

„Ob ich tot bin? Ich bin gewiss tot, oh, dass ich nur tot wäre," dachte Kinna benommen.

Doch sie war nicht tot. Tote stellen keine Fragen, noch betteln sie um ihre Vernichtung. Sie träumen nur lange Träume.

„Einen langen Traum träumen…"

Schnell drückte sie die Augen wieder zu. Und sogleich begann ihr Geist wieder in jene gütige Dunkelheit abzutauchen, aus der er gestiegen war. Kinna hoffte, diesmal würde ihr Schlaf von ewiger Dauer sein.

Doch er war es nicht. Plötzlich spürte sie den eisigen Kuss eines Tropfens auf ihrer Stirn und schreckte auf. Diesmal war sie hellwach.

Sie richtete sich auf und musterte ihre Umgebung. Sie befand sich in einer Höhle, deren Wände sich in einer Unzahl von Schächten und Klüften aufzulösen schienen. Menschliche Knochen, teils ordentlich aufgebahrt, teils achtlos hingeschleudert, türmten sich in den Falten des Gesteins.

Neben ihr brannten einige Kerzen. In ein Tuch gehüllt fand sie die Totengabe: Fladenbrot, Kuchen, Honig, Milch und einen Krug voll feinem Öl.

Beim Anblick der Speise überkam sie ein Hungergefühl, wie sie es noch nie zuvor in ihrem Leben verspürt hatte. Gierig verschlang sie Kuchen und Honig und trank dazu die ganze Milch. Dann lachte sie auf, ein irres, schreckliches Lachen, das dumpf in der Höhle verklang.

„Ich wusste nicht, wie hungrig der Tod macht."

Nach dem sie ihren Hunger gestillt hatte, fühlte sie sich etwas besser. Sie ging einige Schritte umher. Der Boden war sehr kalt und voller Zacken, sodass sie sehr vorsichtig sein musste, um nicht ihre Sohlen zu zerschneiden.

„Was soll ich nur tun?" fragte sie sich. „Soll ich hierbleiben bis die Kerzen aufgebraucht sind? Wird Ashuri mich holen oder soll ich mich in dieses Labyrinth wagen, um ihn zu suchen?"

Sie holte tief Luft und schrie aus voller Kehle

den Namen des Ödlandbeherrschers, schrie ihn wieder und wieder, bis ihr Rachen schmerzte und ihre Kehle brannte.

„Es hat keinen Sinn. Ich bin alleine und verloren."

Sie hockte sich auf den kalten Boden, zog den groben Kittel, den man ihr angezogen hatte, enger um die Schultern und wippte vor und zurück, leise weinend, flehend, weinend, flehend.

Plötzlich hörte sie ein Rascheln. Sie hielt inne und lauschte. Das Geräusch wiederholte sich. Es war sehr nahe, doch zugleich sehr leise wie das Kratzen winziger Klauen. Kinna spähte lange in die Richtung des Geräuschs, bis endlich der Kopf einer Maus zwischen dem aufgeklappten Kiefer eines Schädels erschien.

„Du fragst dich wohl, was ich hier mache," sagte Kinna. Der Anblick eines anderen lebendigen Wesens inmitten der Gebeine hunderter und tausender Toter ließ sie ihre Verzweiflung vergessen.

Sie nahm einige Kuchenkrümmel und warf sie in Richtung der Maus. Diese zog sich zuerst in ihr Schädelhaus zurück. Doch nach einer Weile obsiegte die Gier und zögernd wagte sie sich hervor. Krümmel um Krümmel näherte sie sich Kinna, die fasziniert das kleine Geschöpf beobachtete.

„Wie hungrig die Toten doch sind, mein Freund," sagte sie. Die Maus sah zu ihr auf, als verstünde sie ihre Worte. Dann setzte sie sich auf die Hinterbeine, hielt die Nase in die Höhe und schnüffelte. Kurz darauf raste sie in ihr Haus zurück.

„Was ist denn?"

Im gleichen Augenblick vernahm Kinna ein weiteres Geräusch, lauter als das, das die Maus verursacht hatte, und schnell näher kommend.

Instinktiv versteckte sich auch Kinna. Sie fand Zuflucht in einer Felsspalte, von der aus sie den Innenraum der Höhle gut im Auge behalten konnte.

In einem der Schächte tauchte ein Lichtschein

auf. Ein Mädchen, oder zumindest das, was Hunger und Angst nach einem endlosen Jahr in Finsternis von einem Mädchen übriggelassen hatten, schlüpfte in die Höhle. Kinna erkannte in ihm die Auserwählte des vergangenen Jahres. Sie trug ein zerschlissenes und verschmutztes Kleid, das an ihrem skelettartigen Leib klebte. Die einst glänzend schwarzen Haare fielen in verfilzten Strähnen von ihrem Haupt und umrahmten ein Gesicht, das mehr einem Totenschädel als dem Antlitz eines Menschen in der Blüte seiner Jugend glich. Tief lagen die von schwarzen Seen untermalten Augen in den Höhlen und die Wangenknochen traten so stark hervor, dass es schien, sie könnte bei der leichtesten Berührung die straff gespannte und völlig bleiche Haut durchstoßen.

Als das Mädchen das Fladenbrot bemerkte, das Kinna übriggelassen hatte, stürzte sie sich darauf wie ein ausgehungertes Raubtier. Hastig riss sie winzige Fetzen ab, schob sie in ihren zahnlosen Mund und kaute darauf herum, bis sie zu einem Brei geworden waren. Die ganze Zeit blickte sie sich dabei nach allen Richtungen um.

Kinna beobachtete die Fremde eine Weile. Dann, sehr leise, trat sie aus ihrem Versteck hervor. Die Fremde stierte sie ungläubig an, ohne dabei ihr Mahl zu unterbrechen.

„Ich bin Kinna."

Die andere verschlang einen weitere Bissen, bevor sie antwortete.

„I-a-l-a, Ia-la, Iala, Iala, Iala. Iala. Iala," stammelte sie. Jedes mal, wenn sie ihren Namen aussprach, schien ein wenig mehr von ihrem ursprünglichen Selbst wiederzukehren, ihr Blick klarte auf und ein Ausdruck von verhaltener Freude und brennender Neugier legte sich über ihre Züge.

Kinna lächelte. Sie machte einige kleine Schritte in Richtung Ialas und kniete sich neben sie. Diese war sichtlich aufgeregt. Fest drückte sie den Brotlaib an die Brust und betrachtete Kinna aus ihren großen

Augen. Dann entspannte sie sich.

„Ein...Jahr," sagte Iala. „Ein ganzes Jahr."

Sie streckte die Hand nach Kinna aus, berührte ihre Wangen. Ihre Finger waren eisig, die Nägel tief eingerissen. Unwillkürlich dachte Kinna an den Blinden Mann und wich zurück.

Ungläubig schüttelte Iala den Kopf. „Ein Jahr. Eintausend Jahre. Zehntausend Jahre."

„Dass du lebst," sagte Kinna.

„Oh ja. Ich lebe. Wir leben und dienen," erwiderte Iala, das Brot noch ein wenig fester an ihre Brust drückend.

„Dem Baal Ashuri lebst und dienst du, lebe und diene von nun an auch ich."

Iala grinste. „So ist es. Wir sind die Stillen Schwestern. Wir versehen den Dienst im Ödland."

„Die Stillen Schwestern..." wiederholte Kinna nachdenklich.

„Die Wärterinnen des Labyrinths der langen Träume. Ashuris stilles Reich, Asyl für die Gewesenen."

„Ist der Baal hier?" fragte Kinna.

Iala neigte den Kopf zur Seite und verdrehte die Augen.

„Ja und nein. Er lebt in der Großen Halle. Er verlässt sie nie und wir dürfen sie nur betreten, wenn eine Stille Schwester dort ihren Schlafplatz einnimmt."

„Ich habe so viele Fragen," sagte Kinna. „So viele Fragen."

„Fragen? Fragen? Wir leben, Schwester," erwiderte Iala lachend. „Wir leben und leben und leben. Das Leben ist eine Antwort. Dein Leben ist eine Antwort auf meine Einsamkeit. Doch lass uns jetzt in meine Wohnung gehen, Kinna. Ich leuchte dir. Deine Kerzen aber lösche ich. Wir wollen sie sparen. Komm, folge mir. Dann will ich dir von den Ordnungen der Unterwelt erzählen."

*

Kinna folgte Iala durch ein endlos scheinendes Gewirr von Schächten und Gängen. Teilweise waren diese so niedrig, dass sie sich kaum hindurchzwängen konnte. Sie hatte Mühe mit Iala Schritt zu halten, während jener die Bewegung in dieser Unterwelt unglaublich leicht fiel. Wie ein Insekt verbog und verdrehte sie ihre Gliedmaßen, um so elegant selbst die engsten Öffnungen zu durchschlüpfen. Immer wieder musste sie anhalten, um auf Kinna zu warten.

Endlich erreichten sie einen runden Hohlraum, den Iala ihre Wohnung nannte. Er durchmaß zwölf Fuß in der Breite und zwanzig der Länge nach. Der Boden war mit Schichten aus zerfallendem Stoff ausgelegt. Es handelte sich um die Tücher, in die eingewickelt die Toten in die Tiefe gelassen wurden. Neben einem ansehnlichem Haufen aus Kerzenstumpen und Ölkrügen, besaß Iala auch eine Sammlung wohlgeformter Schädel, die an der Rückwand der Wohnhöhle sorgfältig aufgeschichtet waren. Voller Stolz zeigte sie einen davon Kinna.

„Sieh nur. Das sind Gedächtnisschädel. Jede Schwester darf sich mit einem Gewesenen vermählen. Durch ihn lebt sie noch einmal im Land der Sonne."

Sie reichte Kinna einen Totenkopf und hielt die Lampe höher.

„Sieh."

Kunstvolle Bilder waren in die bleiche Oberfläche eingeritzt worden. Sie stellten unschuldige Szenen aus der Welt der Lebenden dar, spielende Kinder, Männer, die die Ernte einbrachten und Frauen, die Kleider webten. Auch die Göttersöhne waren dargestellt, Riesen mit hohen Schilden, die die Mauern vor den Shasu beschützten.

„Da ist auch der Baal Avlas in seinem Haus, und Elra, der Hauptmann der Riesen. Das ist sehr schön," sagte Kinna und reichte den Schädel zurück.

„Jede Schwester hat einen Schädel gemacht. Dir

habe ich meinen gezeigt," erklärte Iala. Ihr zahnloses Lächeln und die eingefallenen Züge verliehen ihr das Aussehen einer Greisin. „Wenn du einen Liebling gefunden hast, zeige ich dir, wie man darauf schreibt. Es ist ganz einfach. Nur zu fest darf man nicht drücken, sonst bricht die Platte."

Kinna wusste nichts zu erwidern. Sie sah sich weiter in der Wohnhöhle um, fand bunte Stoffe, Muschelketten, bronzene Armreife und Knochenkämme, alles Gegenstände, die der Eitelkeit eines Mädchens geschmeichelt haben würden.

„Du fragst dich gewiss, wie ich hier lebe? Ich will es dir nicht verheimlichen, Schwester…"

Iala hielt plötzlich inne und schüttelte sich vor Freude.

„Verzeih, mir. Es ist nur so schön, dass ich wieder jemanden zum schwatzen habe."

„Ja, auch ich bin froh, nicht alleine sein zu müssen. Ich hatte große Angst davor, alleine hier zu sein."

„Es ist gar nicht so schlecht in der Grube," plapperte Iala. „Es gibt zu essen, wenn auch nicht viel. Die Toten bringen Brot und Kuchen und Öl für die Lampen, wie du weißt. Dazu jage ich Insekten und Mäuse. Meistens genügt das."

Kinna erschauderte, ließ sich aber nichts anmerken. Wusste Iala nicht, wie sie aussah?

Diese zwinkerte ihr zu, berührte verliebt ihre Schultern und Arme.

„Manchmal vergeht viel Zeit, bis neue Tote geschickt werden. Wenn die Not zu groß wird, nehme ich vom Fleisch der Gewesenen. Es ist unser Recht, das zu tun."

„Von den Toten nimmst du?" Kinna schlug die Hände vor den Mund zusammen.

Iala nickte.

„Ich weiß, dass es oben verboten ist. Aber die Regeln der Lebenden gelten hier nicht. Ashuris Gesetze sind von anderer Art wie auch sein Reich von

42

anderer Art ist. Er ist ein gütiger Baal, der um die Nöte der Menschen weiß. Er ist barmherzig und nachsichtig."

Die Lampe begann zu flackern. Schnell füllte sie Iala aus einem der bauchigen Krüge auf.

„Meistens habe ich genug Licht," erklärte sie. „Aber manchmal schlafe ich zu lange und die Lampe verlöscht. Dann muss ich warten, bis sie einen neuen herunterlassen, an dessen Kerze ich meine Lampe entzünden kann. Einmal musste ich drei Tage durch die Finsternis kriechen, bis ich den Weg zurück in die Empfängnishalle fand. Aber das wird nun nicht mehr geschehen. Wir können abwechselnd Wache halten."

„Ja," stimmte Kinna zu. „Das können wir."

„Ja, es wird uns gut gehen. Ich bin so froh, dass ich dich habe, Kinna. Meine Gebete wurden erhört."

„Warst du alleine, als man dich hinabließ?" fragte Kinna.

„Aber nein. Meine Vorgängerin lebte noch. Leider schlief sie bereits wenige Wochen später ein. Sie brach sich den Fuß, die Wunde wurde eitrig und dann... Ich war sehr lange einsam. Zum Glück hat sie mir alles Wichtige beigebracht. Es ist eigentlich nicht viel, was du wissen musst. Aber ohne Anleitung ist es schwer. Vor allem das Licht ist ein Problem. Aber mach dir nur keine Sorgen, Schwester, ich bring dir alles bei. Das wichtigste ist, dass du im Dunkeln den Weg in die Gedächtnishalle finden kannst, falls wir das Licht verlieren. Es gibt Markierungen im Gestein, an denen man sich orientieren kann. Und weit ist es auch nicht. Aber ich werde dir alles zeigen, gleich morgen fangen wir an."

Iala erzählte noch mehr von den Gewölben und ihren Pflichten. Sie sprach von der Stillen Schwesternschaft und von Betani, ihrer Lehrerin. Die Pflichten der Schwesternschaft waren in der Tat sehr einfach. Sie mussten die Toten aus der Empfängniskammer bergen und sie an einen ihnen gebührenden Platz in der Unterwelt bringen. Als

Gegenleistung erhielten sie die Grabbeigaben und durften sich, wenn ihre Zeit gekommen war, einen Ruheplatz in der Großen Halle des Baals aussuchen.

Kinna lauschte den Worten Ialas aufmerksam. Dann fragte sie: „Wenn ich dich so höre, muss ich glauben, man schickt uns vorsätzlich in die Unterwelt, um Ashuri zu dienen? Bedeutet die Auserwählung denn nichts? Sind wir etwa von vorneherein dem Ashuri versprochen, dem Ödlandbeherrscher?"

Iala schüttelte heftig den Kopf. „Es ist nicht so, Kinna, meine Schwester, und du sollst nie an den Einrichtungen und Gesetzen der Baale zweifeln. Ich verstehe zwar deinen Unmut, der auch der meine gewesen ist, als ich die Augen dem Zwielicht öffnete und begriff, dass ich Sikkul und Ashair nun für immer verloren hatte. Doch die Wahrheit ist, dass wir in dem Moment, da Efratis Blick mit Wohlwollen auf uns fiel, den Baalen zu gehören begannen. Wir sind ihr Eigentum und selbst als ihre niedrigsten Sklaven stehen wir noch weit über den Sterblichen. Es ist eine Gnade, wenn der Herr der Häuser uns nicht ganz verwirft, weil unser Blut sich als zu dünn erwiesen hat, sondern uns in die Obhut seines Bruders gibt."

So sprach sie und noch oft würde sie so von den Baalen sprechen, voller Ehrfurcht und Liebe. Danach verlangte sie von Kinna alles zu erfahren, was im vergangenen Jahr in der Stadt geschehen war. Sie erkundigte sich nach etlichen Personen und ihren Geschicken und Händeln. Sie konnte nicht genug bekommen und bestürmten Kinna mit immer neuen Fragen. Selbst unbedeutende Kleinigkeiten wie der Preis von Mehl erregten ihr Interesse.

So redeten sie sehr lange miteinander. Und je länger sie sprachen, desto besser fühlte sich Kinna. Ialas Freude, eine Gefährtin gefunden zu haben, ging allmählich auf sie über. Sie atmete die feucht-kalte Luft nun leichter und die sie umgebende Finsternis wirkte weniger bedrückend.

Doch dann, wenn sie plötzlich wieder an das

44

Oben dachte, an Bitot, ihre Heimat, die sie nun nie wieder sehen würde, überkam sie erneut Trauer und Tränen füllten ihre Augen.

Schweigend legte Iala die Hand auf die ihre.

„Ich vermisse meinen Abba und Ma. Ich vermisse sie sehr. Ich vermisse die obere Welt."

Iala nickte wissend. Dann erwiderte sie im Flüsterton: „Es gibt einen Weg nach oben, weißt du."

Kinna sah überrascht auf.

Iala grinste. „Es gibt eines Ausgang aus dem Labyrinth. Er liegt in der Wüste nur wenige Meile entfernt. Was meinst du denn, wo die Mäuse herkommen?"

„Wie hast du ihn denn gefunden?"

„Gefunden?" Iala kicherte. „Er ist kein Geheimnis. Betani hat mir davon erzählt und sie hat´s von ihrer großen Schwester. Das Labyrinth ist der Grund, warum die Baale hier überhaupt ein Haus gebaut haben."

„Ich verstehe nicht," sagte Kinna verwirrt.

„Denk doch man nach, Schwester," erwiderte Iala belustigt. „Bitot liegt mitten in der Wüste. Wer würde denn sein Haus mitten in die Wüsten bauen, wenn es dort nicht etwas gäbe, was er gerne besitzen wollte."

„Aber was will er denn mit dem Labyrinth?" fragte sich Kinna.

Iala zuckte die Achseln. „Wer weiß, was den Baalen wichtig und wertvoll ist? Ich weiß es nicht und muss es auch nicht wissen."

Kinna dachte eine Weile nach. Dann fragte sie: „Wenn es einen Ausgang gibt, warum bist du dann noch hier?"

„Warum ich noch hier bin, fragst du? Das hat viele Gründe. Zum einen, warum sollte ich meine Ehrenstellung als Stille Schwester denn aufgeben? Und weiter, selbst wenn ich gehen wollte, wie könnte ich denn den Schwarzen Fluss je überqueren? Seine Wasser sind schnell und breit und schwimmen kann ich auch nicht. Der dritte Grund aber ist der: Eine Henne darf doch nicht ihr Küken verlassen. Mein Sohn ist noch viel zu klein, auf der Donnerschlange zu reiten. Aber einmal wird er stark genug sein und dann wird er die Grube verlassen und in die Welt des Lichts zurückkehren wie ein Held als der alten Zeit."

Ialas stierte sie mit einer die Grenze zum Wahnsinn überschreitenden Euphorie an. Ihre Augen leuchteten und ihre Atem rannte.

„Du hast einen Sohn?" fragte Kinna verblüfft.

Lachend wirbelte Iale herum und machte einen Handstand. Die Reste ihren Kleides fielen über ihre Hüfte und entblößten skelettartige Beine und einen faltigen Bauch.

„Willst du ihn sehen? Wir müssen leise sein. Er schläft. Er ist ein guter Schläfer. Schreit nicht und macht seiner Mutter keinen Kummer."

Grauen überflutete Kinna, drückte ihr die Kehle zu. Sie fühlte sich schwindlig. Der Raum begann sich um sie zu drehen. Sie schloss die Augen und krallte die Finger in den brüchigen Stoff, auf dem sie kniete.

„Sieh."

Ialas Stimme war sehr nah. Ein fauliger Geruch trug den gehauchten Befehl zu ihr, dem sich Kinna nicht zu widersetzen vermochte. Sie riss die Augen auf. Iala hielt ein dickes Stoffbündel vor der Brust, in dem ein winziges gläsernes Wesens lag. Seine Ärmchen waren über dem Bauch verschränkt, der Kiefer hing schlaff herunter.

„Er ist noch sehr klein, aber er wächst," flüsterte Iala. „Er ist auch guter Esser. Sieh."

Sie ließ einen Brotkrümmel in den winzigen, lippenlosen Schlund des Kindes fallen.

„Sieh, wie gut er isst. Da, gerade hat er sich bewegt. Er reibt sich den Bauch, der Schlecker, weil es ihm so gut schmeckt. Sieh nur."

Kinna sah. Ihre Augen waren weite Tore, durch die Grauen in ihre Seele einbrach. Iala hatte nicht gelogen. Der Bauch des Kindes bewegte sich tatsächlich und Kinna wusste wieso. Er war angefüllt mit Maden und Würmern. Ein weiße, wimmelnde Masse quoll an den Flanken und zwischen den Beinen des Kindes hervor. Sie mussten sich durch den Rücken einen Weg ins Freie gefressen haben.

„Wie…" keuchte sie.

„Wie? Wer? Der Blinde Mann war so gut, mir dieses Geschenk mit auf den Weg zu geben. So musste ich nicht alleine in die Dunkelheit gehen, und verzweifelte auch nicht, als meine Vorgängerin die Augen schloss. Mein kleiner Sohn war immer bei mir. Und wenn ich daran war, den Mut zu verlieren, sprach er zu mir: `Mama, denk doch an mich.` Und dann ging es wieder besser. Uns wird es gut gehen, Kinna, glaub mir. Jetzt, wo wir zusammen sind, wird alles gut werden."

*

Abba hatte ihr einmal von einem Mann namens Gilgamesh erzählt, dem Großkönig von Ur, einer einstmals mächtigen Stadt viele Meilen in Richtung der aufgehenden Sonne im Land der Zwei Flüsse. Dieser Mann hatte zahlreiche und sehr gefährliche Abenteuer bestanden, ja, sich sogar mit den Baalen selbst angelegt. Die gefährlichste seiner Unternehmungen aber war der Abstieg in die Unterwelt, aus der er seinen Freund Enkidu erretten wollte. Dort erfuhr Gilgamesh noch zu Lebzeiten von der Einrichtung der Unterwelt und dem traurigen Dasein der Toten, ihren geschmacklosen Speisen, ihren freudlosen und immer gleichen Tagen in den Schatten, ihren endlosen Seufzern und salzigen Tränen.

Nun war sie selbst, wie jener Held der Urzeit, in den unteren Gefilden gefangen, ein Kind der Sonne, in dessen Lungen noch Atem wehte, umgeben von den modernden Gebeinen der Gewesenen.

Die ersten Wochen folgte sie Iala auf ihren

47

langen Streifzügen durch das endlos scheinende Labyrinth der Unterwelt, um seine Wege zu erlernen. Zu Beginn versagte in der fremden Umgebung ihr Orientierungssinn vollständig. Unbeholfen kroch sie durch die Gänge, oft stieß sie sich schmerzhaft an oder ritzte sich die Haut an scharfen Kanten. Aber dann, ganz langsam, wurde es besser. Ihre Sinne passten sich an die neue Umgebung an. Bald konnte sie viele der Wege in völliger Finsternis zurücklegen. Sie lernte die Schrift des Gesteins mit ihren Fingern zu entziffern, lernte die Feuchtigkeit der Luft auf ihrer Nasenspitze zu wiegen. Die Gebeine des Stillen Volks verloren ihren Schrecken, wurden ihr allmählich vertraut. Mit einigen schloss sie schweigend Freundschaft, anderen nickte sie höflich zu, wenn sie an ihren Behausungen vorbeihuschte. Sie lernte mit den Ohren zu sehen und ihre Augen vermochten selbst bei schwächstem Licht, ihre Umgebung deutlich wahrzunehmen.

Mehr und mehr fand sie, dass die Welt der Toten wahrhaftig nicht ohne Leben war. Das Gegenteil. Wenn man die Ohren spitzte und lange genug in die Finsternis hinein lauschte, konnte man deutlich das Flüstern der Gewesenen vernehmen. Das Stille Volk war keineswegs still, es war nur sehr leise. In der Welt des Lichts und des Lärms konnte man ihre gehauchten Geständnisse und Klagen und Erinnerungen freilich nicht vernehmen. Doch hier, wo es still war, tönten sie vernehmlich durch die Gewölbe.

Nicht nur die Toten brachen die Stille. Auch Mäuse raschelten in den Gebeinen, Insekten summten durch die Finsternis, Wassertropfen schlugen auf harten Stein oder platschten in Pfützen. Und auch das Gestein selbst sprach. Seine Stimme war die leiseste, oft nur eine kaum spürbare Veränderung im Luftdruck oder die Ahnung einer Bewegung, die ihren Ursprung tief im Innern des Felsens selbst hatte.

Iala zeigte ihr den Fluss, die Donnerschlange. Der Fluss was ein Wesen ganz anderer Art. Er war weder leise, noch gutmütig oder träge wie die übrigen Bewohner der Unterwelt. Seine schwarzen Wassermassen donnerten so laut, dass man seine eigenen Gedanken nicht hören konnte. Und breit war der Rücken der Schlange. Selbst mit Hilfe einer Fackel, die aus in Öl getränkten Stofffetzen an der Spitze eines Schenkelknochens bestand und für wenige Minuten ein ungewohnt gleißendes Licht verströmte, konnte man die gegenüberliegende Seite nicht sehen. Als die Fackel zu verlöschen drohte, schleuderte Kinna sie über den schimmernden Rücken der Schlange. Doch sie verschwand in den Fluten.

„Es ist sehr weit und die Wasser strömen sehr schnell, genauso wie du gesagt hast," stellte Kinna betroffen fest. „Man kann nicht hinüber. Es ist hoffnungslos."

Iala berührte sie an der Schulter. „Mein Kleiner wird groß werden und auf der Schlange reiten wie ein Held aus den alten Tagen. Lass uns zurück in die Empfängnishalle gehen und sehen, ob man uns einen neuen Toten gesendet hat."

*

Selbst wenn sie einem Bekannten das letzte Geleit geben musste, war Iala niemals betroffen oder gar traurig. Das Gegenteil war der Fall. Hocherfreut klatschte sie in die Hände und begann fröhlich drauflos zuschwatzen.

„Das ist der alte Zeltmacher aus der Grabenstrasse. Er machte die besten Zelte in der ganzen Stadt. Nur die besten Felle benutzte er und das Gestänge fügte er aus ganz geraden Zedernstämmen, die er selbst schlug und schabte. Er hatte drei Söhne und sieben Töchter. Ich war mit den Töchtern bekannt, musst du wissen. Oft ging ich in seinem Haus ein und aus. Dabei musste ich seine Werkstatt durchqueren, die zur Straße hin lag. Der Duft von frisch gehobeltem Holz und Leim hing unter dem niedrigen Dach und der Zeltmacher bat mich stets, meinen Leuten herzliche Grüße auszurichten. Im Hof seines Hauses, trockneten die Felle an festen Stricken. Seine Mädchen und ich spielten Fangen dazwischen, bis die Frau des Zeltmachers aus dem Haus kam und uns schimpfte, wir würden die Felle ganz voller Staub machen. Der Zeltmacher aber schalt mich nie. Einmal schenkte er mir einen kleinen geschnitzten Bullen. Er war sehr schön und sah ganz echt aus. Man konnte die Muskeln erkennen, die Hörner, die Rippen, die sich unter dem dichten Fell spannten, und sogar seine Augen und Nüstern waren sauber herausgearbeitet. Ich frage mich, wer von meinen Geschwistern den kleinen Bullen bekommen hat? Hoffentlich der kleine Jemi, der süße Wuschelkopf mit seinen Mäuseaugen."

Auch Kinna erkannte den einen oder anderen wieder. Doch sie schwieg darüber. Schweigend auch half sie Iala die Toten an ihre Orte im Labyrinth zu bringen. Auch die richtige Wahl dieses Ortes war etwas, was Ialas Redefluss in Gang brachte. Langwierige Betrachtungen wurden darüber angestellt, in welcher Höhle und bei welchen Gebeinen der Gewesene schlafen sollte. Sie berücksichtigte dabei sowohl die oft komplizierten familiären Verflechtungen als auch geheime Neigungen, von denen sie zu wissen meinte. Manches Paar, dessen Liebe durch Umstände und Rücksichtnahmen in der Welt der Sterblichen nicht hatte fruchten können, fand so in der Unterwelt auf wunderbare Weise zusammen und manche alte Feindschaft wurde durch Ialas weise Anordnungen gütlich versöhnt.

Wortkarg wurde Iala nur, wenn ein Kind oder gar ein Säugling in die Grube gesenkt wurde. Behutsam nahm sie die kleine Leiche auf den Arm, sang ihr vor und küsste die kalten Wangen und Stirn. Für die Kleinen gab es einen besonderen Ort.

Es handelte sich um eine Höhle, die ganz in der Nähe des Flusses liegen musste, denn sein Brüllen war dort noch deutlich als verhaltenes Murmeln hörbar. Die längliche Kammer war zu beiden Seiten fast bis zur Decke angefüllt mit den Überresten kleiner Kinder. Sie war ungewöhnlich warm. An ihrem Ende befand sich ein fingerbreiter Spalt; von diesem ging ein Glimmen aus, so schwach, dass die Augen eines unter der Sonne Wandelnden es nicht hätten wahrnehmen können. Doch Kinnas und Ialas Augen waren an die Finsternis gewöhnt und daher überempfindlich gegen selbst die schwächsten Lichtquellen.

„Ist das..." begann Kinna zu fragen. Doch Iala unterbrach sie.

„Nein, nicht Ashair, nicht Sikkul. Das dachte ich auch zuerst. Es ist das Herz der Unterwelt. Geh hin."

Als Kinna sich dem Spalt näherte, spürte sie, das die Wärme, die die Höhle erfüllte, von dort ausging.

„Wie der Boden im Haus des Baals," sagte sie.

„Leg deine Hand auf die Wand," forderte sie Iala auf.

Neben der Wärme spürte Kinna noch etwas. Eine periodische Vibration, die tatsächlich an den langsamen Schlag eines gewaltigen Herzens erinnerte, drang durch den Stein.

„Was ist das nur?" fragte Kinna.

„Das Herz der Wüste hat es Betani genannt. Ich weiß nicht genau, was es ist, nur, dass sein heißes Blut bis in das Haus der Häuser läuft," meinte Iala, während sie ein kleines Mädchen sehr sorgfältig in einer Felsspalte platzierte. „Die Baale haben viele Geheimnisse, Kinna."

*

Viele Wochen lebten Iala und Kinna, die Stillen Schwestern, so in der Unterwelt. Und manchmal, wenn die beiden aneinandergeschmiegt lagen und sich erzählten oder ein Reicher mit einem hohen Krug

Starkbier zu ihnen gekommen war, und das Getränk sie lustig machte, vergaß Kinna für einige Stunden sogar ihre Trauer und den giftigen Zorn, der in ihrer Seele Wurzel gefasst hatte, und fühlte sich fast so glücklich wie in der Lichtwelt im Hauses ihrer Eltern. An anderen Tagen aber haderte sie mit ihrem Schicksal, haderte lange und beharrlich.

„Ich bin betrogen worden. Man hat mich geschändet und betrogen. Um die Sonne bin ich betrogen worden, um Kinder, um ein Haus, um einen Mann, in dessen Armen ich liegen kann," schimpfte sie, wenn sie ungestört war, denn sie wollte Iala nicht mit ihrem Ärger belasten.

Ihr ganzer Kummer verdichtete sich indes in einer bestimmten Sache, ihr Frauenkleid. Dieses Kleid, das sie nun niemals auf dem Markt und vor den Tempeln im ersten Jahr ihrer Frauenschaft würde tragen, wurde zum Symbol eines gestohlenen Lebens und Gegenstand endloser Tiraden.

„Niemals werde ich wie Asara mit den anderen Frauen schwatzen und das Kinn in der Stadt hoch tragen können. Dabei ist sie nur wenig älter als ich. Hätte Ma nur nicht unser Gewand gegen das verfluchte Duftöl getauscht. Das verfluchte Öl! Oh, wie schön war unser Kleid. Viel feiner gewoben und bunter war´s als das Asaras. Gefärbt mit dem Blut des Himmelsbullen, gewoben mit Wolle von den Schafen des Baal Baruk. Die hätte Augen gemacht, wenn ich damit in vor den Tempeln spaziert wäre. Und die jungen Männer hätten gewiss mit der Zunge geschnalzt. Und sie wären mit Geschenken zu Abba gekommen und hätten nach mir gefragt. Aber Abba hätte sie geschimpft und mit dem Stock vertrieben: `Was fällt euch Burschen ein´, hätte er ihnen nachgerufen. `Eine Prinzessin ist meine Kinna. Um die fragt man nicht, wie nach einem alten Schaf! Kommt wieder, wenn ihr schwer von Besitz seid, dass ihr meiner Tochter ein würdiges Auskommen garantieren könnt.´"

Solches und ähnliches dachte sie. Und ihr Herz war schwer, und die Bitternis der Zornpflanze, die in ihrer Seele gewurzelt war, verdüsterte ihre Tage noch mehr.

*

Doch dann veränderte sich der stete Gleichlauf ihres Daseins im Ödland.

Die Empfängnisgshalle, durch die die Toten die Unterwelt betraten, war seit einiger Zeit ein Ort reger Betriebsamkeit geworden. Waren vordem alle zwei, drei Tage ein meist sehr alter oder sehr junger Mensch herabgelassen worden, so fanden die beiden Mädchen nun häufig mehrere Gewesene an einem Tag. Junge oder Männer in der Mitte ihres Lebens und auf der Höhe ihrer Kraft bildeten das Gros dieser Neuankömmlinge. Unzweifelhaft war auch der Grund ihres Übergangs: Sie alle wiesen Verletzungen an Kopf oder Brust auf.

Bitot musste unter einer Belagerung stehen. Die Verletzungen rührten von den neuen Pfeilen der Shasu her, deren Spitzen aus jenem harten Material bestanden, das selbst die Rüstungen der Göttersöhne zu durchdringen vermochte.

Besorgt teilte Kinna ihre Erkenntnisse mit Iala. Doch diese zuckte nur die knochigen Schultern.

„Mehr zu essen für uns und eine lebhaftere Gesellschaft für übrigen Gewesenen. Sie mögen es als angenehm empfinden, es mit jüngeren ihrer Art zu tun zu bekommen. Wir haben noch viele Kammern zu bevölkern."

„Machst du dir keine Sorgen?" fragte Kinna.

„Worüber soll ich mir denn Sorgen machen?" erwiderte Iala verwundert.

„Mag sein, dass du eines Tages deine Eltern oder Geschwister in der Empfängniskammer wiedersiehst," erklärte Kinna. Sie drückte damit eine eigene Angst aus. Zuvor war ihr der Gedanke, sie könne ihren

53

Eltern in der Unterwelt wiederbegegnen, nicht einmal in den Sinn gekommen. Doch nun, da sie etliche bekannte Gesichter wiedersah und der Tod offenbar in der Stadt reiche Ernte hielt, schien diese Möglichkeit in sehr greifbare Nähe gerückt zu sein.

Und da war noch etwas anderes, was sie beunruhigte. Iala schien schwächer zu werden. Die unablässige Arbeit zehrte an ihren Kräften. Zwar aß sie mit großen Appetit, was mit den Toten hinab gesandt wurde, und gab sich hochgestimmt, selbst wenn der Schweiß über ihre papierne Haut rann, doch Kinna entging nicht, dass die sonst so eleganten Bewegungen ihrer Freundin langsamer und unsteter wurden. Sie musste häufigere Pausen einlegen. Ihr Atem rollte geräuschvoll und zäh durch die Lungen, während ihre flache Brust sich heftig hob.

Bald übernahm Kinna die schwere Arbeit, die Toten durch die Gänge zu schleppen, ganz alleine. Iala ging ihr mit der Öllampe schwatzend oder singend voran.

„Es wird wieder besser werden mit mir," beteuerte sie schuldbewusst, wenn Kinna erschöpft Rast machte. Doch beide wussten insgeheim, dass dies nicht der Fall sein würde.

Dann kam der Tag, da Iala ihre Wohnung nicht mehr zu verlassen im Stande war. Sie weinte leise, als Kinna sie um das Bündel zusammengerollt fand, dass die nunmehr skelettierten Überreste ihres Kindes enthielt. Bei diesem Anblick schnürte sich Kinnas Brust zusammen. Sie ließ ihrer Freundin die Lampe, nahm stattdessen einen Vorrat an Kerzen und verließ wortlos und traurig die Höhle. Am Abend kehrte sie mit Brot und Öl zurück. Sie fand Iala in der gleichen Haltung, in der sie sie zurückgelassen hatte.

„Hier ist etwas Brot, Schwester. Die Laibe werden kleiner. Und Kuchen habe ich heute gar nicht bekommen, obwohl sie acht Männer und zwei Frauen runter gelassen haben."

Iala sah sie verzweifelt an. Ihre Augen waren

stark entzündet und ihre Lippen bebten.

„Schwester, ich glaube meinem kleinen Sohn geht es nicht gut," sagte sie leise.

Kinna konnte nur mit Mühe die Tränen zurückhalten. Sie streichelte Ialas schütteres Haar.

„Es wird schon besser werden," sagte sie, sich der Worte ihrer Freundin bedienend.

Iala nickte lächelnd, ihr Atem ging schwer.

„Ja, es wird wohl wieder besser werden," sagte sie.

„Iss etwas. Und trink. Wasser wird dir gut tun."

Iala zwang sich einige Bissen zu nehmen, doch das Schlucken bereitete ihr starke Schmerzen.

„Höre Schwester. Wenn es vielleicht doch nicht besser werden sollte, bitte ich dich um einen besonderen Gefallen. Es ist mir sehr wichtig," sagte Iala.

„Alles, Schwester", schluchzte Kinna.

„Bring uns beide, mich und meinen Sohn, in Ashuris Große Halle, wenn es soweit ist. Ich weiß, dass es gegen seine Gebote verstößt, weil die Halle nur den Stillen Schwestern vorbehalten ist. Aber ich denke...Er ist ja ein gütiger Baal und wird Nachsicht walten lassen. Ich will meinen Kleinen nicht zurücklassen."

Kinna vermochte nichts zu erwidern. Die Trauer würgte sie. Sie nickte heftig. Dann wendete sie den Blick ab und entkleidete sich zum Schlafen.

Iala sank beruhigt zurück und sang, sehr leise, ihrem Sohn ein Wiegenlied.

*

Immer schneller nahmen Ialas Kräfte ab. Sie verschwand förmlich. Sie schlief nun den Großteil des Tages, und wenn sie wach war, flüsterte sie ihrem Jungen zu oder summte leise vor sich hin. Kinna wusste nicht, was sie ohne Iala anfangen sollte. Die Vorstellung, alleine durch die Unterwelt wandern zu müssen, versetzte sie in Panik. Doch noch schwerer bedrückte ihr Herz, dass sie Iala sehr liebgewonnen hatte. In ihrer Verzweiflung beschloss sie, einen letzten Versuch zu unternehmen, das Leben ihrer Schwester zu retten.

Sie wählte die fetteste Leiche des Tages aus. Es handelte sich um eine Frau aus dem Händlerviertel, die noch einige Ringe auf den Hüften trug. Kinna entkleidete die Leiche und wusch sie sorgfältig ab. Dann schnitt sie dünne Streifen von den Innenseiten der Schenkel. Sie war verwundert, wie leicht ihr die grausige Arbeit von der Hand ging. Das Fleisch war hellrot und durchsetzt von weißlichem Fett. Sie machte ein kleines Feuer, indem sie etliche mit Öl getränkte Tücher verbrannte. Darüber briet sie das Fleisch so gut es ging.

Sanft rüttelte sie Iala wach.

„Sieh, was ich habe. Eine Stärkung.“

Ialas Blick war leer und Schmerz stand auf ihren Zügen.

Kinna kaute ihr ein Stück vor.

„Es ist gut,“ sagte sie.

„Gib meinem Sohn zuerst,“ bat Iala.

Kinna nahm einen Fetzen, öffnete die Kiefer des Kindes und schob ihn hinein. Dann gab sie Iala.

„Ja, es ist gut,“ sagte sie dankbar. Doch dann würgte sie und erbrach einen Schwall von Galle und Blut.

Kinna klopfte ihr auf den Rücken und tupfte ihr die Lippen ab.

„Geht es besser?“ fragte sie.

„Ja,“ antwortete Iala. „Lass es uns später nochmal versuchen.“

„Ja. Es ist noch genug da.“

„Ein Festessen“, meinte Iala und lächelte müde.

„Ruh dich ein wenig aus,“ bat Kinna und bettete Ialas Kopf sacht auf einer Tuchrolle.

Sie häufte noch weitere Decken über ihre Schwester und schmiegte sich dann fest an sie. Iala war eiskalt. Lange lag Kinna wach und lauschte dem röchelndem Atem der Freundin, bis sie darüber einschlief.

Als sie erwachte, war es ganz still.

*

Es war das erste Mal, dass Kinna die Große Halle betreten würde, um Iala und ihren Sohn dort an ihren verdienten Ruheort zu bringen. Ihre Freundin hatte sie mit den notwendigen Riten der Reinigung vertraut gemacht und Kinna befolgte sie aufs Wort. Sie reinigte sich mit dem Wasser aus dem Unterweltfluss. Sie war erschreckt, wie abgemagert sie selbst mittlerweile war. Trotzdem enthielt sie sich einen Tag aller Nahrung und allen Getränks – es war ohnehin nicht mehr viel, was man von oben schickte – und rezitierte sämtliche Gebete und Gesänge, die Iala sie gelehrt hatte.

Dann, als sie fand, dass alles Notwendige getan war, unterzog sie Iala und ihr Kind ebenfalls sorgfältigen Waschungen. Dabei sprach sie weitere Gebete und rezitierte Gesänge, während sie bittere Tränen vergoss. Schließlich hüllte sie den skelettartigen Leib der Freundin und des Kindes in feste Leinentücher, sodass eine Larve entstand. Sie schulterte die Larve und war erstaunt, wie leicht sie war, so leicht wie ein Bündel trockener Knochen. Bedächtig wanderte sie den Weg zur Großen Halle entlang, den Iala ihr oft gezeigt und den sie doch nie zuvor bis zum Ende gegangen waren. Denn der Zutritt war nur erlaubt, wenn eine der Dienerinnen des Totengottes dort bestattet wurde.

Kinna kam an ein gewaltiges Portal aus schwarzem Holz. Es war von wundervollen und kunstreichen Reliefs überzogen. Kinna legte den Leichnam ab. Fasziniert betrachtete sie die Reliefs im Schein ihrer Lampe. Dargestellt war die Geschichte der Welt aus Sicht des Totengottes. Sie fand die vertrauten Gestalten und Szenen der Sagen wieder,

57

doch hier wurden sie auf ganz sonderbare Weise erzählt. Ashair, die Sonne, Licht-und Lebensspenderin, erschien als sengendes Himmelsfeuer, das Flüsse und Seen austrocknete und Brände auf die Erde schleuderte. Die Stadtbaale waren grauenhafte Kreaturen mit riesigen Mäulern, die Menschen fraßen oder sie gegeneinander aufhetzten. Desgleichen die Geister der Flüsse, Wälder und Berge. Arglose Wanderer und spielende Kinder lockten sie in tödliche Fallen, dass sie darin umkämen und Schakal und Wolf zum Fraße würden. Ashuri dagegen, der Ödlandbeherrscher, erschien als guter und sanfter Gott, der sich der Toten liebevoll annahm. Er trocknete ihre Tränen und wies ihnen Plätze in seinem Reich an, wo sie in Frieden den Langen Schlaf schlafen durften. Auch den Überlebenden schaffte er Trost, indem er sie über die Schlechtigkeit des Lebens und die Gutheit seines Endes belehrte. Kinnas Blick fiel endlich auf die Darstellung dessen, was hinter der Pforte lag. Die Halle des Baals war dargestellt, prachtvoll geschmückt und von riesenhaften Ausmaßen. Er selbst thronte auf einem Felsen und überblickte lächelnd das Heer seiner Diener, die ihm in wallenden Gewändern huldigte.

„Das ist ein guter Platz für euch,“ sagte Kinna. „Nun müssen wir nur noch hineingelangen.“

Sie stemmte ihre Schulter gegen die Pforte und war erstaunt, das diese sofort nachgab und den Blick in die Wohnung des Baals freigab. Sie hielt ihre Lampe hoch. Gewaltige Säule stützen ein bogenartiges Dach. Das Ende der langen Halle lag in völliger Finsternis. Der mit großen quadratischen Platten belegte Boden war warm wie der Boden im Haus der Häuser und die Rückwand der Kindergruft. Ein warmer, trockener Luftzug wehte Kinna entgegen.

„Lass uns gehen.“

Nach einer Weile sah sie die ersten Larven. Sie lagen zu Füßen der Säulen oder lehnten daran. Bei den meisten war der Stoff bereits zerfallen und offenbarte

58

mit ledriger Haut überzogene Leichen, deren Körperbau und Gesichtszüge noch deutlich zu erkennen waren.

Je tiefer sie in das Gewölbe vordrang, desto größer wurde die Zahl seiner stillen Bewohner. Es mussten hunderte sein.

„Wie ist das möglich. So viele. Wie alt muss dieser Ort sein. Viel älter als die Stadt und sogar das Haus der Häuser."

Sie wurde unruhig, ahnte eine Bedrohung, spürte argwöhnische Blicke auf ihrem Rücken. Man schätzte die Lebenden hier nicht. Doch bevor sie ihre Schwester zur Ruhe betten konnte, musste sie vor den Baal treten.

Plötzlich rief ihr aus dem warmen Wind eine Stimme zu.

„Komm, Kinna. Komm weiter. Fürchte dich nicht, Kind."

Es war der Baal. Wie freundlich seine Stimme klang, voller Mitgefühl und Güte. Leichter schritt sie jetzt aus, dem Wind entgegen, tiefer in die Finsternis hinein.

Sie wusste nicht, wie lange sie gegangen war, als der Thron des Ashuri sich allmählich wie ein kolossales Bergmassiv aus der Dunkelheit schälte. Die Luft war nun glühend heiß und ihre Sohlen brannten.

„Mein Kind, komm zu mir," sagte der Baal. Seine Stimme schien aus dem Fels selbst zu kommen. Das Gewölbe erbebte bei jedem Wort. Und doch lag in der Aufforderung des Baals keinerlei Strenge. Vielmehr handelte es sich um eine freundliche Einladung.

Schließlich erreichte Kinna den Thron. Sie legte Ialas Leiche vor das kolossale Götterbild und kniete sich selbst dahinter. Eine Glut strömte von dem Baal aus, die Kinna fast den Atem raubte. Die Luft flirrte vor ihren Augen und sie glaubte, der Boden unter ihr schwankte.

„Sieh mich nur an, Kind. Weißt du, wer ich bin?"

fragte der Baal.

Langsam beugte er sich über sie. In seinen Augenhöhlen brannte grünes Feuer, das das gekrönte Schädelhaupt des Gottes in ein gespenstisches Licht hüllte.

„Du bist Ashuri, der Herr des Ödlands," antwortete sie.

„In der Tat, der bin ich, mein Kind. Und fürchtest du dich vor mir?"

„Der Große Baal Ashuri lehrt seine Kinder, sich nicht vor dem Langen Schlaf zu fürchten. Er lehrt, dass das Leben in der Oberwelt mühsam, der Lange Schlaf aber erquickend ist. Seiner Gnade verdanken die Lebenden das Geschenk des Langen Schlafes."

„Ja," stimmte der Baal befriedigt zu. „So ist es, Kinna. Du spricht gut. Nun sage mir, weswegen du in meine Wohnung gekommen bist und meine Träume unterbrochen hast."

„Deine Sklavin bringt dir den Leib deiner Dienerin Iala, die nach langem Dienst ihre müden Augen in der Hoffnung geschlossen hat, dass du sie mit einem Ehrenplatz in deiner Halle belohnen wirst."

Der Baal betrachtete die Larve. Obwohl es unmöglich schien, fand sie, dass Ashuris Knochengesicht einen Ausdruck von Mitgefühl annahm.

„Ja," brummte der Baal zustimmend, „sie war wahrlich eine treue Wärterin und hat mir gute Dienste geleistet."

Dann fixierten seine glühenden Augen Kinna.

„Nun wirst du alleine meine Felder bewirtschaften und den Gewesenen ihre rechtmäßige Orte anweisen?" fragte er,

„Deine Sklavin wird nach besten Kräften tun, was von ihr erwartet wird," antwortete sie pflichtgemäß.

„Gut, das ist gut," stellte Ashuri fest. „Es gibt viel zu tun in diesen Tage. Hm."

Er machte eine unbestimmte Bewegung mit der

Knochenhand.

Kinna berührte mit der Stirn den heißen Boden als Zeichen des Danks.

„Deine Dienerin Iala erbittet durch den Mund deiner Sklavin eine besondere Gunst vom Herrn des Ödlandes."

Ashuri schien überrascht.

„So? Und um was handelt es sich? Sprich."

„Iala bittet, dass ihr Sohn mit ihr in der Großen Halle des Baals ruhen darf," erklärte Kinna. Noch während der Satz nachhallte, begann die Luft sich plötzlich aufzuheizen. Ein glühend heißer Wind schlug ihr aus dem Maul Ashuris entgegen. Kinna kroch zurück, wobei sie ihr Gesicht mit den Armen schützte.

„Ein Kind? Meine Dienerin hat die Pest des Lebens in mein Haus gebracht?"

Ashuri stieß einen fauchenden Laut aus. Er fasste nach der Larve und begann mit seine spitzen Fingernägeln das Tuch zu zerreißen.

Kinna sprang entsetzt auf. Die Hitze versengte ihre Sohlen und der widerwärtige Gestank von verschmorendem Haar schlug ihr entgegen.

Ashuri war es gelungen, Ialas Leiche bloßzulegen. Mit Daumen und Zeigefinger packte er ihren Sohn am Fuß und entriss ihn der Umarmung seiner Mutter. Er hielt das Kind vor seine Augen und betrachtete es voller Hass und Abscheu. Dann zerrieb er den winzigen Körper zwischen den Fingern. Feine Flocken aus Knochen und Haut wirbelten durch die Luft und verloren sich in der Halle.

Kinna schrie auf und taumelte zurück. Wütend zertrampelte Ashuri nun die Überreste ihrer Freundin.

Dieser Anblick war zu viel. Sie wandte sich um und begann loszulaufen. Ihre Beine gehorchten nur noch einem übermächtigen Überlebenstrieb, der sie veranlasste, zu rennen und immer weiter zu rennen. Sie flog förmlich durch die Große Halle. Ihre Lampe war bereits in den ersten Sekunden ihrer Flucht verloschen, doch das verlangsamte sie in keiner Weise. Hinter ihr schrie und fauchte der Baal. Die Halle bebte. Ringsum lösten sich Gesteinsbrocken aus dem Gewölbe, die krachend auf den Fliesen zerschellten. Kinna fand die Pforte noch offen, schlüpfte hindurch und drückte sie mit aller Gewalt zu.

Stille und Finsternis umgaben sie wie ein Meer aus Pech. Der Baal hatte sie nicht verfolgt. Kinna taumelte noch einige Schritte weiter. Dann brach sie schluchzend zusammen.

*

Mehr aus Gewohnheit, denn aus Sorge, den Zorn des Baals durch Ungehorsam zu reizen, stürzte sich Kinna in den folgenden Wochen in die Arbeit. Und Arbeit fand sie genug. Immer mehr gefallene Männer wurden in die Grube gelassen. Doch bald waren es nicht nur Männer. Auch Frauen und Kinder reihten sich dem Stillen Volk ein. Zuerst nur sehr alte Frauen und sehr junge Kinder. Bald aber auch solche auf der Höhe ihrer Kraft. Die Toten waren stark abgemagert, waren also dem Hunger, der in Bitot herrschen musste, zum Opfer gefallen. Dementsprechend wurden auch die Grabbeigaben immer dürftiger. Selbst zwanzig Totenbeigaben vermochten nicht mehr, Kinnas Magen zu füllen. Anstatt Brot fand sie eine Handvoll Mehl in einem kleinen Beutelchen, anstatt Kuchen sandte man ein Büschel dürres Gras oder eine runzlige Dattel.

Kinna hatte trotz der andauernden Dunkelheit einen guten Zeitsinn bewahrt. Sie zählte die Tage mithilfe der Öllampe. Auch das hatte Iala sie gelehrt. Eine Füllung bis zum Rand hielt sechs Stunden, vier Füllungen entsprachen demnach einem Tag und einer Nacht. Jeder Tag wurde mit einer Scharte an der Wand ihrer Wohnhöhle bezeichnet. Nach diesem Kalender befand sich Kinna dreiundachtzig Tage in der

Unterwelt, die Belagerung musste vor etwa zweiunddreißig Tagen begonnen haben.

„Warum herrscht schon Hunger? Die Speicher müssen voll gewesen sein," fragte sie sich. „Es war Erntezeit. Und die Ernte in diesem Jahr war gut gewesen. Jeden Abend, wenn Abba nach hause kam, schien er sehr zufrieden. Und obwohl er müde war, berichtete er doch ausführlich, was die Männer auf dem Feld und auf dem Markt geredet hatten. Oder erzählte Geschichten von unseren Ahnen oder den Helden der Vorzeit oder den Baalen. Und seine Lippen bewegten sich noch lange, nachdem seine Augen schon zugefallen waren..."

So dachte Kinna, dachte an ihren Abba und an Ma und an die Stadt und die Welt der Lebenden und ihr Treiben dort oben unter der Sonne. Und stets verloren sich ihre Gedanken in immer ferneren Erinnerungen, drifteten langsam in immer sonderbarere Betrachtungen ab, bis sie Stunden später hungrig und verwirrt aus ihnen erwachte. Sie vermisste die Lichtwelt, der sie nun nicht mehr angehörte und niemals mehr angehören würde, sehr. Und sie vermisste Iala und ihre Plaudereien. Kinna fühlte sich einsam und unendlich müde. Sie fragte sich, ob es in Anbetracht der Belagerung überhaupt noch eine Auserwählte im folgenden Jahr geben würde, ihr Gesellschaft zu leisten und einmal ihre Stellung als Stille Schwester einzunehmen. Wenn die Shasu die Stadt eroberten, würde sie wohl ihr trostloses Leben alleine beschließen müssen. Aber das würde sie sowieso, und vielleicht schon recht bald, wenn die Belagerung andauerte. Sie wog, was ihr zuerst ausgehen würde, das Essen oder das Öl für die Lampe. Die Lampe schien das größere Problem zu sein. Sie hatte sich einen Schlafrhythmus angewöhnt, bei dem sie nie länger als drei Stunden die Augen schloss. Solange sie Licht hatte, konnte sie Insekten oder Mäuse jagen. Ohne die Lampe aber wäre sie allein auf das Fleisch der Gewesenen angewiesen, die selbst an Hunger gestorben waren.

„Die Baale sind bösartig," knurrte sie. Sie erzitterte zuerst, als sie diese Blasphemie aus ihrem Mund vernahm. Doch dann fasste sie allen Mut zusammen und sagte laut und bestimmt: „Die Baale sind bösartig und Feinde der Menschen. Ich schulde ihnen nichts."

Ihr Herz schlug schnell und sie spürte wie Blut in ihr Gesicht schoss.

„Ich schulde ihnen nichts, nichts, nichts," rief sie wieder und wieder.

Sie geriet ins Schreien.

„Nichts, nichts, nichts."

Hungrig ging sie in die Empfängnishalle. Doch die Toten hatten nichts für sie.

Da sprach sie: „Es tut mir sehr leid, dass ihr aus dem Licht geschieden seid. Ich weiß, euer Trost in der letzten Stunde war das Versprechen, im Ödland wieder mit euren Lieben zusammenzukommen, die hier auf euch warten. Ich aber habe euch dieses Versprechen nie gegeben, noch wollte ich selbst vor meiner Zeit in die Grube fahren. Ihr und ich sind Opfer der Betrügereien der Baale, die in Wahrheit bösartig sind und Feinde der Menschen. Wenn ihr mir also nichts zu essen gebt, werde ich eure Körper nicht mehr anrühren. Ich schulde euch nichts. Bitte vergebt mir, aber mein Entschluss steht fest."

So redete sie und schritt die Leichen dieses Tages ab. Da fand sie Abba und Ma. Es dauerte eine Weile, bis Kinna in den ausgezehrten Gesichtern, ihre Eltern wiedererkannte und sie doch auch nicht wiedererkannte. Denn obgleich die Toten zweifellos ihre Eltern waren, erschienen sie ihr jetzt ganz fremd. Es war, als lägen vor ihr die verunstalteten Abbilder von Menschen, die sie einst geliebt hatte und in ihrem Herzen noch immer liebte. Ihre Wangen waren eingefallen und ihre Augen lagen tief in den Höhlen. Abbas Bart war schütter und Ma´s Lippen waren etwas geöffnet, so als wollte sie etwas sagen.

„Was ist, Ma? Erkennst du mich nicht? Ich bin´s, Kinna, deine Tochter."

Doch ihre Mutter schwieg.

„Dein schönes Kleid hast du gegeben. Das Kleid, das meine Mutter von ihrer Mutter bekam und jene von der ihren und so fort bis ins fünfte Glied hinein, da unser Stamm in diesem Land sesshaft wurde am Fuße des Hauses des Avlas. Jenes Gewand, das aus der Wolle von den Schafen des Baal Baruk gewoben und mit dem Blut des Himmelsbullen gefärbt ist."

Sie seufzte.

„Hätte meine Mutter es nur behalten, das Gewand ihrer Ahnen, und es nicht eingetauscht gegen den Duft aus dem Land der Sphinx, so wäre ihre Tochter vielleicht nicht auserwählt worden und hätte mit ihrer Ma und ihrem Abba bis zum Ende zusammenbleiben können."

Kinna betrachtete die beiden Leichen noch eine Weile. Dann dachte sie an Asara und ihr Frauenkleid und neidisch und boshaft zugleich fragte sie sich, wie es ihrer Jugendfreundin wohl oben in Bitot ginge.

*

Eines Tages fand sie einen Tempeldiener des Totengottes auf dem stetig wachsenden Leichenhaufen in der Empfängnishalle. Er war deutlich besser genährt als die anderen Toten, die man mittlerweile einfach in die Grube warf. Gewiss stahlen die Leute des Blinden Mannes die für sie bestimmten Gaben.

Der Gesichtsausdruck des jungen Mannes war ganz friedlich. Kinna war von seinem Anblick betroffen. Ihr Herz begann schneller zu schlagen. Sie kniete sich neben ihn und sah ihn lange an.

„Du bist schön, Jebu" sagte sie.

Ihre zitternden Finger erforschten Stirn, Lippen und Wangen des Toten. Er mochte in ihrem Alter gewesen sein. Seine Haut war kalt, doch makellos und weiß wie Schnee. Sie fragte sich, was ihn in die Arme des Tempels getrieben hatte. Armut, Wahnsinn oder eine Mischung aus beidem? Was es auch war, nun schien er glücklich. Was immer ihn im Leben geplagt hatte, lag nun hinter ihm, weit hinter ihm.

„Magst du mich?"

Sie nahm seine Hand und führte sie an ihr Gesicht. Dann begann sie ihn vorsichtig zu entkleiden. Sie fand eine daumennagelgroße Wunde über seinem Herzen.

„Ich liebe dich. Auf meinen Lippen bist du wie die Süße des Honigs und auf meiner Haut die Wärme Ashairs."

Dann küsste sie ihn. Erst vorsichtig, verhalten, fast schüchtern. Doch dann immer wilder und leidenschaftlicher.

„Wir werden eins werden. Vertrau mir. Es wird nicht weh tun."

Behutsam schnitt sie ein kleines Stück Fleisch aus seiner Flanke. Und dann noch eines und noch eines. Und tatsächlich änderte sich der Gesichtsausdruck des Toten keineswegs, sondern blieb ruhig und selig. Kinna beneidete ihn um diese Ruhe. Sie dachte an Ashuri und was er Iala und ihrem Sohn angetan hatte und sie wusste, das Los der Toten war nicht besser als das der Lebenden. Aber sie würde es ihm nicht sagen, ihrem Liebling, nein, sie würde schweigen.

Sie trocknete das Fleisch in dünnen Steifen in der Kindergruft, wo es warm und trocken war. Dort enthäutete sie auch den Schädel sorgfältig, entfernte Gehirn, Augen, Zunge und alles andere Weiche, Fleischige. Mit Steinstaub und reichlich Wasser rieb sie den Knochen blank, bis er ganz weiß war. Die Arbeit dauerte zwei volle Tage und war überaus anstrengend. Am dritten Tag rastete Kinna und studierte die gravierten Schädel in der Wohnhöhle. Am vierten Tag aß sie reichlich und machte sich ans Werk. Mit einer eisernen Speerspitze, die sie bei einem Toten gefunden hatte, begann sie sorgfältig

Bilder aus ihrer Vergangenheit in den Schädel einzuritzen. Ihre Eltern, ihre Feindfreundin Asara, das Haus der Häuser, die großen Schiffe, die dort an den Wänden gemalt waren, einen Adler, der einmal ganz dicht über ihrem Kopf hinweggeflogen war und vieles andere. Das war das Gewesene. Dann aber zeichnete sie Bilder des Nicht-Gewesenen. Ihr Liebling war dort und sie. Sie wohnten in einem Haus nahe den Unteren Gärten, wo es im Sommer nach Rosen duftete. Kinna hatte Kinder. Zwei Jungen und ein Mädchen. Dem Mädchen zeigte sie das Frauenkleid. Die Jungen halfen ihrem Vater mit dem Vieh. Sie hatten einen kleinen Obstgarten vor der Stadt gepachtet. Dort wuchsen Orangen, Birnen und Granatäpfel. Die Kinder ließen kleine Schiffe in den Bewässerungsrinnen schwimmen und ihr Mann drückte sie fest an sich und flüsterte ihr etwas unanständiges ins Ohr.

Ohne bestimmte Reihenfolge ritzte sie das Gewesene und Nicht-Gewesene in Zeilen, die rundherum um den Schädel liefen. Jede Zeile wog ein Jahr. Dreiundvierzig Jahre lebte sie so einem traumartigen Zustand nach, der in Wirklichkeit nur drei Tage andauerte. Weder aß noch trank sie in dieser Zeit. Und wenn sie schlief, so setzten sich ihre Träume einfach fort.

*

Als Kinna das Hoftor erreicht, sah sie, dass ihr Elternhaus zur Hochzeit geschmückt. Ein Lamm war geschlachtet worden, ein weißes, einjähriges Tier. Sein Blut trocknete auf Türpfosten und Schwelle, um die bösen Geister fernzuhalten. Lange Tischen waren im Hof aufgestellt, darauf tönerne Schalen und Körbe angefüllt mit Obst, Fleisch, Brot, Kuchen. Dickbauchige Krüge mit Starkbier standen im Schatten unter der Mauer.

Jebu war mit seinen Verwandten im Hof. Sein

67

Ausdruck war gelöst und selig. Er umarmte Abba. Der klopfte ihm auf die Schultern.

„Ein guter Sohn wirst du mir sein." Er nickte lächelnd.

Jebu nickte lächelnd. „Du kannst dir nicht denken, wie viele Jungmänner ich mit dem Stock habe vertreiben müssen, wenn sie wie räudige Kater um mein Haus streiften oder gar wagten, sich meiner Kinna auf dem Markt zu nähern! Und wenn die Narren um sie gefragt haben, habe ich sie geschimpft, was ihnen einfällt! Meine Tochter ist ja kein beliebiges Mädchen, sondern eine Prinzessin aus gutem Stamm. Unsere Familie war eine der ersten, die sich im Schatten des Hauses der Häuser angesiedelt haben. Vor fünf Generationen war das. Aber bei dir, Jebu, steht die Sache doch anders. Das hab ich gleich gewusst, als ich dich das erste Mal sah. Du hast ein geräumiges Haus und Herden und Gärten vor der Stadt und Knechte und Mädge, die dir zur Hand gehen. Du wirst meiner Tochter und deinen Kindern ein gutes Auskommen schaffen." So sprach Abba, ehrlich gerührt und auch ein wenig angetrunken schon vom Starkbier.

Jebu aber antwortete: „Kinna wird mein einziger Schatz sein. Und alles, was ich habe lege ich ihr zu Füßen."

„Honigmaul," lachte Abba und die Gesellschaft des Bräutigams stimmte mit ein ins Gelächter.

Kinna´s Herz schlug schnell. Sie wollte die Pforte zum Hof öffnen, doch die war verklemmt. Sie rüttelte daran, doch es half nichts.

„Abba, Jebu, hier bin ich, die Braut!" rief sie. Doch man hörte sie nicht.

„Ja, wo ist denn nun meine Tochter! Wir wollen endlich anfangen," sagte Abba.

„Hier bin ich," rief Kinna noch lauter. Doch Abba hörte sie nicht. Er verschwand im Haus. Wenig später kam er mit der Braut zurück. Sie war ganz verschleiert und trug Asaras Frauenkleid. Mit Tränen der Rührung folgte ihr Ma. Die Gesellschaft im Hof stieß Rufe des Erstaunens und Entzückens aus.

„Was tut ihr? Das bin ich nicht und das ist auch nicht mein Kleid. Hier bin ich," rief Kinna verzweifelt.

Doch niemand hörte sie.

Abba nahm die Hände der Verschleierten und legte sie in die Hände Jebus. Dann sprach er seinen Segen über sie.

Kinna rüttelte wie wild an am Hoftor. Sie schlug und trat und weinte und schrie.

Doch niemand hörte sie.

*

Der Leichenberg in der Empfängnishalle wuchs mit jedem Tag. Der Gestank war umwerfend. Doch Kinna weigerte sich, die Halle zu räumen. Nur kleine Kinder brachte sie an ihren Ort. Sie taten ihr leid, die Kleinen, und so war sie gut zu ihnen, obwohl sie auch ihnen nichts schuldete.

Gelegentlich suchte sie den großen Fluss auf, jenes kreischende Hindernis, das zwischen ihr und einem möglichen Ausgang aus dem Labyrinth lag, die Donnerschlange. Stundenlang stierte sie in die reißenden Fluten und fragte sich, wohin sie wohl führen mochten.

„Vielleicht sollte ich mich einfach hineinstürzen," dachte sie. Vielleicht konnte sie auf dem Rücken der Schlange reiten, zurück in die Freiheit, ins Licht oder in eine andere Gefangenschaft, in eine andere Dunkelheit.

Sie nahm Steine vom Ufer und warf sie in den Fluss, wo sie lautlos verschwanden.

*

Weitere Wochen verstrichen. Obwohl sie keine anderen Anstrengungen als gemächliche Spaziergänge auf sich nahm, spürte sie, wie ihre Kräfte zu schwinden begannen. Sie konnte ihren Oberarm mit der Hand umfassen und ihre Hüftknochen zeichneten sich deutlich unter der straff gespannten Haut ab. Auch verlor sie Haar und einige Zähne wackelten bedenklich.

„Ich werde wie Iala. Ich sterbe."

Die Toten brachten keine Gaben mehr, sodass sie sich leidlich von Insekten ernähren musste. Seit sie von Jebu gekostet hatte, konnte sie die Asche der Gewesenen nicht mehr bei sich behalten, so sehr sie sich auch bemühte. Außerdem wiesen viele der Toten stinkende Beulen am Hals und unter den Armen auf. Es war nur noch eine Frage der Zeit, bis sie verhungern würde.

Auch ihr Vorrat an Öl neigte sich dem Ende zu. Für ein paar Tage würde er noch reichen, dann war sie auf das unzuverlässige und schwache Licht von Kerzen angewiesen, die beim leisesten Luftzug verlöschten. Sie würde mehrere zugleich anzünden müssen, was ihren Vorrat noch schneller dezimieren musste. Wenn das geschah, würde sie nicht mehr in der Lage sein, Insekten zu jagen und auch diese letzte, ohnehin unzureichende Nahrungsquelle würde versiegen.

„Und mein Geist wird sich vollends verwirren..."

Obwohl die Gewesenen nichts mehr brachten, trieb der Hunger Kinna doch immer wieder in die Empfängnishalle. Dort musste sie über ein Gebirge von verfaulenden Leichen klettern, um zu den Toten weiter oben zu gelangen. Während sie vergeblich die frischen Leichen nach irgendetwas Essbarem absuchte, schlugen andere Körper neben ihr auf. Kinna blickte nach oben, konnte aber nichts erkennen, als vollkommene Dunkelheit.

Mit brüchiger Stimme rief sie hinauf: „Ich habe Hunger!"

Sie erhielt keine Antwort. Vermutlich hatte man sie nicht einmal gehört.

70

„Ich habe Hunger! Ich habe Hunger!"

Sie steigerte sich in rasende Wut hinein, schlug auf die starren, kalten Leiber ein.

„Ich habe Hunger! Ich habe Hunger!"

Plötzlich sah sie ein Licht weit oben über dem Rand der Grube. Sie schwenkte ihre Lampe.

„Ich bin noch am Leben und ich habe Hunger!"

„Du lebst?" rief es von oben. Obwohl die Stimme von weit her kam, konnte die Kinna ihre Überraschung hören.

„Aber ja! Ich lebe! Und ich habe Hunger!"

„Schaff die Leichen fort!" kam der Befehl von oben.

„Ich habe Hunger! Ich habe Hunger!" Kinna schrie aus Leibeskräften, bis ihr schwindlig wurde.

Plötzlich schlug ein weiterer Körper genau neben ihr auf. Der Luftzug löschte beinahe ihre Öllampe. Kinna schirmte sie mit den Händen. Dann betrachtete sie die Tote. Es war Asara. Sie trug das Frauengewand, auf das sie so neidisch gewesen war. Nun, da Asara bis aufs Skelett abgemagert war, wirkte es viel zu groß für sie.

Triumphierend lachte Kinna auf und begann hastig ihre Jugendfreundin zu entkleiden. Das Kleid war sauber und ohne Makel. Sie rollte es zusammen und eilte zurück in ihre Wohnhöhle. Dort zog sie sich um. Der Stoff fühlte sich sehr weich an und schmiegte sich zärtlich an ihre Haut. Sie drehte sich um die eigene Achse, prüfte die Ärmel und Säume. Zufrieden stellte sie fest, dass ihr Asaras Kleid gut stand, wenigstens so gut wie jener, wenn nicht gar besser.

Sie fühlte sich danach zu singen und zu tanzen. Leichtfüßig drehte sie sich um die eigene Achse. Ihr Herz schlug leichter in der Brust und obgleich ihr Magen sich vor Hunger verkrampfte, fühlte sie sich das erste mal seit langem glücklich und unbeschwert.

Ihr war Genugtuung widerfahren.

*

71

Am nächsten Tag ging sie mit dem festen Entschluss zum Unterweltfluss, sich in dessen Fluten zu stürzen. Hunger und Einsamkeit waren nicht mehr zu ertragen. Sie setzte sich ans Ufer und starrte auf den Rücken der Schlange, in deren Schuppen sich das schwache Licht ihrer Lampe spiegelte. Dort hing sie lange ihren Gedanken nach, gab sich Erinnerungen an ihr Nicht-Leben mit Jebu hin. Und so bemerkte sie nicht, wie jenseits des Flusses ein weiteres Licht erschien. Und dann noch eines. Und noch eines.

Kinna rieb sich die Augen als sie es endlich wahrnahm. Tatsächlich tanzten dort fünf Lichter am anderen Ufer.

„Eins, zwei, drei, vier, fünf," zählte sie laut, um sich zu vergewissern, dass sie nicht träumte. „Eins zwei, drei, vier, fünf."

Drei von ihnen brannten sehr hell, aber unstet. Es musste sich um Fackeln handeln. Die zwei schwächeren stammten zweifellos von Öllampen.

Auch ihre Lampe war gesehen worden war, denn jetzt gab man ihr Zeichen.

Kinna bebte am ganzen Leib. Sie wiederholte die Zeichen so gut sie konnte. Die Fackel wanderten den Fluss entlang. Kinna folgte ihnen, so weit sie vermochte. Plötzlich hörte sie ein metallisches Klacken. Sie hielt die Lampe höher und sah das dort, wo sie sich gerade noch befunden hatte, ein ungewöhnlich langer und dicker Pfeil lag, an dessen Ende ein dünnes Seil gebunden war. Der Pfeil hatte eine eiserne Spitze, die gräulich schimmerte.

Kinna wusste sofort, was zu tun war. Sie sicherte das Seil an einem Felsvorsprung und gab ein Zeichen mit der Lampe. Vorsichtig zog sich das Seil stramm, wurde dann aber wieder locker. Neuerliche Zeichen wurden gegeben. Es dauerte eine Weile, bis Kinna begriff, was man von ihr erwartete. Sie begann zu ziehen, bis ein festeres Seil, das an das dünne gebunden war, wie ein dicker, nasser Wurm aus dem

Wasser kroch. Schnell sicherte sie auch jenes. Dann wartete sie, zitternd und verwirrt und überglücklich.

Wie eine Ewigkeit kam es ihr vor. Sie beobachtete abwechselnd das Seil, das sich heftig zu bewegen begonnen hatte, und den Fluss. Endlich entdeckte sie eine Gestalt in den Fluten. Sie erkannte zwei weiße Arme, die sich am Seil festhielten. Dann tauchte ein Kopf auf, ein Hals, die Schultern eines jungen Mannes.

„Jebu," schoss es Kinna durch den Kopf.

Sie beugte sich weit vor und streckte ihm instinktiv die Hand entgegen. Und sie lachte auf, als sie bemerkte, dass in Wahrheit sie es war, die hilfesuchend die Hand nach dem anderen ausstreckte. Als er näher kam, erkannte sie, dass es sich nicht um Jebu handelte. Der Fremde hatte ein gröberes Gesicht, dichte schwarzen Locken, die ihm in der Stirn klebten, strahlende Augen, weiße Zähne und volle Lippen über einem starken Kinn. Anstatt ihre Hand zu fassen, machte er einen gewaltigen Satz und erklomm geschickt das Ufer. Triefend und lachend stand er vor ihr, die Fäuste in die Flanken gestemmt. Bis auf einen Lendenschurz war er völlig unbekleidet. Kinna bewunderte seinen vollendeten Körperbau. Er war etwas älter als sie und viel größer. Doch sein bartloses Gesicht zeigte noch deutlich die Unbeschwertheit des Kindes.

Der Fremde musterte sie aufmerksam. Kinna spürte, wie Blut in ihren Kopf schoss und ihre Wangen sich röteten. Sie war froh, dass er ihre Verlegenheit im schwachen Licht der Lampe nicht erkennen konnte. Dann nickte er ihr grinsend zu, nahm ihre Lampe und signalisierte den anderen, dass der Weg frei und sicher war.

*

Nach einer Weile saßen sieben Männer am Ufer beisammen. Es war ihnen gelungen eine der Fackeln brennend überzusetzen. Nun bemühten sie sich, die übrigen Lampen und weitere Fackeln anzustecken, die sie in einem mit Luft gefüllten Rinderdarm neben Kleidung, etwas Proviant, kurzen, in Leder gewickelten Dolchen und Bögen über den Fluss transportiert hatten. Kinna saß bei ihnen, überwältigt von der Nähe lebender und atmender Menschen. Sie war so beglückt, dass ihr die fragenden und argwöhnischen Blicke der Shasu völlig entgingen.

Einer der Männer, ein graubärtiger Hühne mit eingefallenen Wangen und von Sonne und Wüstenwind gegerbter Haut, richtete schließlich das Wort an sie.

„Ich heiße Jephuneh," sagte er mit starkem Akzent. Er deutete eine Verneigung an und zeigte ihr seine geöffneten Hände.

Kinna erwiderte die Geste, blieb aber sprachlos.

„Du musst dich wundern, warum wir hier sind," sagte er. Trotz des fremdartigen Akzents waren seine Worte gut verständlich.

Kinna nickte zustimmend, obwohl sie sich keineswegs wunderte. Tatsächlich hatte sie sich vor lauter Freude und Aufregung noch überhaupt keine Gedanken darüber gemacht, warum plötzlich die Shasu im Labyrinth erschienen waren.

„Wir suchen einen Weg in die Stadt," erklärte Jephuneh. Er beobachtete ihre Reaktion auf seine Worte genau.

Als sie nichts erwiderte fügte er hinzu: „Wir belagern die Stadt."

Kinna nickte erneut. „Ich weiß."

„Du versorgst die Toten? Man hat mir von dir erzählt. Bist du alleine oder ist noch eine andere bei dir?" fragte er freundlich.

„Alleine."

„So sind wir zur rechten Zeit gekommen. Das ist gut. Sehr gut. Ich fürchtete, wir wären zu spät. Wir glaubten, ihr...du seist tot, weil der Totendienst nicht mehr versehen wurde."

74

„Ihr seid nicht zu spät. Gewiss nicht zu spät," stammelte Kinna. „Ich habe die Toten nicht mehr versorgt, weil… Ich schulde ihnen nichts und… Ich habe Hunger."

Jephuneh räusperte sich. Dann holte er etwas gedörrtes Fleisch und einige Oliven hervor und gab ihr davon. Mit zitternden Hand nahm sie die Speisen entgegen. Während sie aß, liefen Tränen schieren Glücks über ihre hohlen Wangen.

„Du hast mir noch nicht deinen Namen verraten? Bist du Iala?" fragte Jephuneh nach einer Weile.

Kinna schüttelte den Kopf.

„Kinna dann," stellte Jephuneh fest. Ein Anflug von Unglauben und Schrecken flog über seine harten Züge.

„Kinna, deine Dienerin," bestätigte sie die letzte Olive verschlingend.

„Hm. Wie alt bist du?" fragte Jephuneh.

Kinna war von dieser Frage überrascht. Sie musste einen Moment nachdenken.

„Sechzehn Sommer."

„So jung noch? Jah hab Erbarmen," murmelte Jephuneh entsetzt. Auch die anderen Männer schienen von dieser Antwort betroffen zu sein. Sie sahen Kinna mitleidig und verstört an und tuschelten miteinander.

Kinna strich ihr neues Kleid glatt und senkte beschämt das Haupt.

„Ich bin nur sechs Monate jünger als Asara und nunmehr im Alter, wo ich ein Frauenkleid tragen darf," protestierte sie.

„Aber ja," beschwichtigte Jephuneh. „Ja, mein Kind. Es ist gut. Was die Dunkelheit an dir getan hat, wird das Licht wieder heil machen. Du bist noch jung. Junges Fleisch heilt schnell, und ein junges Herz vergisst noch schneller."

Kinna begriff erst jetzt, dass nicht ihr Kleid, sondern ihr körperlicher Verfall in Anbetracht ihres jugendlichen Alters Jephuneh und die anderen so erschreckt hatte. Und sie erinnerte sich, dass sie

75

ähnlich empfunden hatte, als sie Iala das erste Mal begegnet war. Scham und Trauer überkamen sie. Sie verschränkte die Arme und senkte das Haupt.

Jephuneh ließ ihr einige Zeit, sich zu besinnen. Dann aber, als seine Männer unruhig zu werden begannen, sprach er: „Kinna, uns wurde gesagt, dass du uns helfen kannst."

Kinna blickte fragend auf.

Jephuneh lächelte gütig. „Wir suchen den Weg in die Stadt. Kannst du ihn uns weisen?"

„Es gibt keinen Weg nach oben," erklärte Kinna.

„Doch, den gibt es. Es ist der gleiche Weg, auf dem du und die Toten an diesen Ort gekommen sind."

Kinna schüttelte den Kopf. „Es ist zu hoch. Viel zu hoch."

„Nicht für uns," widersprach Jephuneh lächelnd. „Wenn du so gütig wärst, uns den Weg zu zeigen..."

„Ihr könnt nicht fliegen," widersprach Kinna heftig.

Einer der Männer sprang auf und begann wüste Drohungen auszustoßen. Doch Jephuneh hob die Hand, worauf dieser sogleich verstummte.

„Wir können fliegen, Kinna. Hast du nicht gesehen, dass wir wie Fische schwimmen können? Sollten wir da nicht auch fliegen können," scherzte Jephuneh. Dann fügte er hinzu: „Du wirst wieder die Wärme der Sonne auf deiner Haut spüren, Kinna, das schwöre ich dir bei Jah, meinem Gott."

Kinna schniefte und blickte Jephuneh durch einen Tränenschleier hoffnungsvoll an.

„Wirst du uns also helfen?" fragte Jephuneh sanft.

Kinna nickte. „Ja."

„Das ist sehr gut und sehr weise von dir. Ich verspreche dir, es wird nicht zu deinem Schaden sein. Jah ist ein barmherziger Gott, der uns gleichwohl Barmherzigkeit gegen jene gebietet, die seinen Kindern beistehen. Lass uns nun gehen, Kinna. Zeig uns den Weg."

*

Jephuneh hatte nicht gelogen. Er und seine Männer konnten fliegen. Zumindest schien es so, als sie einer nach dem anderen empor schwebten und in der Finsternis verschwanden.

Wenige Minuten zuvor hatten sie die Empfängnishalle betreten. Einer der Shasu hatte sich übergeben. Doch die anderen schienen weder vom Geruch, noch von der Tatsache, dass sie über verwesende Leichen steigen mussten, abgeschreckt zu sein.

Auf dem Leichenberg angekommen, gaben die Shasu Lichtzeichen, die bald von oben erwidert wurden. Dann spannten Jephuneh und der Junge mit den strahlenden Augen, sein Sohn wie sich herausstellte, einen riesigen Bogen und feuerten einen armlangen Pfeil in die Höhe. An dessen Ende befand sich ein weiteres dünnes Seil. Pfeil und Seil schienen einen Augenblick lang in der Luft stehen zu bleiben. Dann fielen sie herunter. Der zweite Versuch brachte den gewünschten Erfolg. Das Seil zuckte wie eine unruhige Schlange, fiel aber nicht. Geschickt knotete Jephuneh ein festeres Seil an jenes und zog daran. Sogleich schwebte es empor.

Kinna konnte nicht ermessen, wie weit der Weg nach oben war. Doch plötzlich kehrte das dicke Seil etwa einen Fuß seitlich wieder zurück.

Jephuneh zog erneut daran, um wem auch immer das obere Ende der Seile handhabte anzuzeigen, dass es genug war. Dann knüpfte er die beiden Ende zu einer Schlinge zusammen und sicherte sie mit einem komplizierten Knoten.

„Jah sei mit uns," sagte er leise und seine Männer wiederholten das Stoßgebet. Jephuneh stellte als erster seinen Fuß in die Schlinge, seine Leute zogen an und er schwebte empor.

So ging es Mann für Mann bis nur noch

77

Jephunehs Sohn und sie unten waren. Kinna wurde unruhig. Flehentlich sah sie Jephunehs Sohn an. Doch der grinste sie nur an. Seine Zähne glänzten wie Perlen und seine Augen strahlten wie zwei Sterne.

„Halt dich nur an mir fest," lud er sie ein.

Sie umschlang seinen Hals und stellte sich auf seinen Fuß in die Schlinge. Langsam schwebten sie empor. Der Leichenberg unter ihr verschwand in der Dunkelheit, so als versinke er in einer Teergrube.

„Wieder verlasse ich Vater und Mutter," dachte sie. „Doch diesmal lasse ich sie für immer zurück." Wehmütig dachte sie auch an Iala, ihre Freundin und Schwester, deren Leib nun zerschmettert mit den Überresten ihres kleinen Sohnes in der Großen Halle lag und dort langsam zerfiel. Es dauerte sie um Iala und um alle, die dort unten zurückblieben. Und doch war sie glücklich, dass jene es waren, die Gewesenen, und nicht sie, die nun der Rest der Ewigkeit in der Finsternis verbringen mussten.

*

Das Licht etlicher Lampen und Fackeln blendete sie, da ihre Augen nach Monaten in der Unterwelt an fast völlige Dunkelheit gewöhnt waren. Blinzelnd machte sie endlich einige Gestalten aus. Jephuneh sprach mit einem Mann, den sie, obwohl er mit dem Rücken zu ihr stand, sogleich wiedererkannte. Es war Efrati der Mund des Baals. Seine reichverzierte Robe, in deren Edelsteinbesätzen das Licht sich bunt brach, und der mannshohe Priesterstab verrieten ihn. Vier Göttersöhne in voller Rüstung hielten die Shasu, in deren Mitte sie sich befand, mit Speeren in Schach. Argwöhnisch beäugte man einander.

Wie ihre Augen so war auch ihr Gehör in der Stille der Unterwelt empfindlicher geworden. Sie vermochte Bruchstücke der Unterhaltung von Jephuneh und Efrati aufzuschnappen, obgleich jene sehr leise miteinander sprachen. Man beriet sich über einen gewissen Plan, der nunmehr zur Ausführung gebracht werden sollte. Auch ihr Name fiel. Efrati drehte sich halb nach ihr um. Sein zorniger Blick fand sie unter den Shasu.

„Ich habe es bei Jah geschworen. Es ist ein geringer Preis," erklärte Jephuneh.

Efrati wandte sich wieder dem Anführer der Shasu zu, wollte widersprechen, bedachte sich dann aber.

„Wenn es der Wunsch meines Freundes und Bruders ist, soll es so geschehen. Sie ist wahrlich ein geringer Preis. Eine wertlose Sklavin, kaum Wert, den Hunden zum Fraß vorgeworfen zu werden. Aber gut, wenn es dein Herz erfreut," sagte Efrati schulterzuckend.

Jephuneh war über diese Rede sichtlich erbost, hielt aber seinen Unmut zurück und verneigte sich.

Die Gruppe setzte sich nun in Bewegung. Sie verließen den Totentempel und betraten die Stadt. Eine mondlose Nacht empfing sie. Nur der Schein ferner Sterne lag wie ein milchiger Schleier über den Dächern. Kinna war froh, dass es noch dunkel war. Sie fürchtete den Schmerz, den das so ersehnte Tageslicht ihr bereiten würde.

Kühl verabschiedeten Efrati und Jephuneh sich voneinander. Der Hohepriester ging mit den Göttersöhnen in Richtung des Hauses der Häuser, während Jephuneh den Weg zum Südtor einschlug.

Kinnas Heimatstadt war verändert. Trotz der nächtlichen Stunde waren die Straßen unnatürlich still. Kein Hundebellen, kein Scharren eines Huhnes oder Aufheulen eines Säuglings störte das bleierne Schweigen. Viele Häuser waren verwaist. Ihre Türen standen offen und zerbrochener Hausrat säumte die Straßen.

„Kinna," zischte Jephuneh. „Das Südtor? Sollten wir es nicht schon erreicht haben?"

Kinna deutete auf das Ende der Straße. „Gleich dort unterhalb der Treppe."

79

Eine breite Treppe, die von den prachtvollen, in Terrassen angelegten Palästen der Handelsherren flankiert wurde, führte hinab zur sogenannten Gartenstadt. Den Mittelpunkt dieses Viertels bildete, wie der Name schon sagte, ein weitläufiger Park, in dem vor allem Obstbäume wuchsen. Ein kleiner Bach mit klarem Wasser schlängelte sich hindurch, an dessen mit Blumenrabatten verzierten Ufer steinerne Bänke zum Verweilen einluden. Gemeinhin war der Park strikt den Händlern vorbehalten, die ihn angelegt hatten und auf eigene Kosten unterhielten. Einmal im Jahr aber wurde er im Zuge des Erntefestes für alle Bewohner Bitots geöffnet. Die Kinder durften dann von den süßen Früchten nehmen soviel sie wollten. Es gab Tänze und Musik. Die jungen Männer tranken Wein und Bier und trieben Schabernack mit den Mädchen, deren Haar mit Blumenkränzen geschmückt war.

Wie der Rest der Stadt war der Garten nun ein verlassener Ort. Ein toter Ort. Verkrüppelt waren die dürren Bäume, ihre blattlosen Äste in einer Geste stiller Verzweiflung von sich streckend. Das Gras war vertrocknet und knirschte unter ihren Schritten.

„Eine Schande," flüsterte Jephuneh ihr zu. „Es muss ein herrlicher Ort gewesen sein. Ein Garten Eden."

„Was ist nur geschehen?" fragte Kinna.

„Wir haben den Bach abgegraben," erwiderte Jephuneh sachlich. „Hunger und Durst waren starke Verbündete. Doch nicht einmal mit ihrer Hilfe gelang uns der Sturm. Etliche von uns verzweifelten bereits, denn auch uns bedrückte die Not. Ihr ward ein starkes Volk."

„Waren?" wunderte sich Kinna.

Jephuneh lächelte. „Jah hat euch in unsere Hand gegeben. Dieses Land ist uns versprochen."

„Ich verstehe nicht," erwiderte Kinna verwirrt. Alles schien ihr unwirklich wie ein Traum.

„Schhhh. Leise jetzt."

80

Sie nährten sich dem Südtor. Die Mauer war an dieser Stelle höher als um den Rest der Stadt, weil das Terrain niedriger lag. Zwei mächtige Türmen flankierten das Tor. Auf einem brannte eine einzelne Fackel, der andere lag in völliger Dunkelheit. Diese Stelle in der Verteidigung galt als besonders stark. Nie zuvor war sie erfolgreich angegriffen worden. Gerade diese Stärke erwies sich nun aber als bedeutende Schwäche, denn Mauern und Türme waren fast gänzlich unbewacht.

Die Gruppe huschte in den Schatten einer Mauer, die kaum einen Steinwurf vom Tor entfernt war. Jephuneh zischte einige Befehle. Drei seiner Männer schossen davon. Die Türe, die zum Innern des bemannten Turmes führte, war unverschlossen. Lautlos schlüpften die Shasu hindurch. Kaum zwei Minuten später gaben sie mit der Fackel von oben ein Zeichen. Daraufhin rannten Jephuneh und die drei übrigen zum Tor und begannen die schweren Riegel zu öffnen. Es kostete sie alle Kraft. Kinna, die bei der kleinen Mauer zurückgeblieben war, beobachtete sie mit schlagendem Herzen. Erst jetzt dämmerte ihr langsam, was gerade geschah. Jephunehs Männer wollten ihre Brüder jenseits der Mauer in die Stadt lassen.

Sie biss sich in die Hand um einen Schrei zu unterdrücken, der halb Entsetzen, halb Freude war.

„Die Baale sind böse. Ich nehme Rache an ihnen. Ich helfe ihrem Feind, dem Gott Jephunehs, Jah, der mich aus der Unterwelt errettet hat," sagte sie atemlos. Und doch fühlte sie sich zugleich schuldig. Sie war eine Verräterin und – auch das ging ihr plötzlich auf – Efrati, Avlas Mund, war es ebenso.

„Dass meine Eltern mir nur vergeben. Dass ihre Augen sich vor meiner Schande verschließen," betete sie leise.

Doch schoen schwang das Tor auf und eine Masse dunkler Körper ergoss sich geräuschlos wie eine Armee aus Schatten in ihre Heimatstadt.

81

*

Gespenstische Stille begleitete den Anbruch des neuen Tages. Graues Licht erhellte die verwaisten Straßen Bitots. Kinna zog sich den Schleier tief ins Gesicht, um das Licht leichter ertragen zu können. Doch selbst unter dem Tuch musste sie blinzeln. Ihre Augen tränten unablässig und sie hatte Kopfschmerzen.

Sie schritt zwischen Jephuneh und seinem Sohn in Richtung des Tempelbezirks, der das Herz der Stadt bildete. Noch immer drangen Krieger der Shasu in die Stadt ein. Sie waren nun nicht mehr lautlose Schatten, die einen stillen Tod brachten, sondern johlten und schrien im Hochgefühl eines lange erwarteten und schwer erkämpften Triumphs.

Bald stiegen schwarze Rauchsäulen über dem Tempelbezirk und der einst dicht besiedelten Oberstadt auf. Verwundete Shasu taumelten ihnen entgegen, teils alleine, teils auf ihre Kameraden gestützt. Ein Hauptmann erstattete Jephuneh Bericht über erbitterten Widerstand.

Dieser seufzte und gab Anweisungen, den Angriff fortzusetzen.

„Kinna," sagte er mit ehrlich gemeinter Aufrichtigkeit, „deine Leute sind tapfer und starrsinnig."

Kinna schwieg. Was sollte sie dazu sagen? Halb blind taumelte sie durch das Grab, das ihre Heimat gewesen war, erschöpft von ihrer Flucht und noch immer verwirrt und überwältigt von dem, was sich um sie und ein gutes Stück weit auch wegen ihr ereignete.

Etwa hundert Schritt vor einer hastig errichteten Barriere hielten sie innen. Sie versperrte eine der breiten Straßen, die zum Haus der Häuser führte. Kinna blinzelte. Schemenhaft erkannte sie eine Handvoll Verteidiger, die sich mit Speeren und Knüppeln bewaffnet hinter zerschlagenen Möbeln und

Wägen verschanzt hatte. Bis auf die Knochen abgemagert glichen sie Kreaturen aus der Unterwelt. Kaum noch schienen sie die Kraft zu haben, ihre Waffen zu heben, und doch stießen und hieben sie mit rasender Wut zu, wann immer sich ein Shasu in ihre Nähe wagte.

Jephuneh schüttelte den Kopf.

„Wie starrsinnig," murmelte er. „Warum geben sie nicht auf? Jah hat sie in unsere Hand gegeben. Begreifen sie denn nicht, dass es aus ist?"

Dann befahl er den umstehenden Kriegern erneut anzugreifen. Zuerst zögerten sie. Doch als Jephuneh ihnen drohte und ihnen Feigheit im Angesicht des nahen Sieges vorwarf, folgten sie seinem Kommando und stürzten auf die Barriere zu. Die Verteidiger vermochten noch einige Augenblicke standzuhalten, doch dann wurden sie überwältigt. Kein einziger Bürger wandte sich indes zur Flucht. Entweder waren sie zu schwach oder hießen das Ende gar willkommen. Die Shasu machten kurzen Prozess mit ihnen, dann räumten sie den Weg frei.

„Es tut mir leid, dass du das mitansehen musst," sagte Jephuneh, während sie über die Leichen der Erschlagenen stiegen. Doch Kinna fühlte nicht. Der Anblick der Toten ließ sie kalt.

Als sie in die Schatten jener hohen Häuser traten, die die Straßen des Tempelviertels säumten, vermochte sie mehr zu sehen. Überall lagen Gefallene, auch Frauen und Kinder waren darunter. Ihr frisches Blut bildete schwarze Lachen auf dem Pflaster. Der Geruch von Rauch schlug ihr entgegen. Er trug den Lärm naher Gefechte mit sich. Die Shasu drangen trotz heftiger Gegenwehr immer tiefer in den Bezirk vor.

Einige Stunden später erreichten sie den großen Platz vor dem Haus der Häuser. Die Shasu hatten damit begonnen, dicke Seile um den schwarzen Obelisken zu binden, um ihn umzustürzen. Andere türmten Holz vor das fest verschlossene Portal der

Pyramide und wieder andere trieben Gefangene zusammen oder häuften Beute auf. Die Szene war chaotisch, das Geschrei der Sieger und das Gejammer der Besiegten ohrenbetäubend. Kinna nahm all dies wie in einem Traum wahr.

Bald umringten elf Hauptleute Jephuneh. Sie erstatteten ihm Bericht. Ihre Gesichter waren rußgeschwärzt, manche waren verwundet. Doch sie lachten und klopften ihm auf die Schulter.

„Nur noch der Baalsturm," sagten sie und deuteten auf das Haus der Häuser. „Jah hat uns den Sieg gegeben, wie du prophezeit hast."

„Ihr Toren," erwiderte Jephuneh streng. „Seht eure Leute dort, wie sie Beute zusammenraffen, während der Feind noch immer sicher in seiner Festung hockt? Wie viele der Nephilim habt ihr erlegt? Keinen? Natürlich nicht. Die warten hinter dieser Pforte auf euch! Bringt die Bogenschützen sofort in Stellung. Wir können feiern und tanzen, wenn die Riesen und ihr Herr erschlagen sind."

Befehle rufend gingen die Hauptleute auseinander und stellten die Ordnung unter den Shasu wieder her. Bald trafen die Bogenschützen ein. Sie postierten sich in einem Halbkreis vor das Haus der Häuser. Brände wurden nun auf den Holzhaufen vor dem Tor geschleudert. Möbel und Balken fingen sofort Feuer. Wild und prasselnd schossen die Flammen empor und beleckten die weißen Quader des pyramidalen Baus. Träger brachten immer neue Bretter, Tische und Stühle herbei. Ganze Hausstände verschwanden in den Flammen.

Kinna, die sich von Jephuneh gelöst und in den Schatten eines der Häuser gesetzt hatte, beobachtete die Szene wie durch einen Schleier mit apathischer Gleichgültigkeit. Ihre Augen schmerzten sehr. Gegen Einbruch der Nacht brachte ihr Jephunehs Sohn Fladenbrot und Wasser. Er gab ihr auch eine wollene Decke.

„Die Nacht ist kalt," sagte er und ging neben ihr

in die Hocke. „Willst du nicht in einem der Häuser schlafen?"

„Lange genug habe ich die Sterne vermisst," antwortete sie.

Er nickte verständig. „Gibt es noch etwas, was du brauchst?"

Kinna schüttelte den Kopf. Sie war zu erschöpft, um ein Gespräch zu beginnen. Dabei tat es ihr leid, die erwiesene Freundlichkeit nicht erwidern zu können und sie schämte sich dafür. Aber der Junge schien zu verstehen.

„Möge Jah deinen Schlaf bewachen," sagte er sanft.

„Danke," sagte sie leise.

„Wofür? Wir sind dir zu Dank verpflichtet," erwiderte Jephunehs Sohn.

„Ihr habt mich aus der Unterwelt zurück ins Leben gebracht. Dafür schulde ich euch Dank," erklärte Kinna.

„Nein," widersprach er ernst, „nicht wir haben dich aus der Sheol geholt, sondern Jah, der Herr."

Dann verließ er sie, um sich zurück zu den Soldaten zu begeben, die sich um einige Lagerfeuer versammelt hatten. Wie eine Verhungernde machte sie sich über den Fladen her. Darauf rollte sie sich zusammen und fiel fast augenblicklich in einen totengleichen Schlaf.

*

„Wach auch, Kleines."

Kinna schlug die Augen auf. Iala stand über ihr gebeugt.

„Du kannst nicht immer nur schlafen," lachte sie. „Komm, steh auf. Man erwartet uns."

Kinna gehorchte. Sie rieb sich den Schlaf aus den Augen. Iala reichte ihr einen Viertellaib und eine Schale Milch. Das Brot duftete verführerisch.

„Ist noch warm. Ganz frisch," sagte sie.

85

„Ja. Ganz frisch," bestätigte Kinna.

„Es ist noch mehr da. Viel mehr. Sogar Fleisch, Datteln und Honig. Ein wahres Festmahl hat man für uns bereitet," erklärte Iala. Sie hatte ihr Kind auf dem Arm und gab ihm ein Stück Kuchen. Das Kind, ein rosiger Junge mit dicken Backen, nahm gierig.

„Wen haben sie denn gebracht?" fragte Kinna.

„Wen, wen? Was fragst du, dummes Ding? Du wirst schon sehen," lachte Iala. Sie küsste ihr Kind und legte es in eine Wiege, deren Rahmen aus Rippenknochen bestand. Darauf zündete sie ihm einige Kerzen an.

„Er schläft schon fast," sagte Iala flüsternd. „Komm jetzt. Schnell."

Sie eilten durch das Labyrinth.

„Das ist nicht der Weg zur Empfängnishalle," dachte Kinna. Doch sie sagte nichts. Sie brauchte ihren ganzen Atem, um ihrer Freundin durch die engen Gänge und Flure zu folgen.

„Komm, schnell. Schnell," rief diese ihr immer wieder zu. Das Licht ihrer Lampe verschwand hinter einer scharfen Biegung.

Kinna wollte Iala bitten, auf sie zu warten. Doch sie fand keinen Atem. So biss sie die Zähne zusammen und folgte dem schwindenden Lichtschein und dem dumpfen Echo von Ialas Schritten so schnell sie vermochte.

Sie glaubte schon, sie ganz verloren zu haben, als sie sich plötzlich in einem vertrauten Raum wiederfand. Es war Avlas Wohnung unter der Spitze der Pyramide. Iala lag seitlich auf der löwenfüßigen Bank. Ihr knochiger Körper zeichnete sich unter dem zerrissenen Gewand deutlich ab. Auf einem kleinen Tisch vor ihr stand eine Platte mit Fleisch und frischen Früchten. Iala zerquetschte mit den Lippen ein Traube und stöhnte lustvoll auf, als der süße Saft ihr in den Mund lief.

„So gut haben wir schon lang nicht mehr gegessen!" freute sie sich. „Was stehst du da herum, als hättest du einen Geist gesehen? Komm und iss. Iss dich satt. Du wirst deine Kraft brauchen."

Kinna spürte eine nahe Gefahr. Es war, als würde ein hungriger Wolf sie aus seinem Versteck heraus belauern.

„Wir müssen fort, Iala. Wir dürfen nicht hier bleiben. Wenn er wiederkommt…"

„Unsinn," widersprach Iala. „Jetzt nimm endlich. Und kau mir was von dem Fleisch weich, du weißt ich habe keine Zähnchen mehr. Hm, ich bin ganz verrückt auf ein Stückchen Braten. Oh, wie ich mich freue. Der Baal ist gut zu uns Stillen Schwestern."

Kinna wollte etwas erwidern, aber ihre Stimme versagte, als Avlas plötzlich aus dem hinteren Teil der Kammer hervortrat. Er hielt ein kleines Kästchen und nickte erst Iala, dann Kinna kalt lächelnd zu.

Jetzt ergriff Kinna Panik. Sie wollte fortlaufen, doch ihre Füße waren wie angewurzelt.

Avlas trat vor Iala.

„Den Arm bitte," bat er höflich.

Kichernd streckte sie ihm den knochendürren Arm entgegen. Avlas zog den durchsichtigen Zylinder mit der Nadel hervor und rammte ihn ihr ins Fleisch. Iala zuckte zurück, doch dann nahm sie mit der freien Hand eine weitere Traube und schob sie zwischen die Lippen.

Avlas begann mit seinem Apparat Ialas Blut auszusaugen. Er sog, bis das gläserne Gefäß voll war. Und dann sog er weiter. Ialas dünnes Blut floss bald aus dem Behältnis, lief über die Nadel zurück und ergoss sich über ihren Arm. Ein ganzer Strom von Blut tropfte bald auf den Boden. Iala schien davon unbekümmert zu sein. Gierig machte sie sich über einen Kuchen her. Doch ihre Bewegungen wurden langsamer. Ihre Augen weiteten sich erst, dann begannen sie zu zwinkern, als hätte eine plötzliche und unwiderstehliche Müdigkeit sie überfallen.

„Komm, Kleines, und iss," sagte sie mit ersterbender Stimme. „Der Baal ist gut zu uns. Der

Baal ist so gut zu uns. Iss, Kinna."

*

Mehr als unsanft war Kinnas Erwachen am nächsten Morgen. Einem heftigen Tritt in die Rippen folgte ein Hieb auf den Kopf. Benommen sprang sie auf alle Viere und kroch wimmernd zurück, bis sie an eine Wand stieß. Zwar tränten ihre Augen noch stark, doch sie sah schon viel besser als am vorigen Tag. Es war Efrati, der sie getreten hatte. Langsam ging er auf sie zu, wobei er bei jedem Schritt das beschlagene Ende seines Priesterstabs auf den Boden donnern ließ. Zorn und Ekel hatten seine Züge in eine dämonische Fratze verwandelt.

„Ein Ungeziefer bist du! Und eine Betrügerin," zischte er. „Glaub nur nicht, dass Jephuneh seine Hand ewig über dich halten wird. Du bist in seinen Augen trotz allem, was du für ihn getan zu haben meinst, nicht mehr als eine Baalsdienerin. Und weißt du, was die Shasu von Baalsdienern halten? Ich sag es dir: Weniger wert sind sie ihnen als räudige Hunde. Du wirst es selbst sehen."

Kinna schluckte. Dann brach es aus ihr heraus: „Warum hasst der Mund des Baals mich nur? Was habe ich ihm je getan?"

Efrati spuckte ihr ins Gesicht.

„Du kannst es dir nicht denken? Entehrt hast du mich vor Avlas, dem Großen. An mir zu zweifeln hat er begonnen. Er hat gesagt: `Efrati, du hast mir gute Dienste bei diesen Leuten geleistet, doch nun scheint die Zeit gekommen, da wir Veränderungen vornehmen müssen. Du wirst alt und sentimental. Was bringst du mir ein Mädchen, nur weil ihr Haar gut duftet? Hast du die Zeichen vergessen, nach denen du Ausschau halten solltest?´ So sprach Avlas zu mir, genau dieser Worte bediente er sich. Dabei habe ich die Merkmale keineswegs außer Acht gelassen. Aber er hat gedacht, ich hätte es, weil er glaubte, der Duft hätte mich betört."

Kinna wusste nicht woher, aber plötzlich ergriff eine unbändige Wut von ihr Besitz.

„Du hast mich in die Unterwelt gestürzt! Und du hast den Herrn der Häuser verraten! Und du hast meine Eltern verraten! Und Iala! Und Asara! Und zehntausend andere. Das Blut Bitots schreit deinen Namen! Du bist ein böser Mann! Und die Baale, das sage ich dir ins Gesicht, die Baale sind allesamt böse und Feinde der Menschen! Es ist Recht, dass der Wüstengott Jah sie nun austilgt und mit ihnen das Gewürm austilgt, das ihnen gedient hat."

Efrati wurde erst bleich, dann rot. Er holte aus und schlug mit seinem Stab nach ihr. Doch Kinna rollte sich zur Seite, sodass der Schlag mit voller Wucht die Mauer hinter ihr traf. Es gab einen lauten Knall. Der Stab war knapp unterhalb der Mitte entzwei gebrochen.

Fassungslos betrachtete Efrati das zerstörte Symbol seiner Würde. Seine Lippen bebten, doch er blieb stumm. Kinna schien er ganz vergessen zu haben. Verstört wandte er sich um und verschwand mit unsicheren Schritten.

Da kam hinter einer Ecke der Sohn Jephunehs hervor. Er hielt einen Dolch in der Hand.

„Wenn er dir etwas getan hätte," sagte er bebend vor Zorn und Aufregung.

Kinna richtete sich auf und reinigte ihr Gewand sorgfältig vom Staub.

„Ich habe ihn den ganzen Morgen beobachtet, wie er um dich herum geschwänzelt ist. Er hat nur auf einen günstigen Moment gewartet, dir etwas zu tun. Er ist ein schlechter Mann. Auch mein Vater sagt das. Er bat mich, ein Auge auf dich zu haben, und einzugreifen, falls er den Frieden, den wir ihm versprochen haben, brechen sollte. Wäre nur ein Tropfen Blut vergossen worden, dann..."

Überwältigt von den eigenen Gefühlen, stampfte er mit dem Fuß auf.

„Ich danke meinem Herrn," erwiderte Kinna leise und berührte mit den Fingern die Stirn.

Jephunehs Sohn beruhigte sich schnell wieder. Die Röte wich von seinen Wangen und seine schönen Lippen formten ein Lächeln.

„Na, nenn mich doch nicht so und verbeug dich nicht. Nur Jah ist Herr, vor ihm allein soll man das Knie beugen. Er ist der Himmelskönig aller Menschen und Geschöpfe. Mich nenn bei meinem Namen Caleb."

„Ich danke dir, Caleb," antwortete sie gehorsam.

Caleb steckte den Dolch in seinen Gürteln und reichte ihr grinsend die Hand.

„Komm, Kinna. Lass uns diesen Ort verlassen. Die anderen mögen ihren Krieg eine Weile ohne uns führen. Ich will dir etwas zeigen und dann sollst du mir etwas zeigen. Und Hunger hast du gewiss auch."

Sie nahm seine Hand und folgte ihm durch die Ruinen Bitots. Bald erklommen die beiden einen der verwaisten Wehrtürme im Westen. Es war der höchste Turm im Bollwerk der Stadt. Die Leute nannten ihn den alten Feuerriesen, weil die Sonne ihn allabendlich in ein glühendes Rot tauchte. Nur das Haus der Häuser überragte ihn noch. Von oben konnten sie das rauchende Panorama der besiegten Stadt auf der einen, die verwüsteten Felder und Gärten auf der anderen Seite der Mauer überblicken. Es war ein trauriger Anblick für Kinna. Doch Caleb freute sich.

„Es ist so hoch. Wir sind so hoch wie die Vögel," rief er lachend aus. Kinna wurde bewusst, dass ihr Freund wohl noch nie eine Stadt dieser Größe geschweige denn einen Wehrturm wie diesen hier betreten hatte. Den Shasu war der Zutritt zu die festen Siedlungen des Meerlands selbst in kleinsten Gruppen untersagt.

Nachdem Caleb die Aussicht einige Zeit bewundert hatte, holte er Brot, Oliven und getrocknetes Fleisch hervor und bot Kinna davon an.

„Nimm. Iss."

Als sie gegessen hatten, nahm sie Caleb an die Seite.

„Ich habe dir etwas gezeigt, nun zeig du mir etwas."

Er deutete auf verschiedenen Gebäude der Stadt und fragte nach ihrem Zweck. Kinna antwortete, so gut sie es verstand. Am meisten erzählte sie von der Pyramide, die die Baale ohne Wagen und Zugseile errichtet hatten. Sie verschwieg auch nicht die vielen Sonderbarkeiten, die sie darin gesehen hatte. Dann berichtete sie, wie sich im Schatten der Pyramide die Menschen der Gegend vor vielen Generationen anzusiedeln begonnen hatten. Zuerst bauten sie Hütten aus Lehmziegeln. Später aber, als der Stadtbaal sie lehrte, bessere Werkzeuge herzustellen, fügten sie viele ihrer Häuser aus geglätteten Steinen zusammen, die auf hohen Ochsenkarren aus einem nahegelegenen Steinbruch herangeschafft wurden. Und noch viele andere Dinge lehrten die Baale sie, mit deren Hilfe sie die unfruchtbare Gegend langsam in einen blühenden Garten inmitten der Wüste verwandelt hatten.

„Die Baale Bitots erklärten uns auch die Ordnung der Welt und der Himmel. Sie ließen Tempel bauen und unterwiesen uns in der Art, wie wir den anderen Baalen huldigen sollten," sagte Kinna.

Hier unterbrach sie Caleb, der ihr bis dahin andächtig gelauscht hatte.

„Man darf die Baale nicht anbeten. Nur Jah verdient Anbetung. Er ist der Schöpfer der Welt," sagte er heftig, während sein Blick über die zerstörte Stadt wanderte.

„Die Baale sind böse," stimmte Kinna zu.

„Ja. Und doch… Was sie geschaffen haben ist ohnegleichen. Mächtige Kinder des Dunklen Engels sind sie," gab Caleb nachdenklich zu. „Der Dunkle Engel war der größte Engel im Himmel. Aber Jah hat ihn vertrieben, weil er sein wollte wie er. Er ist der Vater der Baale. Er hat sie mit ganz besonderen Menschenkindern gezeugt. Und die Baale wiederum haben die Nephilim gemacht, die eure Städte beschützen."

„Die Baale zeugten die...wie nennst du die Göttersöhne?" fragte Kinna erstaunt.

„Nephilim, Riesen. Aber ja, wusstest du das nicht? Die Baale mengen ihren Samen mit gewissen Frauen, solchen nämlich, die von der Ersten Frau Adams abstammen. Wir sprechen ihre Namen nicht aus, aber ihre männlichen Abkömmlinge sind die Riesen und ihre Töchter Hexen."

Kinna bedachte diese Worte. Langsam ahnte sie, warum Avlas sie geprüft hatte. Wollte er eine Frau finden, um mit ihr neue Göttersöhne zu zeugen, eine Hexe?

„Woran erkennt man Hexen?" fragte sie.

„Überhaupt nicht. Sie unterscheiden sich in nichts von gewöhnlichen Frauen, außer dadurch, dass ihr Blut verdorben ist und sie keine Seele besitzen. Aber lass uns nun von etwas anderem reden, Kinna, denn man sagt bei uns: Wer über das Böse spricht, lädt es ein."

„Woher kommen deine Leute eigentlich?" fragte Kinna nach einer kleinen Weile.

„Na, was denkst du? Aus der Wüste kommen wir. So ruft ihr uns doch: Wanderer aus der Wüste, Shasu, nicht wahr?"

Kinna nickte verlegen. „Alle Völker, die aus der Wüste kommen, nennen wir so."

„Haha. Also bin ich ein wahrer Wüstensohn. Tatsächlich wurde ich in der Wüste geboren, das heißt, in jenem öden Landstrich, der zwischen euren Städten und dem, was ihr das Land der Sphinx oder des Nils, seine Bewohner aber Ägypten oder Hapi nennen, liegt. Mein Vater wurde dort in einer Stadt geboren, die dieser hier sehr ähnlich gewesen sein muss. Ihr Name ist Tanis. Sie liegt nahe dem großen Fluss, der Ägyptenland ernährt. Einmal im Jahr tritt er über die Ufer und bewässert die Felder, sodass sie dreißig und hundertfache Frucht bringen. Es gibt soviel Getreide in Ägypten, dass die Kinder Vögel damit füttern. Riesige Lagerhäuser findet man im ganzen Land. Ihr Inhalt ist so groß, dass er das ganze Volk sieben Jahre ernähren könnte. Und es ist ein großes Volk! Ägyptens Städte sind aus Quadern und Ziegeln gefügt, die Häuser mehrstöckig mit flachen Dächern. Die Reichen leben in hohen Türmen, wo die Fliegen sie nicht belästigen. Manche mögen so hoch wie dieser Turm sein oder sogar noch höher."

„Woher weißt du das alles, wenn du nie dort warst?" fragte Kinna erstaunt.

„Mein Vater hat mir oft und ausführlich von seiner Heimat erzählt. Und er ist ein guter Erzähler, musst du wissen. Seine Worte lenkten meine Geschwister und mich manche Nacht, wenn wir an unwirtlichen Orten lagern mussten, von Hunger und Kälte ab. So lebensecht und bunt waren seine Beschreibungen, dass ich vor meinen Augen all die Wunder Ägyptens wirklich zu sehen glaubte. Es war, als wäre ich selbst dort gewesen," erklärte Caleb. Grinsend fügte er hinzu: „Mag sein, dass ich die Gabe, schöne Worte zu schmieden, von ihm geerbt habe."

Kinna erwiderte sein Lächeln scheu. Ihre Wangen flammten auf, doch er schien es nicht zu bemerken und sie war froh darüber, denn sie schämte sich. Ihre bleiche Haut und ihre eingefallen Wangen verblassten neben seiner gesunden Frische wie Sikkul vor Ashair oder die Nacht vor dem Tag.

„Kannst du dir vorstellen, dass wir, die Shasu, die ihr Barbaren, ja Ungeheuer schimpft, im Land der Sphinx einmal hohe Herren waren? Wir standen auf Augenhöhe mit den Priesterfürsten, die den tierköpfigen Baalen Ägyptens in deren prachtvollen Tempeln dienen. Die einfachen Leute auf der Straßen fielen vor uns in den Staub und küssten den Saum unserer Gewänder. Nur der Pharao, von dem man sagt, er sei die Verfleischlichung des Baals Horus, stand noch über uns. Doch er liebte und schätzte meines Vaters Leute. Er gab uns sogar ein eigenes Land, dass wir dort ungestört von der Götzendienerei der Ägypter den wahren Gott Jah anbeten konnten."

„Warum habt ihr dieses Land denn verlassen?" wunderte sich Kinna.

„Nun, der alte Pharao starb und sein Sohn war uns weit weniger freundlich gesonnen. Die Priesterfürsten, die neidisch auf uns waren, redeten auf ihn ein und verbreiteten üble Gerüchte. Sie behaupteten, wir plünderten das Land aus und maßten uns Rechte an, die einem fremden Volk nicht zustünden. Unsere Religion sei abscheulich, heulten sie, sämtliche Reichtümer rafften wir zusammen und allen Handel hätten wir an uns gerissen, während die Einheimischen leer ausgingen, ja unsere Schuldner und Sklaven würden." Caleb dachte kurz nach. „Nun, wie dem auch sei, Neid und Angst und die steten Einflüsterungen unserer Feinde erreichten schließlich, dass sich der junge Pharao von uns abwandte. Er sandte seine Soldaten aus und beraubte uns allen Besitzes. Wir mussten in die Hütten unserer Sklaven ziehen, während jene in unseren Palästen wohnten und über uns als Herren gesetzt wurden. Es war eine schlimme Zeit. Wir mussten Lehmziegel für die Städte des Pharaos formen. Man setzte uns ein hohes Soll und drohte uns, wenn wir die geforderte Menge nicht beibrächten, mit Folter und Tod. Gelang es uns aber das Soll zu erfüllen, erhöhte man es über alle Gebühr und setzte uns noch härter zu. Tag und Nacht schufteten wir also. Mein Volk weinte und stöhnte unter den Mühen, aber es verlor nicht seinen Mut, denn wir wir wussten, dass Jah uns nahe war und uns erlösen würde. Sein Segen ruhte noch immer auf uns, denn unsere Frauen bekamen auf den Feldern viele Kinder und diese Kinder waren allesamt gesund und kräftig. Trotz Not und Mühsal nahm unsere Zahl zu. Da gingen die Priesterfürsten wieder zum Pharao und beschwerten sich. Sie sagten, bald würde man über uns nicht mehr Herr werden können. Wie die Heuschrecken und Ratten vermehrten wir uns. Alle

94

Felder würden wir bald auffressen und den Nil selbst leer saufen. Da bekam der Pharao Angst. Wieder sandte er seine Soldaten aus, diesmal um alle männlichen Kinder zu töten."

Kinna schlug die Hände vor dem Mund zusammen. „Wie schrecklich," sagte sie. Und sie dachte daran, wie Efrati am Tag der Erwählung die Kehle eines Säuglings durchtrennt und sie mit seinem Blut bezeichnet hatte.

„In der Tat, es war schrecklich. Doch Jah hörte unser Jammern und sandte uns einen Retter. Da war eine Frau, die Sklavin der Tochter des Pharaos, und die gebar einen Sohn. Sie versteckte das Neugeborene solange sie konnte. Als das aber nicht mehr möglich war, ersann sie einen Plan, das Kind zu retten. Sie flocht ein Körbchen aus Schilf und dichtete es gründlich mit Teer ab. Zu einer bestimmten Stunde am Morgen pflegte nun die Tochter des Pharaos im Nil zu baden. Als diese Stunde angebrochen war, legte die Sklavin das Kind in das Körbchen und gab es an einer Stelle flussaufwärts dem Nil. Dieser trug das Kind an an die Stelle, wo die Prinzessin mit ihren Dienerinnen badete. Sie sah das Körbchen und ließ es ans Ufer holen. Es war ein kräftiger Junge und die Prinzessin gewann ihn sogleich lieb. Da sie sehr fromm war, dachte sie, die Götter hätten das Kind in ihre Obhut gegeben. Sie fragte unter ihren Dienerinnen, ob eine von ihnen Milch hätte. Da trat die wahre Mutter des Knaben hervor und sagte, sie habe Milch von einer Totgeburt. Und so wuchs ihr wahrer Sohn als Pflegling bei seiner Mutter auf bis er das dritte Jahr vollendet hatte. Danach lebte er im Palast der Prinzessin und sie erzog ihn als ägyptischen Prinzen unter dem Namen Mose."

„Mose…Ich kenne diesen Namen," sagte Kinna. „Er ist euer König."

„Unser König?" lachte Caleb. „Nein, ein König ist er wahrlich nicht, wohl aber ein Anführer, Richter und Ratgeber. Jah selbst spricht mit ihm."

„Erzähl die Geschichte weiter," bat Kinna. „Wie entkamt ihr aus Ägypten?"

„Moses Herz war zerrissen. Einerseits war er im Palast des Pharao und in den Wegen der Ägypter erzogen worden. Er opferte ihren Göttern und genoss hohes Ansehen unter ihnen. Auch liebte er seine falsche Mutter, die Prinzessin, denn ihr Herz war gut. Auf der anderen Seite aber litt er beim Anblick der Qualen, die seine Leute zu erdulden hatten. Er wusste auch von Jah, dem Gott seiner Vorväter, und verehrte ihn insgeheim mehr als die fremden Götter vom Nil. Endlich öffnete Jah sein Herz und befahl ihm, sein Volk, die Söhne Israels, aus der Sklaverei zu führen."

„Söhne Israels... Das ist der Name eures Stammes?" murmelte Kinna, die diesen Namen noch nie zuvor gehört hatte.

Caleb lächelte. „Nein, so heißt unser Volk. Es hat dieses Namen von seinem Urvater Israel. Dieser hatte zwölf Söhne, die ihrerseits die Väter der zwölf Stämme sind. Hier vor Bitot lagern zwei von ihnen. Dan und Juda."

„Nur zwei? Ihr seid ein großes Volk," stellte Kinna fest.

„Zahlreich, wie der Sand am Meer und die Sterne am Himmel," lachte Caleb.

„Erzähl weiter von Mose."

„Mose ging also zu Pharao und verlangte die Freilassung der Israeliten. Und der Pharao war nicht abgeneigt, uns loszuwerden, weil uns fürchtete. Aber dann fragte er sich, wer die Ziegel für seine Städte anfertigen würde und so schlug er Moses Bitte am Ende ab. Nun entbrannte ein Kampf zwischen dem Pharao und Jah. Denn Jah hieß Mose mit Plagen zu drohen, sollte der Pharao sein auserwähltes Volk nicht ziehen lassen. Und so kam es, dass zehn Plagen über Ägypten hereinbrachen, jede schrecklicher als die vorangegangene."

„Auch davon habe ich gehört. Der Nil und alles Wasser im Land wurde wie Blut. Dann krochen unzählige Frösche aus den Sümpfen. Dann kamen Läuse und Stechmücken in die Häuser, die Menschen zu plagen. Niemand fand Schlaf in jenen Tagen. Dann wütete eine Seuche unter den Rindern und Schweinen. Darauf schlug die gleiche Pest die Menschen. Sie bekamen Beulen und viele starben. Dann verwüsteten Unwetter die Ernte. Was übrig blieb, verzehrten Heuschrecken. So viele Heuschrecken gab es, dass die Schwärme die Sonne verdunkelten. Eine dreitägige Finsternis, die den Heuschrecken folgte, sähte Verzweiflung unter den Ägyptern. Und dann starb die Erstgeburt aller Tiere und Menschen. Das alles geschah in einem Jahreslauf."

„Nicht alle Erstgeburt starb. Unsere Kinder wurden verschont. Wie wir auch von den anderen Plagen weithin verschont blieben. Schließlich vermochte der Pharao nicht mehr, uns zu halten. `Geht,´ sagte er zu Mose, während er über dem Leib seines toten Sohnes kauerte, `geht und mein Fluch gehe mit euch. Möget ihr ewig in der Fremde umherirren und heimatlos bleiben.´ Wir kümmerten uns damals um Pharaos Flüche nicht weiter und zogen fröhlich ab, doch nicht ohne zuvor das geschlagene Land gehörig auszuplündern. Was man uns an Eigentum gestohlen hatte, forderten wir dreifach zurück. Und tatsächlich gab man uns freiwillig alles, wonach wir verlangten, weil die Ägypter nun große Angst vor uns hatten und uns um jeden Preis loswerden wollten."

„Und dann zogt ihr in die Wüste," sagte Kinna.

„So ist es. Und unser Gott zog vor uns her. Und er erhielt uns und speiste uns und stärkte unseren Mut, wenn wir verzweifelten. Es war eine harte Zeit, die uns viel abverlangte. In gewisser Hinsicht erfüllte sich Pharaos Fluch. Denn vierzig Jahre wanderten wir im Gebiet zwischen Ägypten und hier, dem gelobten Land am Meer, das uns versprochen war, umher."

„Unser Land ist euch versprochen worden?" fragte Kinna entrüstet.

„Gewiss. Jah hat uns dieses Land zum Erbe gegeben," erwiderte Caleb ganz selbstverständlich.

„Es ist unser Land!" protestierte Kinna. Doch ihr Zorn flammte sogleich ab, als sie Calebs strengen und plötzlich sehr hartem Blick begegnete

„Es war euer Land, Kinna. Nun wird uns unser Land. Jah hat euch verworfen, weil ihr den Baalen nachlauft. Jah hasst die Baale. Er ist eifersüchtig, duldet niemanden neben sich. Er hat uns verboten, den Baalen zu dienen. Und er hat uns verboten, uns mit jenen einzulassen, die dies tun. Alle, die den Baalen dienen, sollen wir bannen und ihre Städte in Besitz nehmen. So hat es Jah bestimmt und so geschieht es, wie du selbst siehst."

„Auch ich habe den Baalen gedient. Warum habt ihr mich nicht erschlagen? Und was ist mit Efrati? Er ist der Hohepriesters des Baals dieser Stadt, Avlas, dessen Haus ihr belagert."

„Was dich angeht, Kinna, dich hat gerettet, dass du die Baale verwünscht und uns geholfen hast. Dein Herz ist gut, Freundin, dass weiß mein Vater und ich weiß es auch. Jah hat dich zu seinem Werkzeug gemacht."

„Und Efrati?" fragte Kinna erbost. „Hat der auch ein gutes Herz und ist ein willfähriges Werkzeug Jahs? Und wird er vielleicht sogar einen Platz bei euch erhalten als Lohn für seine Hilfe?"

„Lass uns nicht von ihm reden, Kinna," schlug Caleb vor. „Ich mag ihn nicht. Er ist mir geradezu widerwärtig. Etwas grenzenlos Böses und...Krankes umgibt ihn wie ein Gestank. Trotzdem ist er, wie du selbst richtig gesagt hast, ein Werkzeug unseres Gottes. Wir haben ihm den Eid geschworen, ihn zu verschonen, wenn er uns hilft. Und geholfen hat er uns. Zuerst hat er eure Speicher angezündet und so den Hunger in die Mauern gelassen, der schneller tötet als Dolch und Bogen. Und dann hat er uns den geheimen Eingang in die Höhlen unter Bitot verraten, wo wir dich fanden."

„Meine Eltern sind verhungert wegen ihm," sagte Kinna tonlos, während sie sich die fremd-vertrauten Gesichter ihrer Eltern ins Gedächtnis rief. „So viele sind umgekommen. Die Stadt ist ein Grab geworden." „Sei getrost, er wird seiner Strafe nicht entgehen," tröstete sie Caleb. „Du musst Vertrauen haben. Jah ist ein gerechter Gott, er gibt jedem, was ihm zusteht." Seine Augen strahlten wieder und sein Gesicht lachte.

Da lachte auch Kinna. Sorge und Trauer verflogen und tiefe Dankbarkeit erfüllte sie. Froh war sie, mit einem Menschen reden und die Sonne auf sich spüren zu können, auch wenn der Mensch der Feind war und die Sonne die Ruinen ihrer Heimat erhellte. Ein zweites Leben war ihr geschenkt worden.

„Warum habt ihr vierzig Jahre gewartet, euer Land in Besitz zu nehmen?" fragte sie.

„Wir waren noch nicht bereit. Unser Glaube war noch nicht stark genug und unsere Zahl zu gering. Mose stärkte unsere Glauben. Er lehrte uns die Wege Jahs, seine Gebote und Weisungen. Und unsere Frauen gebaren Kinder. Ein jede fünf schöne Töchter und sieben starke Söhne."

Caleb spannte seine sehnigen Armmuskeln an.

„Sieh nur wie stark ich bin, Kinna. Ich habe keine Angst vor den Riesen! Sollen sie nur kommen, ich schlüpfe zwischen ihren Beinen hindurch. So! Haha!" Caleb schlug Purzelbäume und sprang wie wild umher. Kinna klatschte vor Vergnügen und bekam vor lauter Lachen kaum noch Luft.

Plötzlich ertönte der tiefe Ruf eines Horns. Caleb hielt in der Bewegung inne und seine Hand griff unwillkürlich nach dem Dolch in seinem Gürtel.

„Komm schnell," sagte er aufgeregt. „Zurück zum Haus der Häuser. Etwas tut sich dort."

*

Auf dem Platz vor dem Turm des Baals herrschte

99

ein großer Tumult. Die Männer Israels waren in Stellung gegangen. Hunderte von Pfeil- und Speerspitzen waren auf das Portal gerichtet. Das Feuer hatte den eisernen Flügeln nichts anhaben können, dennoch stand es weit offen. Es waren die Bewohner der Pyramide gewesen, die sie geöffnet hatten. In enger Formation rückten die Göttersöhne aus, sich hinter ihren hohen Schilden verbergend. Dann teilte sich der Schildwall und Elra, ihr Anführer, trat hervor. Die Entbehrungen der Belagerung waren auch an ihm nicht spurlos vorübergegangen. Er wirkte müde und abgekämpft. Trotzdem strotzte er noch immer von übermenschlicher Kraft. Seine Präsenz erfüllte die Belagerer mit Grauen. Instinktiv wichen sie zurück, als Elra vor sie kam. Er schwang seine riesenhafte Keule mit spielerischer Leichtigkeit und grinste verächtlich in die Reihen der Feinde.

„Der Herr der Häuser verlangt zu erfahren, wer euer Gebieter ist," rief er mit einer Stimme, die die Luft erzittern ließ.

Da löste sich Jephuneh aus den Reihen Israels und nahm vor dem Riesen Aufstellung. Obwohl Jephuneh selbst sehr hoch gewachsen war, überragte ihn Elra noch um einen Kopf. Und die Tatsache, dass der Hauptmann der Nephilim in voller Rüstung war, während Jephuneh nur einen leichten Lederwams über seinem Unterkleid trug, verstärkte den Größenunterschied noch.

„Ich bin Jephuneh, der Hauptmann von Juda," sagte er ruhig. „Ich höre dich."

Elra blähte die Nüstern.

„Der Herr der Häuser…" Elra stockte. Mit sichtlichem Widerwillen nur überbrachte er die Botschaft seines Gebieters. „Der Herr der Häuser ist bereit in Verhandlungen zu treten."

Diese Worte führten zu allgemeinem Gelächter unter den Israeliten. Allein Jephuneh blieb ernst.

„Verhandlungen? Verhandlungen welcher Art?" fragte er ruhig.

„Er ist bereit, euch die Stadt zu überlassen, wenn ihr uns freien Abzug gewährt," knurrte Elra.

Jephuneh bedachte sich kurz.

„Ich werde die Worte deines Herrn unserem Ältesten vorlegen," erwiderte er.

„Eurem Ältesten? Du sagtest, du wärst der Anführer dieser...dieser..." Elra schnaubte vor Wut.

„Nein, wie ich sagte, bin ich nur der Hauptmann dieser Krieger wie du der Hauptmann der Nephilim bist. Mose ist der Erwählte Jahs. Wir folgen seinem Rat in allen Dingen," erklärte Jephuneh ruhig.

„Nun, wenn dem so ist... Wann kann der Herr der Häuser mit einer Antwort eures Moses rechnen?"

„Bevor die Sonne ihren Zenit erreicht hat, werde ich euch seinen Entscheid in dieser Sache vorlegen."

„Mein Herr ist es nicht gewohnt, zu warten," grollte Elra. Doch ohne eine weitere Entgegnung abzuwarten, zog er sich mit seinen Männer in die Pyramide zurück.

Jephuneh ging ebenfalls zurück zu seinen Leuten. Caleb und Kinna eilten ihm zur Seite.

Jephuneh nickte seinem Sohn und ihr freundlich zu.

„Lasst uns hinaus zum Lager gehen. Wir wollen den Mann nicht warten lassen," sagte er grinsend.

„Wir werden den Baal doch nicht gehen lassen?" fragte Caleb entsetzt.

„Es ist nicht an uns, das zu entscheiden," erwiderte Jephuneh.

Vater und Sohn eilten los. Nach einigen Schritten drehte Caleb sich um. Kinna war zurückgeblieben, unschlüssig, ob die Einladung auch an sie ergangen war.

„Komm doch," forderte er sie auf. „Was zögerst du?"

Auch Jephuneh wandte sich um. Er merkte, wie verlegen Kinna war.

„Komm, Kind, fürchte dich nicht. Ich wollte dich ohnehin mit Mose bekannt machen. Er wird am Ende auch in deiner Angelegenheit entscheiden."

*

Das Lager der Israeliten war eine riesige, kreisförmig angelegte Zeltstadt. Es befand sich knapp zwei Meilen hinter jener Hügelkette, die östlich von Bitot lag und eine natürliche Barriere zwischen der Wüste in den Gärten vor den Mauern bildete. In den einfachen, doch robust gebauten Familienzelten aus Schaffellen und Zedernstangen lebten oft mehr als drei Generationen zusammen. Doch im Augenblick sah man nur Alte, Frauen und eine Unzahl von Kindern, die in Gruppen spielend und schreiend durch die engen Gassen tobten, die Männer waren entweder in der Stadt oder durchstreiften das Land auf der Suche nach Nahrung. Viele der Kinder waren stark abgemagert, doch der Mangel schien ihnen nichts auszumachen. Lachend und wild durcheinander plappernd umringten sie die bald Jephuneh, seinen Sohn und Kinna. Sie überschütteten den Hauptmann und Caleb mit Fragen über die Schlacht, bis sie von ihren Müttern schimpfend davongejagt wurden. Die Mütter beäugten Kinna mit Argwohn, den Kindern aber stand ein faszinierter Schrecken ins Gesicht geschrieben.

Kinna schämte sich und zog ihren Schleier tief über die Augen. Auf der anderen Seite aber ließ die überbordende Lebensfreude dieser Kinder ihr Herz höher schlagen. Gerne hätte sie eines der Kleinen umarmt und sie beneidete deren Mütter.

„Ich bin noch jung," dachte sie. „Und Jephuneh hat gesagt, mein Fleisch wird gewiss wiederhergestellt werden. Vielleicht werde ich irgendwann selbst mit Kind sein."

Sie folgten einer breiteren Gassen zur Mitte des Lagers. Ein hohes Zelt bildete das Zentrum der Zeltstadt. Es besaß einen weitläufigen, mit Planen abgeschirmten Vorhof und bestand selbst aus kostbaren, sehr dicken Stoffbahnen. Über dem Vorhof stieg bläulicher Rauch auf, der wie eine kerzengerade Säule zwischen Himmel und Erde stand.

Kinna befeuchtete den Zeigefinger und streckte ihn aus. Sie spürte eine leichte Brise von Westen her. Doch die Säule schien davon völlig unbeeindruckt.

„Ist das das Zelt des Mose?" fragte sie Caleb.

Caleb lachte auf. „Aber nein. Das ist die Stiftshütte, wo wir Jah Opfer bringen und seine Lade aufbewahren."

„Seine Lade?"

„Die Bundeslade. In ihr befinden sich Bruchstücke der Gesetzestafeln, die Jah selbst geschrieben und Mose auf dem Berg Sinai gegeben hat," sagte Caleb.

„Wie sieht er denn aus euer Gott? Hat er ein Tierhaupt?"

Caleb verzog das Gesicht ärgerlich. Doch sein Ärger verflog fast augenblicklich wieder.

„Unser Gott ist der wahre Gott, der Schöpfer der Welt. Er ist keiner der Baale, die Tierköpfe haben. Die Baale sind in Wahrheit Dämonen, die auf der Erde hausen. Jah hat sie aus dem Himmel verstoßen, weil sie sich dem Dunklen Engel angeschlossen haben, der sich anmaßte wie Jah sein zu wollen," erklärte er.

„Wie sieht euer Gott denn dann aus, wenn er keinen Tierkopf hat? Etwa wie der Baal Avlas, dessen Haar wie fließendes Gold ist und dessen Augen vom Blau des Meeres sind? Ich habe noch kein einziges Abbild eures Gottes gesehen?"

„Er hat uns verboten, Bilder von ihm zu machen."

„Verboten? Aber warum denn?" fragte Kinna überrascht.

„Jah ist größer als die Welt, die er geschaffen hat. Egal, wie man ihn darstellen würde, es nähme von seiner unvorstellbaren Größe nur weg. Denn er ist alles und alles ist in ihm und er ist zugleich immer noch mehr. Die Ewigkeit ist ihm ein Augenblick und er balanciert die Himmel auf der Spitze seines kleinen

Fingers. Das gleiche gilt übrigens auch für seinen Namen.

„So heißt er nicht Jah?" fragte Kinna verblüfft. Das Konzept eines gestalt- und namenlosen Gottes war ihr neu.

„Nein. Seinen wahren Namen sprechen wir nicht aus. Wir nennen ihn hilfsweise Jah oder Gott oder Elohim oder Adonai oder wir rufen ihn bei einem seiner vielen Ehrentitel an," erläuterte Caleb. „Als wir um seinen Beistand gegen eure Stadt baten, beteten wir zu ihm als Adonai, der Kriegsherr."

„Warum ruft ihr euren Gott denn nicht bei seinem Namen? Kennt ihr ihn etwa nicht?" Kinna war mehr als verwirrt. Die Vorstellung eines Gottes ohne Gestalt und ohne Namen schien ihr mehr und mehr absurd zu sein.

„Oh doch, wir kennen seinen wahren Namen. Er selbst hat ihn Mose offenbart. Aber wir rufen ihn nicht bei diesem Namen, denn wir sind unwürdig. Nur einer spricht vertraulich mit ihm und das ist der, dem wir gleich begegnen werden, unser Lehrer Mose."

*

In Mose hatte Kinna einen uralten Mann mit weißem Bart erwartet, einen gebrechlichen Greis, dessen Haut in tausend Falten lag, und dessen Augen einen von der Nähe zu seinem Gott verklärten Blick angenommen hätten. Er mochte in einem riesigen Zelt hausen, dessen Boden mit kostbaren Teppichen ausgelegt war, umgeben von Priestern, die unablässig Weihrauch verbrannten und Gebete murmelten.

Doch Mose war nichts dergleichen. Sein Zelt, eine eher kleine und überaus simple Konstruktion, stand etwas abseits des Lagers auf einer Anhöhe. Er schien dort alleine zu leben. Kinna konnte weder eine Ehrenwache, noch irgendwelche Diener ausmachen.

Mit ausgestreckten Armen kam er ihnen entgegen.

„Jephuneh, Caleb! Welche Freude euch zu sehen!" rief er. Seine Stimme war eher leise und er stockte manchmal zwischen den Silben, so als wäre seine Zunge gelähmt. Obwohl er zweifellos sehr alt war, federte sein Gang wie der eines jungen Mannes. Seine Schultern waren breit und seine entblößten Arme muskulös. Er trug einen kurzen Bart von schmutzig-grauer Farbe, sein Schädel war nach Art der Ägypter glatt geschoren.

„Sei gegrüßt, Mose," sagte Jephuneh und verneigte sich leicht. Doch Mose umarmte ihn und Caleb wie nahe Verwandte und küsste ihre Wangen und Stirn. Schließlich wandte er sich Kinna zu.

Seine Augen glänzten wässrig, so als wäre er auch gerührt, sie zu sehen.

„Ich habe von dir geträumt," sagte er. „Ich bin froh, dich wohlauf zu sehen. Du bist uns ein Segen gewesen."

Kinna wusste nichts zu erwidern. Die herzliche Weise, in der sie Mose ansprach, erweckte in ihr das Gefühl, dass er sie schon ein Leben lang kännte. Sofort fasste sie Vertrauen zu ihm.

„Ihr seid ein Segen für mich, denn ihr habt mich aus der Unterwelt befreit," erwiderte sie.

„So sind wir einander ein Segen, meine Tochter. Und das ist das Beste. Kommt in mein Zelt, die Sonne brennt auf meinen Schädel. Wir wollen im Schatten zusammensitzen und etwas schwatzen."

Sie setzten sich auf einen ausgefransten Teppich, auf dem einige Schaffelle lagen. Mose reichte trockene Brotfladen und Wasser in einem alten Schlauch herum. Er bat Jephuneh zunächst von den Ereignissen des Tages zu berichten. Mit halb geschlossenen Augen lauschte er dem Bericht, immer wieder bedächtig nickend oder den Kopf schüttelnd. Danach erkundigte er sich ausführlich nach den Gefallenen und Verwundeten, nach der Beute und Anzahl und Unterbringung der Gefangenen. Endlich brachte er das Gespräch auf das eigentliche Thema,

Avlas Anliegen, das Jephuneh keineswegs ausgespart hatte.

„Der Baal dieser Stadt," begann Mose, „ist freilich kein Baal, sondern nur ein Mensch, der sich anmaßt ein Gott zu sein. Es mag wohl sein, dass er mit den echten Baalen im Bunde steht und seine beträchtliche Macht von ihnen erhalten hat. Aber ein Sterblicher bleibt er nichtsdestotrotz. Nennen wir ihn daher lieber König oder Stadtfürst."

„Eine Formalität," wandte Jephuneh ungeduldig ein.

„Keineswegs," widersprach Mose. „Diese Unterscheidung ist sogar überaus wichtig. Für uns und für jene, die in unsere Obhut gekommen sind, die Frauen und Kinder Bitots."

Er zwinkerte Kinna zu.

„Jah hat uns befohlen," führte Mose aus, „die Baale und ihre Häuser zu zerstören und alle zu erschlagen, die ihnen dienen. Wir sollen den Bann an ihren Städten vollziehen. Soweit ist die Angelegenheit ganz klar. Wenn es sich aber nicht um einen Baal, sondern um einen Menschen handelt, der vorgibt ein Baal zu sein, wird die Sache ein wenig komplizierter. Freilich haben sich die armen Bewohner auch dieses Ortes der Götzendienerei schuldig gemacht. Auf der anderen Seite kann zu ihren Gunsten eingewendet werden, dass ein Mensch sie dazu verführt hat, diese Sünde zu begehen. Streng genommen haben sie ja nicht einem Baal, sondern einem Scharlatan gehuldigt."

„Deine Worte sind weise, Mose, aber sie beantworten nicht die Frage, die uns diese Stunde stellt. Was soll ich dem Hauptmann des Avlas antworten?" erwiderte Jephuneh.

„Nun, wie denkst du denn selbst darüber, mein Guter?" fragte Mose.

„Wenn wir ihn ziehen lassen, mag er in einer der anderen Städte dieses Landes Zuflucht und vielleicht sogar Beistand finden. Verweigern wir ihm aber den

Abzug, wird zweifellos mehr Blut fließen. Ich würde das gerne vermeiden. Und wer weiß, welche Teufeleien sich in seinem Turm befinden."

„Du willst ihn also ziehen lassen?" vergewisserte sich Mose.

Jephuneh grinste: „Ein Stück weit wenigstens. Bis er außerhalb der Mauern ist. Dann könnten wir ihm mit den Streitwägen nachjagen und bequem und gefahrlos mit unseren Langbögen erlegen. Die Riesen sind langsam in ihren Rüstungen."

„Ich verstehe. Ein schlauer Plan, genau wie der, den Pharao damals gegen uns ersann, als er uns seine Streitwägen nach sandte."

Jephuneh schüttelte den Kopf. „Das ist etwas anderes. Wir dienen Jah."

„Du meinst also, weil wir Jah dienen, dürfen wir eidbrüchig werden?" fragte Mose unschuldig.

„Was gilt ein Eid der bei einem Baal oder einem Toren, der sich für einen Baal ausgibt, geschworen ist?" erwiderte Jephuneh ärgerlich.

Mose strich sich nachdenklich über den Bart. Dann zwinkerte er Caleb und Kinna zu, räusperte sich und sprach:„Du bringst gute Gründe vor, tapferer Jephuneh. Aber du übersiehst einen wesentlichen Punkt. Zunächst musst du dich fragen, wer den Eid im Falle des Bruchs ahnden wird. Der ahndet ihn nämlich, bei dem der Eid geschworen wurde. Und weiterhin musst nun in Betracht ziehen, dass Avlas dich zweifellos nötigen wird, bei Jah, unserem Herrn, zu schwören. Brichst du in diesem Fall den Eid, zwingst du Jah geradezu, Vergeltung an uns zu üben. Und wie du selbst weißt, pflegt unser Herr gründlich zu strafen. Es wird also nicht nur dich treffen oder mich, der ich es dir habe durchgehen lassen, sondern das ganze auserwählte Volk."

Mose legte seine Hand auf Calebs Schulter, blickte aber weiter Jephuneh an.

„Dein Sohn ist der lebende Beweis dafür, dass unser Gott die Gerechtigkeit liebt, aber Unrecht und

Lüge hasst, Jephuneh, und sie straft."

Mose wandte sich nun von Jephuneh ab und sprach die beiden jungen Menschen, Kinna und Caleb, an: „Du, Caleb warst unter den Spähern, die wir in dieses Land sandten, um es zu erkunden. Oh, und als die anderen und du endlich zurückkamen, bestätigten eure Berichte, dass dies wahrlich das Land der Verheißung war. Ihr brachtet von den Früchten, die dort wuchsen und sie waren süß und sehr groß. Ihr spracht von einer Fülle an Gärten und Feldern und Weiden, auf denen fettes Vieh grast. Und dann spracht ihr von dem Volk, das dieses Land bewohnt. Ihr beschriebt uns befestigte Städte, die von einer Unzahl von Menschen bevölkert waren. Und ihr verschwiegt auch nicht die Riesen, die in vielen dieser Städte wohnten. Doch einige der Kundschafter übertrieben in der Beschreibung der Stärke des Feindes, denn sie fürchteten sich sehr. Andere aber hatten sich dem Feind zu erkennen gegeben und dieser hatte sie mit Bestechungen und Versprechungen aller Art dazu bewogen, uns von einer Invasion abzuhalten. Nur unser Caleb hier, der jüngste und doch wagemutigste der Späher, redete die volle Wahrheit."

Mose zwinkerte ihm zu: „Was sagtest du damals nochmal, mein Junge?"

„Ich sagte, es ist ein fruchtbares und volkreiches Land mit schönen Städten, doch seine Bewohner sind schwächlich und Jah wird sie uns gewiss in die Hand geben."

Mose Gesicht leuchtete vor Vergnügen. „Und was geschah dann?"

„Das Volk glaubte mir nicht und murrte und wollte zurück nach Ägypten, weil sie Angst hatten. Und sie wollten dich und deinen Bruder Aaron steinigen."

„So ist es. Aber dein Vater und du und einige andere tapfere Leute kamen uns zu Hilfe. Und nicht uns retteten sie, denn Jahs Hand war über uns, sondern die Abtrünnigen bewahrten sie davor, eine große

108

Sünde zu begehen," setzte Mose sanft lächelnd fort.

„Und dann erschien Jah. Die Himmel verdunkelten sich und Blitze zuckten am Horizont. Und er redete durch dich zu seinem Volk," sagte Caleb.

Kinna lauschte dem Zwiegespräch ihres Freundes mit jenem sonderbaren alten Mann fasziniert, während Jephuneh nachdenklich den Kopf auf die Brust sinken ließ.

„Und was sagte Jah durch mich?" fragte Mose.

„Weißt du es denn nicht mehr?"

„Doch, doch, aber ich möchte es aus deinem Mund hören. Sei so gut, Caleb, was sprach der Herr durch mich?"

„Du sagtest, dass aufgrund der Halsstarrigkeit des Volkes das Land uns nun verschlossen bleiben würde und dass wir mit Blut bezahlen müssten, was uns Jah als Geschenk zugedacht hatte."

„Und so ist es auch gekommen," bestätigte Mose. „Jede Stadt, vor die wir uns lagerten, mussten wir mit Feuer und Schwert einnehmen und einen hohen Blutzoll entrichten."

Nun wandte er sich wieder an Jephuneh. „Aber was ist aus den anderen Spähern geworden, tapferer Jephuneh, die uns aus Angst oder Verrat belogen haben und davon abhalten wollten, zu nehmen, was Jah uns verhießen hat?"

„Der Herr schlug sie mit der Pest. Alle starben am gleichen Tag und in der gleichen Stunde," sagte Jephuneh leise.

„Am gleichen Tag und in der gleichen Stunde!" wiederholte Mose zufrieden. „Was ist nun die Lehre aus all dem? Ich sage es euch: Wir sollten uns nicht mit den Baalsanbetern einlassen. Wir sollten keine Bünde mit ihnen schließen oder Eide geben oder nehmen. Der Herr wird uns dieses Land geben. Aber weil wir ein aufmüpfiges und störrisches Volk sind, werden wir es mit unserem Blut bezahlen müssen."

Jephuneh nickte verlegen. „Ich habe meine

Antwort erhalten."

Mose erwiderte lächelnd: „Ich werde für dich beten, mein Freund."

Der Hauptmann Judas sprang auf und verließ ohne Abschied das Zelt. Auch Caleb und Kinna wollten aufstehen, doch Mose hielt sie zurück.

„Meine Lieben, bleibt noch etwas bei mir und begleitet mich alten Mann zur Stiftshütte. Ich muss mit Jah sprechen."

*

Während sie gemächlich zurück durch die Zeltstadt spazierten, plauderte Mose vor sich hin. Kinna entging aber nicht, dass seine Worte in Wahrheit an sie gerichtet waren. Auch beobachtete er sie genau und sie wurde das Gefühl nicht los, einer weiteren Prüfung unterzogen zu werden, keiner Prüfung des Blutes, sondern diesmal einer Prüfung der Gesinnung. Weg und Gespräch zogen sich. Immer wieder wurden sie von Frauen und Alten aufgehalten, die Mose um Rat fragte oder seinen Segen erbaten. Er kannte sie alle mit Namen, wusste aus welchem Zelt sie kamen, wessen Kinder, Eltern oder Ehepartner sie waren und vieles, vieles mehr. Mose behandelte die Leute nicht wie ein Fürst, sondern wie ein Vater seine eigenen Kinder behandelt haben würde und jene brachten ihm die gleiche vertrauliche Liebe entgegen, die ein Kind für seine Eltern im Herzen trägt.

Während sie gingen, erzählte Mose, immer wieder unterbrochen, die Geschichte der ersten Pyramide, die in der Sprache ihrer Erbauer Ziggurath hieß. Sie wurde in einer Stadt namens Babel gebaut oder genauer: Babel war wie Bitot um den Ziggurath gewachsen. Der Herr dieses Hauses war Nimrod. Und obwohl man ihn einen Baal nannte, war er ein sterblicher Anhänger des Dunklen Engels.

Mose hielt in seiner Erzählung inne und fragte Kinna. „Verzeih mir, wenn ich dir diese Frage stelle,

110

meine Tochter, aber weißt du eigentlich, wer der Dunkle Engel ist?"

Kinna nickte. „Caleb hat mir ein wenig von ihm erzählt. Er rebellierte gegen euren Gott und wurde daher aus seinem Reich im Himmel verstoßen. Er ist der Herr der Baale."

Mose lächelte befriedigt. „Genauso ist es. Aber hat dir Caleb auch erzählt, warum Jah ihn verstieß?"

„Er wollte sein wie er."

Mose klatschte erfreut in die Hände. „So ist es! Gut, sehr gut, Kinna. Du lernst schnell, hast einen hellen Kopf!"

Nun senkte er die Stimme etwas und fuhr fort: „Aber sag mir dies, meine kluge Freundin, warum ist es denn eine Sünde, wenn der Sohn sein möchte wie der Vater? Ist es nicht sogar der Wunsch des Vaters, dass es genau so sei, ja, dass der Sohn ihn sogar übertreffe? Und beweist es nicht die Liebe und Achtung, die der Sohn für seinen Vater empfinden muss, wenn er ihn nachahmen möchte? Und weiter: Müssen wir beide, meine Tochter, nicht auch in Betracht ziehen, dass Jah alle Dinge und Wesen nach seinem Willen geschaffen hat? Auch den Dunklen hat er also gemacht. Und er hat ihm die rechte Sohnesliebe in sein Herz aus Licht und Feuer eingegossen. Und so hat der Dunkle den Vater geliebt, wie er eben sollte. Tatsächlich hat er ihn sogar noch mehr geliebt. Er hat ihn so sehr geliebt, dass er sein wollte wie er."

Mose hielt inne, warf die Hände in die Höhe und rief so laut aus, dass die Umstehenden erschreckt aufsahen: „Wo ist denn da die Sünde, frage ich? Wo ist sie denn?"

Dann grinste er, strich sich den kurzen Bart aus, schloss die Augen und erklärte: „Die Sünde steckt nicht in der Tat, sondern in der Gesinnung."

Er tippte erst Caleb, dann Kinna und schließlich sich selbst mit dem Zeigefinger aufs Herz.

„Hier wohnt die Sünde. Und genau da wohnte sie

auch beim Dunklen Engel. Denn der wollte nicht nur wie Jah sein, weil er ihn liebte, sondern er wollte einfach Jah sein. Er wollte Gott sein und nicht mehr er selbst. Verstehst du, Töchterchen? Siehst du den Unterschied?"

Obwohl Kinna nicht genau verstand, was Mose meinte, nickte sie dennoch. Sie war sicher, dass dieser Mann wusste, wovon er sprach, wenn es auch über ihr Fassungsvermögen ging. Gott selbst sprach ja mit ihm und dieser Gott war überaus mächtig. Er hatte seine Leute aus der Sklaverei geführt und sie in der Wüste erhalten und zu einem großen Volk gemacht und nun gab er ihnen die mächtigen Städte des Meerlands in die Hand.

„Nun, da wir uns über das Wesen des Dunklen Engels verständigt haben, können wir leichter verstehen, was Nimrods Herz bewegt hat, als er seine Pyramide zu erbauen begann. Er wollte sie so hoch wachsen sehen, dass ihre Spitze den Bauch des Himmels durchstieße wie ein Speer."

„Auch er wollte sein wie Gott?" fragte Kinna.

„Nicht doch," erwiderte Mose freundlich. „Nimrod war wie alle Leute seiner Rasse ein sehr weiser Mann. Er wusste wohl, dass ein Sterblicher sich nicht mit Jah messen konnte. Aber er wollte sich in den Augen des Dunklen Engels einen Namen machen. Denn der Dunkle Engel regiert diese Welt, die ihm gleichsam Gefängnis und Exil ist. Nimrod nutzte seine Macht, um viele Völker zu sich zu rufen, die ihm beim Bau des ersten Ziggurath halfen. Seine Heere brachten Scharen von Sklaven von allen Enden der Erde in seine Stadt und seine Schiffe brachten unvorstellbare Mengen an erlesenen Baumaterialien. Die Turmpyramide wuchs und wuchs. Viele Jahre wurde ununterbrochen an ihr gearbeitet. Die Sklaven, die an den oberen Stockwerken beschäftigt waren, stiegen zum Schlafen nicht einmal mehr auf die Erde, denn es würde zu lange gedauert haben, am Morgen wieder hinaufzusteigen. Man legte begrünte Terrassen an und trieb Ackerbau und sogar Viehzucht auf den Galerien und Plattformen, um ausreichend Verpflegung zur Stelle zu haben. Ein Fluss wurde umgeleitet und mittels einer Vorrichtung durch ein tönernes Rohr nach oben gepumpt."

„Wasser, das nach oben fließt?" rief Caleb erstaunt aus.

„So ist es," bestätigte Mose. „Nimrod kannte viele Geheimnisse, die ihm erlaubten, Jahs Ordnung auf den Kopf zu stellen. Denn er war, wie gesagt, ein Anhänger des Dunklen Engels, und dieser hat Nimrods Volk viele solcher Hexereien gelehrt. Unsere Kinna hier würde in ihm gewiss einen Baal gesehen haben."

„Aber er war nur ein Mensch," sagte sie.

„Wieder richtig!" lobte sie Mose. „Er war ein mächtiger Mensch im Besitz mächtiger Geheimnisse, aber am Ende war und blieb er eben nur ein Mensch."

„Du erwähntest Nimrods Volk, Herr, welches Volk ist das? Wo stammt es her?" fragte Kinna.

„Die ihr eure Stadt- oder Fleischbaale nennt, kommen von einer Insel namens Atlantis, die der Dunkle Engel selbst geschaffen hatte, indem er von den anderen Landteilen Stücke nahm und sie mitten ihm Meer zusammenfügte. Die Menschen, die sich auf diesen Landstücken befanden, wurden seine Anhänger und er gab ihnen die Geheimnisse des Himmels preis, dass sie stark würden und sehr lange lebten. Er wollte eben Gott sein, darum ahmte er den Schöpfer der Dinge in allem nach. Er schuf also seine eigene kleine Welt und sein eigenes Volk, das ihn anbetete. Er war ihr Gott und sie waren seine Kinder. Jah aber hasste, was der Dunkle getan hatte. Atlantis war ein Schmutzfleck auf seiner sonst vollkommenen Schöpfung. Daher befahl er den Wassern, die Insel zu verschlingen. Viele der Anhänger des Dunklen Engels starben, aber einige entkamen auf Schiffen. Sie landeten überall auf der Welt und begannen Zigguraths aufzurichten. Sie zogen andere Völker in ihren Bann und machten sie sich mit Hilfe der Nephilim untertan."

Kinna war sprachlos. Ein Bild begann sich in ihrem Verstand zusammenzusetzen, so riesenhaft und schrecklich, dass sie es nur ausschnittsweise fassen konnte.

„Eine Insel...Delphine auf den Helmen der Göttersöhne," sagte sie leise. Und sie erinnerte sich an das Innere des Hauses der Häuser und all die Wunder, die sie dort gesehen hatte. „Alles Werke des Dunklen Engels..."

Ihr schwindelte, ihr Tritt wurde unsicher. Caleb bemerkte ihre Schwäche und schlang seinen Arm um ihre Hüfte. Auch Mose sah sie besorgt und durchdringend an. Kinna atmete einige Male tief durch. Dann ging es besser.

„Wie endete es? Vollendete Nimrod seine Turmpyramide?" fragte sie nach einer kleinen Weile.

„Wie meinst du?" erwiderte Mose abwesend. „Ach so, Nimrod, ja... Nein, Jah verwirrte die Sprachen der Völker und so vermochten sie nichts mehr zu Wege zu bringen, da keiner mehr den anderen verstand."

„Sag uns auch, was mit Nimrod geschah?" begehrte Caleb zu wissen.

Doch Mose murmelte nur noch vor sich hin. Er war plötzlich ein anderer Mensch geworden. Sie erreichten die Stiftshütte. Die Rauchsäule war nun dicker geworden und glich eher einem kleinen Wirbelsturm. Moses Blick war ganz nach innen gerichtet und er schien seine Umgebung kaum noch wahrzunehmen. Zwei Priester in prunkvollen Gewändern schoben die Zelttüre auf. Mose drehte sich ein letztes Mal zu seinen beiden Begleitern um. Der umarmte Caleb und flüsterte ihm einige Worte ins Ohr. Kinna legte er die Hand zum Segen auf. Dann verschwand der hinter dem Vorhang.

*

114

Caleb und Kinna kamen gerade rechtzeitig zum Haus der Häuser zurück. Die Pforte stand bereits offen und die Göttersöhne hatten sich kampfbereit aufgestellt. Ihnen gegenüber standen die Israeliten, allen voran die Langbogenschützen. Trotz der Masse an Kriegern herrschte gespenstische Stille auf dem Platz. Caleb und Kinna drängten sich durch die Reihen der Israeliten nach vorne, um besser sehen zu können.

Jephuneh trat hervor. Langsam schritt er auf die Pforte zu, hob die Hand zum Gruß an die Stirn und rief: „Ich bringe Antwort für Avlas. Mag er selbst herauskommen, es zu hören oder sein Ohr schicken."

Nun kam auch Elra aus der Pyramide. Er grinste boshaft.

„Was hast du dem Herrn der Häuser zu sagen, Wüstensohn? Sprich," schnaubte er.

„Nicht ich aber Jah, der Schöpfer des Himmels und der Erde, hat uns geboten, den Bann an dieser Stadt zu vollziehen. Bereitet euch vor. In einer Stunde greifen wir an," entgegnete Jephuneh ruhig.

Elra war sprachlos. Sein verwirrter Gesichtsausdruck verriet, er versuchte die Antwort des Israeliten zu verarbeiten. Aber es fiel ihm sichtlich schwer. Endlich fasste er sich. Sein Blick wurde hart.

„Warum eine Stunde warten? Lass es uns gleich beenden, Hurensohn. Wir sind bereit. Befiehl deinen Leuten nur den Angriff. Dann wollen wir schon sehen," knurrte er.

Jephuneh nickte. „So sei es denn."

Er wendete sich zu seinen Kriegern um, als Elra plötzlich vorsprang und in der gleichen Bewegung mit der Keule ausholte. Der Schlag traf Jephuneh so heftig, dass dieser fast sechs Fuß weit geschleudert wurde. Reglos blieb er auf dem Pflaster liegen. Blut strömte ihm aus Mund, Nase und Ohren.

Caleb schrie auf. Er zog seinen Dolch und rannte wie von Sinnen auf Elra zu, der lachend den Fuß auf

115

den Nacken seines Opfer stellte. Elra bemerkte den Angreifer rechtzeitig und schwang seine Keule, doch Caleb tauchte unter dem Hieb hinweg und rollte sich zur Seite.

„Na, wen haben wir denn hier? Wenn das nicht der Welpe ist des toten Köters!" lachte Elra. Wieder schlug er nach Caleb, doch dieser brachte sich erneut in Sicherheit, indem er auf allen Vieren durch Elras Beine huschte.

Dann sprang er auf und umrundete in geduckter Haltung den Mörder seines Vaters. Sein Gesicht war feucht. Immer wieder musste er sich Tränen aus den Augen wischen.

Elra folgte jeder Bewegung Calebs mit hasserfülltem Blick.

„Komm, Junge, nur Mut", zischte er, „oder bist du ein Feigling wie dein Vater?"

„Mein Vater war kein Feigling," fauchte Caleb mit tränenerstickter Stimme.

Endlich wagte er sich vor. Er täuschte einen Hieb auf der rechten Seite des Riesen an, schwenkte aber in dem Moment auf die Linke um, als Elra seine Keule in Position brachte, um Calebs Stoß zu parieren. Er kam neben Elra zum stehen. Mit aller Macht rammte er ihm den Dolch in die Flanke, knapp unterhalb der Rüstung. Elra fuhr mit atemberaubender Geschwindigkeit herum und versetzte Caleb einen Stoß mit dem Ellenbogen, der diesen von den Füßen hob. Jetzt erst schien er der Klinge gewahr zu werden, die in seinen Innereien steckte. Sein Gesichtsausdruck veränderte sich. Seine Augen wurden weit und seine Lippen bebten. Er geriet in Panik. Ohne weiter auf Caleb zu achten, versuchte er den Dolch herauszuziehen, heulte dann aber vor Schmerz auf. Dann taumelte er zu seinen Männern zurück, die Keule hinter sich her schleifend.

Die Israeliten jubelten und feuerten Caleb an.

Dieser rappelte sich auf. Er blutete aus dem Mund und sein Gewand war zerrissen, doch sonst

116

schien er unverletzt. Er stürzte auch einen der Langbogenschützen zu und entriss dem verblüfften Mann die Waffe, spannte, zielte.

Der Pfeil zischte durch die Luft und bohrte sich in Elras Hinterkopf. Die Wucht des Geschosses war so stark, dass die Spitze des Pfeils auf der anderen Seite genau zwischen den Augen des Riesen wieder austrat. Elra ließ die Keule fallen. Er torkelte noch einige Schritte weiter. Dann brach er leblos zusammen.

Ungläubig betrachteten die Göttersöhne die Leiche ihres Hauptmanns. Dann ließen einige die Schilder fallen, um ihren Anführer zu bergen, andere wichen verunsichert zum Portal der Pyramide zurück. Ihre feste Formation begann sich in dem Maß aufzulösen, in dem sie begriffen, dass der unüberwindliche Elra tot zu ihren Füßen lag.

Caleb riss seinen Bogen in die Höhe. Blut und Tränen tropften von seinem Angesicht und doch ging eine Kraft von ihm aus, die nicht von dieser Welt zu kommen schien.

„Für Jah! Für Jah!" rief er und sein Ruf widerhallte in hunderten Kehlen. Die Bogenschützen feuerten ihre tödlichen Geschosse auf die entsetzten Feinde. Dann stürmten die übrigen Krieger los. Die Schlacht um das Haus der Häuser hatte begonnen.

*

Mose hatte prophezeit, man würde einen Blutzoll entrichten müssen. Und so war es auch. Nachdem sich der erste Schrecken über den Tod ihres Hauptmanns gelegt hatte, leisteten die Göttersöhne fanatischen Widerstand.

Beim Ansturm der Feinde hatten sie zuerst versucht, sich in die Pyramide zurückzuziehen und das Tor zu schließen. Doch den Israeliten, allen voran Caleb, war es gelungen, die Pforte rechtzeitig zu blockieren. Zwar fielen etliche Angreifer beim Versuch, in den gut acht Fuß weiten Spalt

117

einzudringen, aber am Ende gelang es ihnen doch. Heulend und jubelnd strömten sie ins Innere des Baalsturms, nur um von den Ausmaßen der Halle überwältigt innezuhalten. Die überlebenden Göttersohne flohen währenddessen auf die Plattformen und Galerien. Von dort begannen sie Statuen, Möbel, Fässer und überhaupt alles, dessen sie habhaft wurden, auf die Israeliten in der Halle zu schleudern. Viele wurden verwundet und getötet. Doch Caleb spornte die Männer an. Er erteilte Befehle mit solcher Autorität, dass niemand ihm zu widersprechen wagte. Zielsicher flogen seine Pfeile auf die Galerien und brachten viele der Göttersöhne zu Fall. Die Israeliten begannen in dicht gedrängten Haufen die Treppen und Leitern hinaufzusteigen. Raum um Raum und Stockwerk um Stockwerk wurden unter starken Verlusten erobert. Das Innere der Pyramide hallte grässlich wider vom Lärm des Kampfes und dem Geschrei der Krieger.

Über eine Stunde dauerte es, bis die Schlacht endlich abflaute. Verwundete und Überlebende gleichermaßen sammelten sich in der Halle. Die letzten Göttersöhne wurden über die Geländer geworfen und schlugen krachend auf den Fliesen auf. Nur noch die Kammer des Baals unter der Spitze der Pyramide stand dem Sieg im Wege. Die Israeliten hatten bereits einige Versuche unternommen, über die schmale Wendeltreppe hinaufzugelangen, waren aber von den Verteidigern mit langen Stangen hinabgestoßen worden.

Der Tag neigte sich seinem Ende zu, als Caleb Kinna zu sich rufen ließ. Sie schlug die Hände vor dem Mund zusammen, als sie ihren Freund sah. Calebs Gesicht war blutüberströmt und seine Augen glühten vor Mordgier und Trauer.

„Mein Vater…" begann er schließlich mit zitternder Stimme.

„Ich habe es gesehen," sagte Kinna leise.

„Ich habe…"

„Du hast ihn gerächt und dein Volk zum Sieg geführt. Du bist ein Held," erklärte Kinna.

Caleb rieb sich die Schläfen. Dann sah er sich in der Halle um, die mit Verwundeten und Toten übersät war.

„Ja, ein Held," sagte er. „Was für ein Held!" Er deutete nach oben, wo Avlas sich mit den letzten seiner Krieger verschanzt hatte.

„Warst du je dort, Kinna?"

„Ja," erwiderte sie. „Dort hat mein Leben geendet. Es ist die Wohnung des Baals... Avlas. Die Kammer ist voller Wunder."

„Dieser ganze verfluchte Ort ist voller Teufeleien," sagte Caleb nachdenklich. „Gibt es einen anderen Weg als die Treppe?"

Kinna schüttelte den Kopf. „Ich kenne keinen."

„Wie sollen wir nur dort hinauf gelangen? Wir könnten ihn aushungern, aber..." überlegte Caleb laut.

„Ja, das könntet ihr. Oder ihr könntet ihn ausräuchern," schlug Kinna vor.

Calebs Gesicht hellte sich trotz seiner Trauer einen Moment lang auf.

„Eine gute Idee."

Obwohl seine Männer erschöpft waren, gehorchten sie Calebs Befehlen ohne Murren. Der nahe Sieg und die Demütigung, die Avlas Männern ihnen zugefügt hatten, als sie lachend ein Dutzend von ihnen in die Tiefe stießen, spornten sie an. Während die einen die Verwundeten und Toten aus der Halle schleppten, schafften andere aus den Kammern der Pyramide alles Brennbare herbei. Kostbare Möbel, Stoffe, sonderbare Bilder fremdartiger Gegenstände und Landschaften, die in goldene Rahmen eingefasst waren, weiches Papyrus von der Art, wie Kinna es bei ihrem Aufenthalt gesehen hatte und vieles andere. Auch die Leichen der Göttersöhne wurden auf diesen Scheiterhaufen gehievt.

Als einige der Israeliten damit begannen, jenen die Rüstungen auszuziehen, schalt sie Caleb.

119

„Was tut ihr? Was fällt euch ein! Niemand hat sich am Eigentum des Baalshauses zu bereichern! Die ganze Stadt ist dem Bann verfallen!"

„Aber Sohn Jephunehs," sagten sie, „wir bereichern uns doch nicht. Gold und Silber rühren wir nicht an. Aber diese Rüstungen sind aus Eisen. Sie werden uns in künftigen Schlachten gute Dienste leisten."

„Nein, nein," zürnte Caleb. „An dieser Stadt soll der Bann vollstreckt werden. An allem und jedem! Haltet euch an das Wort Jahs!"

Die Männer murrten, ließen dann aber von ihrem Tun ab. Schließlich wurde reichlich Lampenöl auf den Scheiterhaufen gegossen.

Die Flammen schossen binnen weniger Augenblicke in die Höhe. Die Hitze war so stark, dass die Israeliten die Halle verlassen mussten. Um den Brand am Laufen zu halten, wurden Männer, deren Gewänder und Kapuzen man mit Wasser getränkt hatte, mit zusätzlichem Brennmaterial hineingeschickt. Hustend und halb von Sinnen taumelten sie wieder heraus. Ihre Kleider waren völlig getrocknet und die Spitzen ihrer Bärte und Haare versengt. Das Inferno nahm solche Ausmaße an, dass die riesigen Quader der Pyramide an etlichen Stellen zu springen begannen. Aus den Lichtschächten drang dichter Rauch, der die Spitze des Ziggurath wie eine schwarze Wolke umhüllte und einen beißenden Gestank über die ganze Stadt verbreitete.

„Es ist wie ein riesiger Ofen! Jah verbrennt den Reisig," riefen die Israeliten freudig. Sie brachten sonderbare Instrumente herbei und begannen auf ihnen noch sonderbarere Melodien zu spielen. Lieder aus der Wüste, Lieder einer langen Wanderschaft. Einige der Männer tanzten, andere sangen ihrem Gott und wieder anderen beteten mit solcher Inbrunst, dass ihnen der Schweiß auf die Stirn trat und Tränen über ihre feuerroten Wangen liefen.

Trotz der Fremdartigkeit dieser Menschen und

120

ihrer Gebräuche ging die ekstatische Stimmung auch auf Kinna über. Wie von Sinnen jubelte und sprang sie mit ihnen über den Vorplatz, während gleichsam in ihrem Herzen eine vorwurfsvolle Stimme sie daran erinnerte, dass sie die Vernichtung ihrer Heimat feierte, an der sie einen nicht unwesentlichen Anteil hatte.

„Die Baale sind böse," sagte diese Stimme in ihrem Herzen, „aber was ist mit den Menschen? Sind die etwa auch böse? Was ist mit den Kindern, die unter den Gefangenen waren? Sind die böse? Verdienen sie vernichtet zu werden?"

Der Brand wurde die ganze Nacht hindurch unter Jubel und Gesang unterhalten. Erst am Morgen ließ man ihn abflauen. Die Israeliten waren müde geworden und lagerten in kleinen Gruppen um die Pyramide. Einige waren eingenickt, andere verzehrten trockene Fladen oder unterhielten sich leise, doch mit erwartungsvollen Gesichtern.

Kinna bemerkte Caleb auf der anderen Seite des Platzes. Er lehnte an einer Mauer. Sein Blick war leer und er wirkte erschöpft und abgekämpft. Sie eilte zu ihm.

„Es war ein großes Feuer. Die Pyramide war wie ein Ofen, in dem euer Gott Reisig verbrennt," sagte sie.

Müde lächelte er.

„Es war eine gute Idee von dir," sagte er. „Bald werden wir in die Kammer des falschen Baals hinaufsteigen und seine Leiche bergen. Wir werden sie den Hunden zum Fraß vorwerfen. So wird es ein Ende haben."

„Er hat seine Strafe verdient," stimmte Kinna zu.

„So ist es."

Kinna stutzte. Nervös rieb sie sich die Hände.

„Was hast du denn?" fragte Caleb.

„Was wird werden, wenn ihr gesiegt habt?" fragte sie schließlich.

„Wir reißen die Tempel nieder, dann reinigen

121

unsere Priester mit Wohlgerüchen und Opferblut die Stadt und wir nehmen sie in Besitz," erklärte Caleb.

Kinna biss sich auf die Lippen.

„Und was wird mit mir? Und den anderen?"

„Wie Mose gesagt hat, werden wir darüber beraten. Ich denke, wenn wir die Leiche eures Königs geborgen haben und feststeht, dass es sich um einen Menschen handelt, wird man deinen Leuten Barmherzigkeit erweisen," sagte Caleb. „Und was dich angeht, Kinna…"

Er lächelte schwach. „Unser Gott ist gerecht und belohnt jene, die uns helfen."

Caleb ergriff ihre Hand für einen Moment und drückte sie.

„Du bist sehr mutig, Kinna."

„Nein, du bist mutig. Du hast Elra, den Riesen, besiegt. Mit einem Dolch und einem Pfeil hast du den Tod deines Vaters gerächt," erwiderte sie anerkennend.

Caleb ließ ihre Hand los. Sein Blick verdüsterte sich, halb vor Schmerz, halb vor stummer Wut.

„Ich muss zurück zu meinen Leuten," sagte er knapp. „Wir reden später."

*

Es dauerte über zwei Tage, bis man die Pyramide betreten konnte. Das Innere war schwarz von Ruß und der Boden war noch immer heiß. Caleb selbst führte eine Gruppe ausgewählter Männer. Die übrigen, unter denen auch Kinna war, beobachteten den Aufstieg Calebs über die Wendeltreppe von der Pforte aus. Als sie die Galerie erreicht hatten, die zu Avlas Wohnung führte, verschwanden sie aus ihrem Sichtfeld. Atemlose Stille herrschte unter den Zuschauern. Dann flog der erste Körper herunter und krachte auf den Boden. Es war ein Göttersohn oder das, was von ihm übrig war. In der Ruß geschwärzten Rüstung steckten die verkohlten Überreste eines sehr großen Mannes.

122

Drei weitere Körper in ähnlichem Zustand folgten in kurzem Abstand. Danach geschah lange nichts.

Schließlich kam Caleb begleitet von nur einem Mann zurück. Von oben tönte der Lärm von Äxten, die Holz zerschlugen.

Caleb eilte auf Kinna zu. Grob fasste er ihren Arm und zog sie beiseite.

„Du sagtest, es gibt keinen anderen Weg hinauf?" fragte er.

„Ich kenne keinen," sagte sie.

„Wir haben auch keinen entdeckt. Wir haben alle Wände und die Decke genau untersucht. Die Männer nehmen jetzt alles auseinander, um sicherzugehen."

„Was ist?" fragte Kinna besorgt.

„Er ist nicht da. Euer Baal ist nicht da."

„Nein?"

„Nein. Vier Riesen haben wir gefunden. Das ist die Zahl, die meine Leute bestätigt haben, als wir den ersten Angriff unternahmen. `Es sind vier Riesen in Rüstung und ein Mann in grünlichem Gewand und hellem Haar droben´ haben sie berichtet."

„Ein grünes Gewand und helles Haar? Ja, das ist er, das ist Avlas," bestätigte Kinna.

„Aber er ist nicht da. Er ist verschwunden und ich verstehe nicht wie. Wie, Kinna, wie hat er entkommen können?"

Sie wusste nichts zu erwidern.

„Kinna, weißt du, was es bedeutet, wenn wir seine Leiche nicht finden? Viele unserer Leute glauben, Avlas sei ein Baal gewesen. Sie liegen Mose damit in den Ohren. Sie schreien nach dem Bann. Verstehst du, was ich sage?" Calebs Ausdruck war verändert. Seine Freundlichkeit war einer Strenge, ja Härte gewichen, die sie an ihm noch nicht gesehen hatte. Alle Vertrautheit zwischen ihnen war verschwunden. Plötzlich fürchtete sie sich vor ihm, wurde klein vor seinem Blick.

Ängstlich senkte sie ihr Haupt.

„Ich werde Mose darüber Bericht zu erstatten

123

haben. Er ist mit den Frauen und Kindern auf dem Weg in die Stadt," sagte er. „Bis er hier ist und wir seinen Entscheid vernommen haben, bitte ich dich, bei den anderen Gefangenen zu warten, Kinna."

„Caleb...," begann sie. Doch er wandte sich ab.

„Bring sie zu den anderen," befahl er einem seiner Soldaten, ohne Kinna eines weiteren Blicks zu würdigen.

*

Die Gefangenen waren im Gerberviertel untergebracht. Es lag im Westen von Bitot und war ursprünglich wegen dem scharfen Gestank, den das Gerben der Häute und der dazu benötigte Urin, der in riesigen Kesseln gesammelt wurde, verursachten, außerhalb der Stadtgrenzen angelegt und erst später durch eine Erweiterung der Wehrmauer mit eingeschlossen worden. So war es von zwei Seiten von der alten und von den beiden anderen von der neuen Mauer umgeben. Der einzige Zugang war ein rundbogiges Tor, dessen Flügel entfernt worden waren, um den Karren leichteren Zugang zu ermöglichen. Die besondere Lage des Gerberviertels erlaubte den Israeliten, die über zweitausend Überlebenden, zumeist Frauen und Kinder, mit Leichtigkeit in Schach zu halten. Einige Schützen auf den Mauern und eine Abteilung am Tor genügten. Doch selbst diese Vorsichtsmaßnahmen schienen überflüssig, denn die Überlebenden waren nach Monaten der Belagerung und des Hungers derart geschwächt, dass sie sich kaum noch zu bewegen vermochten. Apathisch hockten sie vor den Häusern oder unter den Vordächern der nun verwaisten Werkstätten. Die Kinder lehnten dösend an ihren Müttern, während Fliegen über ihre knöchernen Gesichter krochen. Ihre Bäuche waren so stark geschwollen, dass man glaubte, jede Berührung könne sie zum Platzen bringen.

124

Mit tief ins Gesicht gezogenem Schleier wanderte Kinna durch diese alptraumhafte Welt wie eine Fremde in einem fremden Land. Und doch waren diese Menschen ihre Leute. Viele Gesichter erkannte sie wieder. Eine grauhaarige Amme, eine Tempeldirne, an deren Füßen noch immer Glöckchen baumelten, die hartgesichtige Frau eines Gerbers, der Abba einmal einen alten Ochsen verkauft hatte.

„Was ist nur geschehen?" fragte sie sich. Das Gefühl vom Lauf der Zeit und der schieren Gewalt der Ereignisse überwältigt zu werden, erfasste sie von Neuem. Was sie sah, mit ihre eigenen Augen sah, schien ihr unwirklicher als selbst die fernsten Träume aus ihrer lange vergangenen Kindheit. Vor einem Jahr, nur einem einzigen Jahr, war alles anders gewesen. Pausbäckig und laut waren die Kinder durch die Gassen getollt, die Weiber schwatzten auf dem Markt oder sangen vor den Türen ihrer kühlen Häuser, die Männer schafften in den Werkstätten und auf den Feldern mit Schweiß auf der Stirn und einem Lachen im Gesicht. Oh, und auch die Baale waren gut gewesen vor einem Jahr, vor einer Ewigkeit. Ashair´s Gesicht hatte alle Tage hell und freundlich über Bitot und seinen satten, zufriedenen Bewohnern gestrahlt und Sikkul ihren tiefen, friedlichen Schlaf bewacht. Doch nun war alles anders. Kinnas Heimat lag in Trümmern, die Häuser standen leer, die Männer lagen erschlagen in den Gassen und die wenigen Frauen, die Hunger und Schwert entkommen waren, streichelten schweigend die Köpfe ihrer sterbenden Kinder. Und sie selbst, die man in die Grube geschickt hatte, sie wandelte, wenn auch nicht ohne Spuren von ihrem Dienst in der Unterwelt davon getragen zu haben, doch einigermaßen satt und gesund durch die Ruinen ihrer Vergangenheit.

Wie eine Fremde in einem fremden Land.

Ganz in Gedanken verloren, bemerkte sie nicht, wie eine der Frauen ihr erst lange nachsah, dann aufstand und ihr folgte, wobei sie sich immer wieder ungläubig die Augen rieb.

„Asara? Bist du es?"

Wie vom Blitz getroffen, blieb Kinna stehen und wirbelte herum. Vor ihr stand Asaras Mutter. Wie ein Gespenst war sie, hohlwangig mit dunklen Rändern unter den Augen.

„Asara? Asara?"

Kinna wurde bleich. Asaras Mutter, die Bihal hieß – Kinna erinnerte sich sofort an ihren Namen – hatte das Frauengewand der Tochter an ihr wiedererkannt.

„Ich bin es nicht," sagte sie knapp und wollte sich wieder umwenden. Doch Bihal fasste sie an der Schulter.

„Nicht? Wo ist dann meine Tochter?" fragte Bihal. „Das ist ihr Kleid. Mit dem Kleid habe ich sie ins Ödland geschickt. Warum hast du ihr Kleid? Wo ist sie?"

Kinna erschreckte. Sie taumelte rückwärts und hob die Hände wie zum Schutz gegen einen bösen Geist, denn genau das war es, was sie mit schleppenden Schritten verfolgte, ein böser Geist in der Gestalt von Asaras Mutter.

„Lass mich," wiederholte sie verzweifelt.

„Du hast meine Tochter beraubt. Nackt muss sie nun durchs Ödland wandern. Nackt, nackt!" kreischte die Alte plötzlich. Andere Frauen erhoben sich nun und bildeten einen Kreis um sie.

„Sie trägt meiner Tochter Kleid. Die Diebin. Haltet sie, reißt ihr den Stoff vom Leib und die Haut dazu."

„Nein, nein," wimmerte Kinna. Sie machte einen weiteren Schritt zurück, nur um an eine der Frauen zu stoßen, die sich hinter sie geschlichen hatte. Diese schloss die Arme um sie. Obwohl nur Haut und Knochen packte sie fest zu.

Ein Dutzend Frauen umstanden sie nun. Auch einige Greise schlossen sich an. Kinna sah Steine in ihren Händen.

126

„Woher hast du das Kleid, Diebin? Wo ist meine Tochter?" krächzte Bihal. Ihr Atem stank nach Fäulnis und ihre Augäpfel waren gelblich angelaufen.

Da schrie Kinna voller Verzweiflung: „Ich bin aus der Grube zurückgekommen."

Es gelang ihr, sich aus der Umklammerung freizukämpfen. Sie fiel Bihal vor die Füße und umklammerte ihre Knie.

„Ich bin aus der Grube zurückgekehrt," wiederholte Kinna mit erstickter Stimme. „Die anderen sind tot. Alle sind tot, aber ich, ich bin zurückgekommen."

Da hellte sich Bihals Gesicht plötzlich auf. Sie kniete sich ebenfalls vor Kinna in den Staub und umarmte sie.

„Ja, jetzt sehe ich es. Meine Tochter, du bist zu mir zurückgekehrt. Meine Asara, meine liebe Tochter," greinte sie. „Du bist es."

Kinna wollte erst leugnen, doch dann begriff sie, dass Widerspruch ebenso zwecklos wie gefährlich war. Asaras Mutter und all die anderen, die sie aus ihren großen, tiefliegenden Augen anstierten, waren jenseits allen Begreifens. Trauer und Angst hatten ihre Seelen bereits getötet, sodass ihre Körper nun wie leere Hüllen unter der Sonne wandelten. Kinna empfand mehr Ekel vor diesen Lebenden, als vor den Leichen, die Iala und sie für so viele Monate in der Unterwelt betreut hatten.

Bihal schluchzte ins Kleid ihrer Tochter, immer wieder deren Namen seufzend.

„Kind, Asara, meine Asara, Asara, ach, Asara."

Kinna konnte nicht mehr an sich halten. Sie wusste nicht, was es war, aber auch ihr kamen die Tränen und sie erwiderte die Umarmung Bihals.

„Asara, meine Asara," weinte die Frau.

Und leise antwortete Kinna: „Ja, Mutter, ich bin es. Ich bin zu dir zurückgekehrt."

Ob die Umstehenden den Betrug durchschauten, aber um Willen der weinenden Mutter zu schweigen beschlossen hatten, ob der Hunger ihre Gestalt der Asaras tatsächlich so ähnlich gemacht hatte, dass kein Unterschied mehr zwischen ihnen zu erkennen war, so dass sie getäuscht wurden oder ob es ihnen schlichtweg gleich war, vermochte Kinna nicht zu entscheiden. Was es auch war, langsam zogen sie sich zurück, um wieder in den Hauseingängen und unter den Vordächern auf das Ende zu warten.

Asaras Mutter aber nahm ihre Hand und zog sie mit sich in den Schatten einer verdorrten Palme, die in der Mitte eines winzigen Hofes stand, der von einigen niedrigen Gebäuden umgeben war. Sie zog ihr Oberkleid aus und breitete es auf die staubige Erde.

„Setz dich, Asara, setz dich zu mir," bat die Frau. Kinna nahm Platz und Bihal kniete neben ihr.

„Zeig mir dein Gesicht, Kind."

Kinna zögerte kurz, zog aber dann den Schleier zurück. Was blieb ihr auch anderes übrig?

„Du bist es," sagte Bihal. Mit verzücktem Blick streichelte sie Kinnas Wangen. Dann fiel ihr tränenfeuchter Blick auf das Kleid.

„Wie es an dir flattert. Wie du abgenommen hast," stellte sie besorgt fest.

„Ja," erwiderte Kinna.

„Heute Abend wird Vater uns ein Lämmchen schlachten. Dann sollst du dich satt essen. Oh, wie er sich freuen wird, wenn er erfährt, dass du zurück gekommen bist. Er hat es nicht gezeigt, aber er hat dich sehr vermisst. Sein Herz war ihm schwer. Wie Blei lag es in seiner Brust. Er hat nicht davon geredet, aber gemerkt hab ich es doch. Ich kenne ihn ja schon so lange, über zwanzig Jahre," plapperte Bihal. Und sie fuhr fort, drauflos zu sprechen. Und mit jedem Wort und jeder Erinnerung schien ihre Seele ein wenig leichter zu werden. So ließ Kinna sie reden und die Mutter des Mädchens, dessen Gewand sie trug, sprach, bis die Sonne sich neigte und der kalte Atem der Nacht sie berührte.

„Sieh, Sikkul ist schon aufgestiegen," sagte Bihal

128

schließlich. „Komm, wir wollen hineingehen, dass wir nicht zu sehr frieren müssen."

Wieder nahm sie Kinna bei der Hand und führte sie wie ein kleines Kind in eines der leerstehenden Häuser. Es schloss direkt an die Stadtmauer an. Im bleichen Licht des halben Mondes konnte Kinna die Silhouetten der Israeliten auf der Mauer deutlich erkennen. Es waren vier Männer. Sie standen auf ihre Bögen gestützt und schwatzten leise miteinander.

*

Sikkul warf fahles Licht in den Vorraum des Hauses. Kinna lehnte an einer Wand. Sie war eingehüllt in eine Decke, die Bilhal ihr gegeben hatte. Obwohl sie sterbensmüde war, näherte sich der Schlaf ihr nicht. Sie blickte durch das Fenster in den sternenklaren Himmel und hing ihren Gedanken nach. Wie oft hatte sie das im Hause ihres Vaters getan, die Sterne betrachtet und dabei ihren kindlichen Gedanken und Träumen und Hoffnungen freien Lauf gelassen. Abba hatte nichts dagegen gehabt, wenn sie an manchem heißen Sommertag auf dem flachen Dach des Hauses schlief. Zwar kühlte die Luft nach Sonnenuntergang spürbar ab, doch das Lehmdach hielt die Wärme des Tages bis zum Morgen, sodass man es auf und unter einigen Decken recht behaglich hatte.

„Welche Träume träumte ich damals? Vor eintausend Jahren?" fragte sie sich. Es fiel ihr schwer, sich zu erinnern, fiel ihr noch schwerer die Kinna von damals mit sich, der Kinna des Hier und Jetzt, in Übereinstimmung zu bringen.

„Das war eine andere Kinna, eine, die eben vor eintausend Jahren gelebt und die man ins Ödland geworfen hat. Ich bin die Kinna, die Asaras Mutter für ihre Tochter hält, die Iala ihre Schwester nannte und die Tod und Verderben über ihre Heimat gebracht hat," dachte sie. Und sie vergoss viele stumme Tränen

129

für die Toten und mehr noch für die Lebenden. Woran sie aber nicht dachte, war die Kinna des Hier und Jetzt, die Kinna, deren Schicksal ungewiss war, die Kinna, die mit den letzten Überlebenden ihrer Heimat in der Hand der Feinde war und auf deren Richtspruch wartete. Nein, daran dachte sie keineswegs. Ob sie leben oder sterben würde, bedeutete ihr nichts. Als sie Caleb mit hartem Blick fort gesandt hatte, war der dünne Faden einer unbestimmten Hoffnung in ihr abgeschnitten worden. Unbegreiflichen Mächten war sie ausgeliefert, die mit ihr spielten wie eine Katze mit ihrer Beute.

*

Die Nacht verging darüber und ein neuer Tag brach an. Blutrot brach er an.

„Komm, Kind," forderte Bihal sie auf. Und ohne nach dem Wohin und Warum zu fragen, folgte ihr Kinna durch die morgendliche Stadt.

Mit stummer Geste und geflüsterten Worten bedeutete ihr Bihal eine Frau, die fehlte, einen Greis, der für immer eingeschlafen war, ein paar Kinder, die zusammengerollt im Staub lagen und nicht mehr aufstehen würden. Die Augen der Bewohner Bitots lagen an diesem blutroten Morgen ein wenig tiefer und ihr Fleisch war in der vergangenen Nacht noch ein wenig leichter geworden. Kinna sah all das mit schwerem, mit bleiernem Herzen. Und sie schämte sich ihres eigenen Hungers. Denn erst gestern hatte sie gegessen. Doch ihr Bauch war maßlos und zerrte und riss an ihren Eingeweiden, während um sie Menschen waren, die seit Tagen, vielleicht seit Wochen nichts anderes zu sich genommen hatten als eine Handvoll Körner oder ein paar Löffel wässriger Suppe.

Bihal indes war bester Dinge.

„Wir wollen zum Blinden Mann gehen, meine Tochter, dass ich dem Baal das ihm zustehende Opfer für deine Rückkehr bringe. Denn Ashuri war gut zu

130

mir, weil er dich mir wiedergegeben hat," sagte sie.

Allein beim Hören des verfluchten Namens schnürte sich Kinnas Kehle zusammen. Die bloße Vorstellung mit dem Priester wieder zusammenzutreffen, zeugte maßlose Wut und Angst in ihrer Seele. Deutlich sah sie die Fratze des Blinden Manns vor sich, spürte seine knochigen Finger auf ihrer Haut und Grauen fuhr ihr bis tief ins Mark.

„Der Blinde Mann lebt?" fragte sie.

Bihal nickte. „Ashuri hat ihn erhalten, wenn auch die anderen Tempeldiener gefallen sind. Efrati hat ihn einige Tage vor dem Fall der Stadt in Sicherheit gebracht. Er selbst hat die Bürde auf sich genommen, den Totendienst zu versehen."

Kinna verstand. Immer klarer fügte sich Efratis Verrat zu einem vollständigem Bild zusammen. Sie kamen an ein zweistöckiges Haus, das sich einem Turm anschmiegte. Eine steile Treppe führte seitlich aufs Dach. Zwei Männer in zerschlissenen Gewändern kauerten dort im Schatten des Turms und zeichneten Linien in die feine Schicht aus Staub und Asche, die sich dort abgelagert hatte. Der eine war ein Fremdling. Kinna hatte ihn nie zuvor in der Stadt gesehen. Er war noch jung, Haupt und Gesicht waren nach Art der Männer von Ägypten glatt geschoren und seine dunklen Augen blickten intelligent und ein wenig spöttisch. Er war ein wenig besser genährt als die anderen. Der zweite war der Blinde Mann. Ein Seil war um seine Hüfte geschlungen, dessen Ende am Gürtel des Ägypters fest geknotet war.

Asaras Mutter fiel vor den beiden auf die Knie und drückte die Stirn auf den Boden.

„Ich komme, dem Baal Ashuri ein Opfer darzubringen," begann sie.

Der Blinde Mann hob den Kopf. Speichel floss aus seinem lippenlosen Mund. Der Ägypter strich sich den Bart aus und fragte erstaunt: „Wofür denn ein Opfer?"

„Meine Tochter ist aus der Unterwelt

131

zurückgekehrt," erklärte Bihal. „Dort steht sie, meine Asara."

Der Ägypter betrachtete Kinna aufmerksam. Schließlich erhob er sich, zog die Reste seines einst kostbaren Gewandes aus weißem Leinen zurecht und sagte huldvoll: „Ich, Nephem, Dritter Schreiber im Haus des Getreidemeisters der Nordprovinz, nehme dein Opfer in Vertretung für den Blinden Mann an. Was bringst du? Etwas zu essen?"

Bihal schüttelte den Kopf. „Mein Haar will ich geben. Es ist alles, was ich noch habe."

Der Ägypter fuhr sie an: „Törin, was soll ich mit deinem Haar?"

„Es ist alles, was ich habe," wiederholte Bihal.

Der Ägypter wandte sich an Kinna. „Hast du denn etwas zu essen, Wiedergeborene?"

Sie schüttelte den Kopf.

Nephem seufzte enttäuscht. Doch dann grinste er wieder.

„Na," sagte er, „wir wollen in diesen harten Zeiten nicht auch hartherzig sein. Vor allem wollen wir den Göttern nicht verwehren, was ihnen zusteht, das gehört sich nämlich nicht. Hier, nimm das, Frau, scher dir das Haupt damit und verbrenn dein Haar." Nephem löste ein kurzes, gebogenes Messer wie man es zum Anspitzen von Binsenrohr benutzt von seinem Gürtel und reichte es ihr.

Bihal nahm das Messer kniend entgegen und begann sich sofort ans Werk zu machen.

„Doch nicht hier, Frau," schimpfte der Ägypter. „Geh hinunter ins Haus, dort steht ein Dreifuß, Holz und Zunder liegen ebenfalls bereit. Schneide dir die Haare ab und mach Feuer. Ich komme gleich, dem Baal die Dankesworte darzubringen."

„Wie mein Herr es sagt," erwiderte Bihal. Lachend drückte sie Kinnas Arm und stieg dann hinunter. Kinna wollte ihr folgen, doch Nephems bedeutete ihr zu warten.

So blieben Nephem, der Blinde Mann und sie auf

132

dem Dach zurück. Der Blinde Mann kroch entlang des Seils in Richtung des Ägypters. Dann setzte er sich wie ein Hund neben ihn und stierte aus seinen leeren Augenhöhlen in Kinnas Richtung. Nephem machte einen Schritt zur Seite. Die Nähe des Blinden Mannes ekelte ihn sichtlich an.

„So, Ashuri hat dich also ausgespuckt," stellte er schließlich fest.

„Es ist so, wie du sagst," gab Kinna zurück, während sie den Priester des Totengottes genau im Auge behielt. Dieser schien aufzuhorchen, als er sie sprechen hörte. Vielleicht erinnerte er sich an ihre Stimme.

„Du bist Kinna, die Auserwählte dieses Jahres, nehme ich an?"

Sie war erstaunt, dass Nephem sie kannte. Der Blinde Mann ließ die Zunge über den lippenlosen Mund fahren.

„Wieder ist es so, wie du sagst," sagte sie nach kurzem Zögern.

„Ich könnte dich fragen, wie du aus der Grube entkommen bist, aber ich erspare uns das. Es ist recht klar, was geschehen ist. Es war gewiss kein böser Geist, der dem Feind die Tore aufgestoßen hat, wie man sich hier erzählt." Er hielt inne, schmunzelte. „Na, wenn ich es genau bedenke, mag vielleicht doch ein böser Geist mit im Spiel gewesen sein. Nun, wie dem auch sei, ich werde dich nicht verraten."

„Meinst du etwa, dass ich…"

„Hast du etwa nicht die Shasu durch das Labyrinth in die Stadt geführt?" fragte Nephem.

Kinna senkte das Haupt.

„Wie gesagt, ich werde schweigen. Würde es ruchbar werden, würden die anderen dich zerfleischen und…verzehren. Einige eurer Leute schrecken auch davor nicht zurück, wie du dir denken kannst. Bei Horus, was meine Augen alles an Bösem haben sehen müssen. Mütter, die ihre Neugeborenen kochten! Kinder, die sich wie Wölfe über ihre Eltern hermachten. Manchmal beneide ich die Blinden."

Der Blinde Mann gab ein verärgertes Knurren von sich.

„Es ist mir gleich, was mit mir geschieht," erwiderte Kinna kühl. „Die Baale waren schlecht zu mir und die Menschen waren schlecht zu mir. Abba und Ma sind tot. Ich bin ein Wesen geworden ohne Anfang und ohne Ende, ohne Woher und ohne Wohin."

Nephem nickte. „Ich verstehe schon. Ich mache dir keine Vorhaltungen. Du hast getan, was nötig war. Und so ist es eben, was es ist. Und alles, was ist, ist der Wille der Götter, nicht wahr? Sie werden uns erretten oder in den Abgrund führen."

Er räusperte sich, rieb die Nase, wog den Kopf hin und her.

„Sag mir mal, Kinna, was reden eigentlich die Shasu über uns? Wird man uns als Sklaven behalten? Oder etwa nach Ägypten verkaufen, dass wir dort im Schilf oder in den Steinbrüchen arbeiten? In diesem Fall könnte ich als Vermittler hilfreich sein..."

Kinna zuckte die Schultern. „Es ist unklar. Ihr Gott hat ihnen befohlen, alles Lebende in der Stadt zu bannen. Aber ihr Anführer Mose scheint Bedenken zu haben. Er ist ein gnädiger Mann."

Nephem fuhr erschreckt zurück.

„Den Bann? Wie furchtbar! Weißt du denn nichts genaueres?"

„Ich denke und fühle in meinem Herzen, dass die Israeliten barmherzig sind," sagte Kinna. Doch noch während sie dies sprach, schwebte ihr Calebs Gesicht vor Augen. Wie verändert es war, als er sie zu ihren Leuten ins Gerberviertel bringen ließ. Wie kalt und abweisend und hart. Doch sagte sie sich, die Verhärtung rühre vielleicht vom Tod Jephunehs, seines Vaters, her und von dem harten Kampf mit den Göttersöhnen und der Enttäuschung, den Leichnam des Avlas nicht geborgen zu haben. Sie wunderte sich nun selbst, wie der Baal hatte entkommen können.

134

„Hat der Herr der Häuser vor dem Angriff die Stadt verlassen?" fragte sie Nephem rundheraus.

„Aber nein, was denkst du?" widersprach dieser. „Jeden Tag hat sein Mund Efrati zu den Leuten gesprochen und ihnen Mut gemacht."

„Ja, aber was ist mit Avlas selbst? Hast du ihn gesehen?"

Nephem schüttelte den Kopf.

„Nur seinen Mund Efrati."

„Efrati, der Verräter," zischte Kinna.

„Was sagst du da? Du scheinst etwas gegen ihn zu haben?" erkundigte sich Nephem scheinheilig.

„Etwas gegen ihn haben? Warum reißt man ihn nicht in Stücke? Er hat die Speicher angezündet und so den Hunger in die Stadt gelassen."

Der Ägypter runzelte die Stirn. „Wüste Beschuldigungen stößt du da aus. Warum sollte er so etwas tun? Er ist ein heiliger Mann und diese Stadt ist seine Heimat."

„Ein heiliger Mann!" lachte Kinna bitter.

Der Blinde Mann fiel in ihr Lachen mit ein. Ein raues, keuchendes Geräusch. Kinna liefen kalte Schauer über den Rücken.

Nephem stampfte auf. „Genug jetzt. Efrati ist ein heiliger Mann."

„Und wo ist er denn jetzt?" platzte Kinna heraus. „Ist er etwa hier und leidet Hunger mit uns?"

Nephem wurde verlegen. „Vielleicht hat man ihn im Haus der Häuser erschlagen…"

„Ich versichere dir, Efrati erfreut sich bester Gesundheit. Er genießt die Gastfreundschaft der Israeliten."

„Nah, nah…"

„Rede doch zu den Wachen dort auf dem Turm und frag sie," stieß Kinna erbost hervor.

Nephem dachte eine Weile darüber nach. Dann grinste er sie an, reichte ihr das Seilende und stieg vom Dach hinunter. Langsam schlenderte er in Richtung der Mauer, immer wieder winkend, sodass

135

man seine Hände sehen konnte. Die Wachen bemerkten ihn. Voller Argwohn fassten sie ihn ins Auge, hielten aber ihre Bögen gesenkt. Da rief Nephem mit lauter Stimme einen Gruß hinauf. Zu Kinnas Überraschung bediente er sich der Sprache der Israeliten. Die Männer oben stutzten erst, erwiderten aber bald den Gruß des Ägypters.

Als er wieder auf dem Dach war, gab ihm Kinna das Seil, an dem der Blinde Mann gebunden war, zurück. Widerwillig nahm er es entgegen.

„Und?"

„Und? Na, sie haben mir recht bereitwillig geantwortet, wie du wohl bemerkt haben wirst. Sie sagten, der Hohepriester weilte gestern noch in der Stadt. Er habe ein prächtiges Haus bezogen und vier Riesen waren als Diener und Leibwächter bei ihm. Seit heute morgen aber sei er spurlos verschwunden. Man habe es Caleb gemeldet, der aber hätte befohlen, nicht nach ihm zu suchen. Alle Soldaten sollten nämlich in Bitot bleiben und bei den Aufräumarbeiten helfen. Und dann lachten sie und meinten, es gebe viel aufzuräumen und zuerst müsse man mit dem Ungeziefer beginnen. Damit meinen sie wohl uns, diese Barbaren."

Efratis Flucht erfüllte Kinna mit Enttäuschung, aber auch einer gewissen Erleichterung. Sie wusste nicht, wie sie sich verhalten haben würde, müsste sie ihm je wieder gegenübertreten. Eine Mischung aus Furcht und Hass machte es ihr unmöglich, ihre Reaktion abzuschätzen.

„Siehst du es nun?" fragte sie Nephem. „Der feige Verräter hat sich aus dem Staub gemacht."

„Es ist gewiss ein Trick," erwiderte jener. „Er hat die Shasu getäuscht, um aus der Stadt zu entkommen. Gewiss kommt er mit Hilfe zurück."

Das willkürliche Unverständnis Nephems erboste Kinna. Doch etwas an der Art, wie der Ägypter sie ansah, halb spöttisch, halb freundlich, entwaffnete sie sogleich wieder. So beschloss sie, die Sache vorerst auf sich beruhen zu lassen.

„Wo kommst du her?" fragte sie.

„Ich? Ich komme aus dem Land am Nil. Kannst du das nicht sehen, dummes Ding?" erwiderte Nephem nun seinerseits verärgert. Er zog die Reste seines Gewandes zurecht und streckte das Kinn in die Höhe.

„Und warum bist du hier?"

Nephem schlug die Hände über dem Kopf zusammen.

„Warum ich hier bin? Das ist eine gute Frage, die beste, die du bisher gestellt hast. Ich selbst stelle sie mir seit Monaten. Warum ist Nephem, seines Zeichens Dritter Schreiber im Haus des Getreidemeisters der Nordprovinz, in Bitot, einer an sich ganz unbedeutenden Stadt, und leidet Hunger und muss um sein Leben fürchten? Ich sage dir warum, Wiedergeborene: Um Willen der Schiffe des Pharaos ist sein Sklave hier. Um Zedernholz für sechs Barken einzuhandeln," rief Nephem aus. Der Blinde Mann beantwortete die Rede seines Führers mit höhnischem Gelächter. Ärgerlich zog Nephem am Seil. Der Blinde fiel vornüber aufs Gesicht und knurrte.

„Efrati war mein Ansprechpartner hier. Er war so gut, sich um mich zu kümmern, als die Shasu über uns kamen. Er ist ein Heiliger, ganz gleich, was du denken magst. Er hat mir sogar die überaus wichtige Aufgabe übertragen, mich um diesen... den Priester eures Totengottes zu...ihm zu assistieren."

„Seinen Ochsen führst du an der Leine," höhnte Kinna.

Nephem hob die Nase noch ein Stück höher und schürzte die Lippen.

„Was weißt du schon, dummes Ding?"

Kurz darauf kam Bihal zurück. Ihr Kopf war vollständig geschoren und wies etliche kleine Schnitte auf, aus denen dünne Rinnsale ein blutiges Netz auf ihren Schädel zeichneten. Doch sie war glücklich, ja euphorisch gestimmt. Noch auf der Treppe rief sie

Nephem zu, alles sei bereit, dem Ashuri das Opfer zu bringen. Mit einer Verbeugung reichte sie ihm sein Messer. Nephem nahm die blutige Klinge mit einem Ausdruck des Ekels an und wischte sie am Gewand des Blinden Mannes trocken. Währenddessen umarmte Bihal Kinna.

Mit Freudentränen in den Augen sagte sie: „Sorge dich nicht, Tochter. Das Ende unserer Leiden ist nah. Ich fühl es."

Nephem verdrehte die Augen. „Du hast recht, Frau. So oder so werden unsere Sorgen bald ein Ende haben. Sie Shasu werden aufräumen."

Daraufhin gab er Kinna das lose Ende des Seils, an dem der Blinde Mann angebunden war, zurück.

„Pass du eine Weile auf ihn auf, während ich das Opfer für deine...Mutter darbringe. Und gib Acht, dass unser Ochse nicht vom Dach stürzt."

*

Kinna studierte den Blinden Mann, erforschte mit neugierigen Augen das Ausmaß körperlicher Zerstörung. Sie wunderte sich, wie dieses Wesen überhaupt noch fortdauern konnte.

„Kein Mensch, sondern ein Dämon bist du," dachte sie, dachte es in ihr. „Dämon, Dämon."

Sie hatte ihre Begegnung mit ihm im Ashuritempel nicht vergessen. Nicht vergessen hatte sie auch, was der Dämon ihr angetan hatte, als sie um die Gnade eines schnellen Todes bettelte, und was er Iala angetan hatte und wie vielen Mädchen noch vor ihnen.

„Kannst du dich an mich erinnern?" fragte Kinna den Blinden Mann. „Kannst du nicht reden?"

Sie fühlte sich stark und überlegen, da sie den Priester zu ihren Füßen kriechen sah. Sie hatte das Tier, das sich an ihr vergangen hatte, ganz in ihrer Gewalt. Und wie seltsam es war, einmal nicht Spielball fremder Willen zu sein, sondern umgekehrt, das Geschick eines anderen in der Hand zu halten. Eine berauschende Empfindung war das.

Der Blinde riss das Maul auf und schnappte nach ihr. Fauler Gestank schlug ihr entgegen.

„Ach so. Deine Zunge haben sie herausgerissen. Wer hat das getan? Efrati? Ja, natürlich, damit du den Verräter nicht verraten kannst. Ich wundere mich nicht. Du hast ihm vom Labyrinth erzählt, hast ihm beschrieben, wo der zweite Eingang außerhalb der Stadt verborgen lag. Hast ihm gesagt, dass wir dort unten noch am Leben seien, dass man unsere Lampe gesehen hätte. Und als Lohn für deine Mithilfe hat er dir die Zunge herausschneiden lassen."

Der Blinde Mann heulte kurz auf. Dann begann er an ihrem Kleid zu schnüffeln.

„Mein Geruch? Du magst, wie ich rieche? Du magst den Geruch von Mädchen, nicht wahr? Vor allem, wenn sie Angst haben."

Der Priester schnappte wieder. Sein Mund verzerrte sich zu einem grotesken Grinsen. Zweifellos hatte er mehr als seine Zunge verloren. Auch sein Geist war umnachtet und die primitivsten tierischen Instinkte regierten ihn nun.

Plötzlich wurde Kinna schlecht. Der nagende Hunger im Verbund mit der widerwärtigen Fratze des Blinden Manns, seinem deformierten und mit Beulen und Ausschlag überzogenen Leib, waren zu viel. Sie übergab sich.

Da geriet der Priester völlig außer sich. Wie von Sinnen suchte er mit den Händen den Boden ab, bis er die nasse Stelle gefunden hatte. Sofort begann er die Reste von Fladenbrot und bräunlicher Galle aufzuklauben.

„Nur ein räudiger Köter," dachte Kinna angewidert.

Und ohne darüber nachzudenken, legte sie das Seil in eine Schleife. Diese stülpte sie dem Blinden Mann über den Kopf. Dann stellte sie ihren Fuß auf seinen Nacken, während sie gleichzeitig die Enden der

Schlinge anzog.

Sie konnte sich nicht genau erklären, was geschah. Es war, als würde eine fremde Kraft durch sie wirken, deren Tun sie wie eine unbeteiligte Beobachterin verfolgte und dass, obgleich es doch ihre Hände waren, die die Schlinge enger und enger zogen. Ein berauschendes Gefühl stieg in ihr auf und erfüllte jede Faser ihres Körpers.

„Was tue ich da nur?" fragte sie sich und musste zugleich ein jauchzendes Gelächter zurückhalten. „Was ist das?"

Sie wusste, was es war und was sie tat.

Sie nahm Rache. Und sie schwelgte in dieser Rache, die ihr eine ungekannte Lust bereitete. Frei und mächtig fühlte sie sich, ein ganzer Mensch, der weder Tod noch die Baale fürchten muss. Ein Bild schoss durch ihren Kopf, ein König, der auf der Spitze seines unermesslich hohen Turmes stand und von dort die ganze Welt überblickte, und hinter ihm auf dem Turm, der wie eine Speerspitze den Bauch des Himmels durchstieß war noch etwas anderes, etwas Dunkles und Wundervolles.

Das langgezogene Ächzen des Blinden Mannes, der verzweifelt um Luft rang, riss sie aus ihren Gedanken. Sofort zog sie fester an.

„Der erste von drei. Das Auge stirbt. Bleiben nur noch der Mund und das Herz," dachte sie.

Schweißperlen formten sich auf ihrer Stirn und ihre Arme wurden taub vor Anstrengung. Das raue Seil schnitt in ihre Handflächen, doch mit aller Kraft zog sie weiter. Der Blinde Mann schlug hilflos um sich. Doch abgesehen von einigen unkontrollierten Armbewegungen, leistete er keinen Widerstand. Stattdessen klaubte er, noch während er erstickte, immer weiter ihr Erbrochenes auf und schob es sich in den Mund. Hunger und Gier hatten seinen Überlebenstrieb vollkommen ausgehebelt. Sein Kopf lief bläulich an. Er röchelte, doch noch immer wollte oder konnte er nicht aufhören, zu fressen. Dann versteifte er sich. Als begriffe er plötzlich, was geschah, schlug er die Zähne aufeinander, so als wollte er nach ihr beißen. Darauf stieß er einen langen, wollüstigen Seufzer aus, und brach in sich zusammen.

Kinna ließ das Seil fallen und betrachtete die Leiche des Blinden Manns mit großer Genugtuung. Sie war außer Atem und ihr schwindelte, doch sie fühlte sich unendlich leicht und frei und stark. Nun, da er nicht mehr seine grässlichen Grimassen schnitt, wirkte der Totenpriester weit weniger bedrohlich. Tief unten in einem verborgenen Winkel ihres Herzens fand sie sogar so etwas wie Mitleid mit ihrem Peiniger. Auch er war ein Gefangener gewesen, seiner Sinne und seines Verstandes beraubt, ein trauriger Diener des Ödlandbeherrschers, lebendig eingemauert in einem Gefängnis ewig währender Finsternis.

„Möge Ashuri dich trösten, Auge, und dir schöne Träume geben. Unsere Rechnung ist beglichen."

*

Kinna brütete noch immer nachdenklich über dem Leichnam, als plötzlich ein Tumult im Gerberviertel losbrach. Einer Abteilung der Israeliten, die man vor Tagen ausgesandt hatte, Vorräte zu finden, war es gelungen, einige Rinderherden und Wagenladungen voll Getreide zu erbeuten. Reich beladen und unter dem Jubel ihrer Brüder und Schwestern zogen sie nun in die eroberte Stadt ein. Während einige besonders gut gewachsene Tiere sogleich hinaus zum Zeltlager geführt wurden, wo sie Jah geopfert werden sollten, schlachtete man etliche andere mitten in der Stadt. Die Frauen buken Brote und die Männer hängten saftige Fleischstücke über eilig angefachte und mit den Überresten luxuriöser Möbel gefütterter Feuer. Gelächter und Gesang und der unwiderstehliche Duft von Gebackenem und Gebratenem schwebten bald über der ganzen Stadt, den Siegern zur Freude, den Besiegten zur Qual. Bettelnd und flehend streckten die überlebenden Bewohner Bitots ihre Hände aus und hielten ihre sterbenden Kinder in die Höhe, während eine Doppelreihe Bewaffneter am Torbogen sie mit Schlägen und Tritten in Schach hielten.

Kinna war hastig vom Dach heruntergestiegen und nutzte den allgemeinen Aufruhr, sich davonzuschleichen. Sie wollte im Augenblick weder mit Asaras Mutter noch mit Nephem zusammentreffen – nicht nachdem, was sie dem Blinden Mann angetan hatte. So zog sie ihren Schleier tief ins Gesicht und mischte sich unter die schreiende Menge.

Bald darauf erschien Caleb umringt von seinen Hauptmännern. Er trug den Lederwams seines Vaters und dessen Kurzschwert. Seine Stirn war gerunzelt und sein Blick war hart und kalt.

Er hob die Hände und gebot den Gefangenen Stille.

„Jah ist gütiger Gott," rief er. Dann machte er eine Pause. „Wir werden euch ein Mahl bereiten, dass ihr euch stärkt. Esst aber nicht alles, sondern behaltet einen Mundvorrat. Denn morgen früh werden wir euch auf die Straße nach Ai führen, dass ihr dieses Land verlasst, das uns Jah zum Besitz gegeben hat. So ist es beschlossen worden."

„Gelobt sei der Baal der Shasu, der Baal Jah," riefen einige aus der Menge entzückt. Caleb trat zornig einen Schritt vor, doch einer seiner Hauptleute legte die Hand auf seine Schulter und hielt ihn kopfschüttelnd zurück.

Wenig später rollten zwei Wägen mit Broten heran. Sie kamen frisch aus dem Ofen und waren so heiß, dass die Männer sie mit ihren Schwertern aufspießen mussten, um sie dann in hohem Bogen unter die Gefangenen zu schleudern. Unter diesen brach sofort ein regelrechtes Gefecht aus. Jeder wollte einen der dampfenden Laibe erbeuten. Man schlug, riss, trat und spuckte. Einige der Frauen ließen sogar ihre Kinder fallen, um ein Stück Brot zu erhaschen.

Die Israeliten ließen sich viel Zeit mit der Verteilung des Brotes. Ihre Frauen lachten und deuteten auf ihre unglücklichen Geschlechtsgenossinnen, die Kinder warfen Steine nach ihnen und die Männer spotteten. Manch einer aus der Doppelreihe der Krieger stach mutwillig Speer oder Schwert in das Gewühl aus Leibern, das sich um die Brote balgte, sodass viele verletzt wurden.

Gegen Mittag waren die Wägen leer und die Gefangenen hatten sich mit ihrer Beute vor der Mittagshitze an schattige Plätze zurückgezogen. Trotzdem kam es immer wieder zu Streitereien und Handgreiflichkeiten. Kinna hatte sich in einer dunklen Gasse hinter einem Haufen Unrat versteckt.

Gierig verschlang sie eines der beiden Brote, die sie ergattert hatte, während Fliegen um sie herum schwirrten. Als ihr Hunger gestillt war, bedachte sie mit frischem Lebensmut ihre Lage. Zuerst musste sie ihr Gewand loswerden. Auf keinen Fall durften Bihal oder Nephem sie wiedererkennen. Im Augenblick würde man sich wohl kaum um den toten Priester auf dem Dach kümmern. Doch dieser Friede würde gewiss nicht ewig wären. Man würde Erkundigungen anstellen und sie zweifellos ausfindig machen. Vor allem Nephem war ein Problem, weil er um ihre wahre Identität wusste. Und da war noch etwas, was Kinna Sorgen bereitete. Es war das seltsame Verhalten der Israeliten. Sie dachte lange darüber nach. Doch wie sie die Sache auch drehte und wendete, ergab sie keinen Sinn. Wenn die Israeliten ihre Gefangenen nicht zu Sklaven machen, sondern sie los werden wollten, warum gaben sie ihnen dann zu essen, wenn sie selbst doch alles andere als im Überfluss lebten. Es wäre für sie zweifellos leichter gewesen, denn Bann zu vollziehen. Vielleicht hatte aber Mose dagegen ein Machtwort gesprochen und der Wegzug der Gefangenen war eine Art Kompromiss, ein Mittelweg zwischen Versklavung und Vernichtung. Ja, so musste es wohl sein.

„Das erklärt auch, warum man uns demütigt und zugleich erhält. Es ist der Wille des Mose uns zu verschonen, der gegen den Willen seiner Leute steht, uns zu strafen. Sie haben ja allen Grund uns zu hassen. Bei all dem Blut, das sie lassen mussten," dachte sie bei sich.

Plötzlich vernahm sie ein Rascheln. Es kam aus dem Haufen, neben dem sie saß. Ein Köpfchen schob sich unter einem Stoffstück hervor, grau und pelzig. Zwei schwarze Augen blickten sie fragend an.

Kinna lächelte. Sie brach einen Fetzen Brot ab und reichte ihn der Maus. Diese zeigte keinerlei Scheu. Vielmehr streckte sie das Köpfchen noch weiter hervor, schnüffelte, kam dann ganz heraus, setzte sich auf die Hinterbeine und nahm das Brot mit ihren kleinen Vorderläufen.

„Wir kennen uns, nicht wahr? Du bist die Maus aus dem Schädel im Labyrinth. Du warst da, als ich in der Unterwelt erwachte," sagte sie.

Die Maus betrachtete sie aufmerksam, während sie aß. Sie schien ihr zuzuhören.

„Ich sollte dir einen Namen geben," überlegte Kinna laut.

Die Maus quiekte, so als wollte sie zustimmen.

„Nibu? So soll ich dich nennen?"

Die Maus schien zu nicken.

„Nibu vom Schädelhaus. Nibu, Fürst der Nager," lachte Kinna. Sie riss einen weiteren Fetzen ab. Nibu nahm ihn dankbar entgegen.

„Was soll nur aus mir werden?" fragte sie sich. „Ich glaube nicht, dass ich bei meinen Leuten bleiben kann, nicht nachdem, was ich getan habe... Und nicht nachdem, was sie mir angetan haben. Aber auch die Israeliten scheinen mich nicht zu wollen. Schuldlos habe ich Calebs Gunst verloren. Vielleicht könnte ich mich Mose vor die Füße werfen. Ach, aber was, wenn auch er mich verstößt? Ich weiß nicht, was werden soll. Könnte ich mich nur an die Baale wenden, so

144

hätte ich wenigstens einen Trost. Aber auch die Baale haben mich verlassen. Nur jener seltsame Gott der Israeliten scheint nichts gegen mich zu haben. Aber er ist nicht mein Gott. Er ist *ihr* Gott, gehört ihnen und sie ihm."

Kinna hing noch eine Weile ihren Gedanken nach, bis ihr die Augen schwer wurden und sie einschlief.

*

Als sie erwachte, war eine grenzenlose und vollkommene Stille um sie. Nur das sachte Summen des Windes, der durch die leeren Gassen fegte und an den Fensterverschlägen spielte, war zu hören.

Kinna stand auf und streckte sich. Dann wanderte sie durch die Stadt. Tatsächlich lag sie völlig verlassen. Weder ihre ursprünglichen Bewohner, noch die Eroberer waren zu sehen. Jede Spur von Leben war ausgelöscht. Dafür lag eine fingerdicke Schicht von Asche auf allem. Kinna zerrieb etwas davon zwischen den Fingerspitzen, bis diese ganz grau waren. Sie berührte ihre Zunge.

„Ich habe von der Asche der Gewesenen gekostet," sagte sie.

Sie wanderte eine Weile umher, bis sie zufällig den Großen Platz erreichte. Sie betrat die Tempel und zog die staubigen Vorhänge von den Heiligen Nischen. Dort, in jenen Winkeln, die den Blicken gewöhnlicher Menschen verboten waren, verehrten die Priester die Baale in Gestalt ihrer Heiligen Zeichen. Doch diese waren nun zerstört. Ashairs Ewiges Feuer war verloschen, Sikkuls Silberband erblindet, die Hörner des Himmelsstieres zerbrochen. Nichts war mehr übrig von den Baalen außer Abfall und Staub. Und nichts war übrig von den Tieren, die man ihnen geopfert hatte, und nichts von den Menschen, die sie angebetet hatten. Sie verließ die Tempel und betrat das Haus der Häuser, dessen Hohe

Pforte weit offen stand. Auch dort fand sie nichts außer Staub und Asche und Zerstörung. Die große Wendeltreppe in der Mitte der Halle war eingestürzt und die riesige Galerie, die Avals Wohnung getragen hatte, hing lose von der Decke. Auf dem Boden lagen unzählige unbeschriebene Papyrii. Sie verließ die Pyramide und fragte sich, wohin sie nun gehen sollte.

„Ich will nach hause gehen, ja, nach hause," beschloss sie.

Sie fand ihres Vaters Haus ebenfalls verlassen von allem Leben. Tränen kamen ihr bei diesem traurigen Anblick. Sie durchschritt das niedrige Tor zum Vorhof. Das Tor quietschte und ging nur schwer auf. Der Pistazienbaum, den ihr Vater vor dem Haus gepflanzt hatte, war verdorrt und völlig blattlos. Schweigen und Verlassenheit setzten sich im Innern des Hauses fort. Die Bänke waren vom langen Tisch aus Zedernholz abgerückt. Eine hölzerne Schale und einige Schnittbretter bezeugten, dass hier vor langer, langer Zeit ein Vater, seine Frau und seine Tochter ein Mahl eingenommen hatten, bei dem gelacht und geschwatzt worden war. Abba hatte gerne scherzhaft von den Ereignissen des Tages erzählt. Er verstand sich darauf, andere nachzuahmen. Selbst die Stimmen und Gesichtsausdrücke seiner Mitmenschen konnte er vortrefflich imitieren. Und er hörte nicht auf, bis Mama sich den Bauch vor Lachen hielt.

Das war lange her gewesen. Eintausend Jahre.

Kinna fuhr mit dem Finger über den Tisch. Wieder kostete sie vom Staub des Gewesenen. Er schmeckte bitter.

Da hörte sie ein Zirpen wie von einer Heuschrecke, doch viel lauter und klarer. Sie sah sich nach dem Ursprung des Geräuschs um und fand auf dem Fenstersims ein silbernes Insekt, wie jenes, das man ihr als Zeichen der Erwählung gegeben hatte. Doch dieses hier war kein lebloses Abbild. Die Heuschrecke rieb die Flügel gegeneinander und sang ein Lied. Ihre Kieferzangen öffneten und schlossen sich dazu im Takt. Kinna nahm das Tierchen auf die Hand und bewunderte es. Da biss die Heuschrecke sie in den Finger. Ein stechender Schmerz durchfuhr sie und zwei dicke Blutstropfen quollen aus den Wunden. Sie wollte das Tier abschütteln, doch die silbernen Zangen hatten sich fest in ihr Fleisch gehackt. Sie packte den Leib des Insekts, doch sobald sie zu ziehen oder drücken begann, bohrten sich die silbernen Spitzen nur noch tiefer unter ihre Haut. Der Schmerz war unerträglich. Es war der gleiche Schmerz, den sie gefühlt hatte, als die Blinde Mann seine Knochenfinger in ihr Geschlecht gerammt hatte. Sie setzte sich mit dem Rücken an die Wand und versuchte ihre Hand so still wie möglich zu halten, denn wann immer sie sich bewegte, biss das Insekt noch fester zu.

Leise wimmerte sie vor sich hin. Zu schreien hätte keinen Sinn gehabt. Sie wusste, sie war alleine. Niemand würde sie hören, niemand ihr beistehen. Und dieses Wissen machte den Schmerz nur noch unerträglicher.

„Warum quälst du mich?" heulte sie. „Was hab ich dir getan? Oh, wenn es nur zu Ende wäre…"

*

„Da haben wir noch eine. Sieh dir das an, Ben, hat versucht, sich zu verstecken! Diese Leute wissen einfach nicht, wie man sich benimmt."

Kinna schlug die Augen auf. Zwei Männer standen über ihr, Speere in den Händen und Helme auf den Häuptern.

„Hab keine Angst. Steh auf, Kind," forderte sie der Mann namens Ben auf.

Sie gehorchte.

„Zeig dein Gesicht, Mädchen," verlangte der andere. Er roch nach Wein und und rote Schatten lagen auf seinen Wangen.

Sie schlug den Schleier zurück.

147

„Gar nicht so schlecht. Keine Schönheit, aber annehmbar. Jung immerhin und nicht ganz so verhungert wie die anderen."

„Lass sein, Japhet," mahnte ihn Ben. „Mose hat verboten, die Gefangenen anzurühren."

„Das hat er in der Tat. Was für eine Verschwendung!" knurrte Japhet verärgert. „Keine Beute, keine Sklaven, nicht einmal ein wenig Erleichterung kann man sich verschaffen. Und das nach all dem, was wir durchgemacht haben. Besser wär´s gewesen, wir wären in Pharaos Land geblieben."

„Sprich nicht so," erwiderte Ben. Dann wandte er sich ihr zu und fragte: „Kannst du gehen?"

Sie nickte und stand auf.

„Komm mit, wir bringen dich zu den anderen. Wir führen euch aus der Stadt," erklärte er.

Erschreckt begriff Kinna, sie musste den ganzen gestrigen Tag und die Nacht verschlafen haben. Heftig schüttelte sie den Kopf.

„Ich brauche ein anderes Oberkleid. In diesem kann ich nicht gehen."

„Eitel, die Kleine! Man fasst es nicht! Kind, für das, was dich erwartet, bist du gerade richtig gekleidet," spottete Japhet.

„Es ist in der Tat unnötig," stimmte Ben zu.

„Nein, nein," bettelte Kinna. Und warf sich Ben, der weit freundlicher als sein Freund Japhet war, zu Füßen und umschlang seine Knie. „Ich flehe meinen Herrn an, mir ein anderes Obergewand zu geben."

Da traf sie das stumpfe Ende eines Speers am Kopf. Sie sah Sterne und glaubte einen Moment lang, das Bewusstsein zu verlieren. Blut floss über ihre Stirn und tropfte auf den Boden. Trotzdem ließ sie Bens Knie nicht los, das Gegenteil, noch fester umschlang sie sie.

„Lass sie, Japhet, wir dürfen nicht grausam sein. Grausamkeit ist eine Eigenschaft der Baalsdiener. Jah lehrt uns Barmherzigkeit," schimpfe Ben.

„Barmherzigkeit, Barmherzigkeit," echote Kinna. „Wozu brauchst du denn ein anderes Gewand? Was soll das denn?" fragte er.

„Um Jahs Willen, einen Fetzen erflehe ich! Oder soll ich im Festkleid meiner Heimat auf immer den Rücken kehren und mich unter die Witwen mischen?" schluchzte Kinna.

„Schon gut, schon gut," beschwichtigte sie Ben. „Japhet, geh dort in jenes Haus um die Ecke und sieh, ob du nicht einen Kittel für finden kannst," befahl Ben.

Japhet knurrte missbilligend, als er davon stampfte.

„Ich danke meinem Herrn," sagte Kinna und wischte sich die Tränen aus den Augen.

„Schon gut, Kind," erwiderte Ben betroffen. „Beruhige dich nur. Und dank mir nicht. Dazu gibt es keinen Grund."

„Doch, es gibt einen Grund. Durch Jahs Gnade bin ich gerettet worden und durch deine Barmherzigkeit werde ich unter meinen Leuten weiterleben."

Bens Blick wurde unruhig. Er musste glauben, sie habe den Verstand verloren. Immer wieder sah er sich nach Japhet um, doch der ließ sich Zeit.

„Wo bringt ihr uns hin?" fragte Kinna nach einer kleinen Weile.

„Wie gesagt, wir führen euch aus der Stadt auf die Straße nach Ai. Von dort könnt ihr den Weg alleine finden."

„Gebt ihr uns keine Begleitung?" fragte Kinna.

Ben lachte auf. Ein bitteres Lachen war es. „Wie sollten wir denn, wo überall im Land Krieg herrscht? Nein, ihr seid auf euch alleine gestellt. Aber die Reise dürfte nicht allzu beschwerlich werden. Es sind nur ein paar Tagesmärsche."

Kinna erwiderte: „Für ein paar verhungernde Frauen, ihre Kinder und eine Handvoll Greise ist es wie ein Marsch durch die Wüste."

149

Ben überhörte die Anspielung, dann schwieg auch Kinna. Endlich kam Japhet zurück. Er warf Kinna einen Kittel zu. Sie zog Asaras Frauenkleid aus und schlüpfte in den gräulichen Fetzen. Er war viel zu groß und sehr schmutzig. Wahrscheinlich hatte er einem der Sklaven gehört, die den Gerbern beim Bearbeiten der Häute halfen.

„Danke," sagte sie, während sie ihr Oberkleid sorgfältig zusammenrollte und unter den Kittel schob.

Japhet fuhr sie an: „Komm jetzt, und mach ja keinen weiteren Ärger, sonst setzt´s was."

*

Die Überlebenden gaben ein trauriges Bild ab. Unendlich langsam schlichen sie hintereinander durch das Westtor. Sie verließen ihre Heimat für immer und sie wussten es. Niemand sprach. Die Freude, mit dem Leben davongekommen zu sein, und die Chance auf einen Neuanfang in Ai, Tyros, Sidon oder einer der andere Städte, die die Hand der Shasu noch nicht erreicht hatte, verblassten unter der Trauer und dem Leid der vergangenen Monate. Jeder in diesem Zug – mit Ausnahme von Nephem, der als Fremder in Bitot weilte – hatten viele, manche alle Familienmitglieder verloren, Eltern, Geschwister, Ehepartner, Kinder.

Die Israeliten, die den Zug eskortierten, trieben die Bewohner der ehemals stolzen Stadt mit Drohungen und Schlägen zur Eile an.

Kinna suchte den Zug nach Nephem oder Bihal ab, konnte sie aber nirgends ausmachen. Beruhigt reihte sie sich hinter einem Greis ein, der unablässig mit sich selbst sprach.

Langsam marschierten sie durch die verwüsteten Gärten und Felder, die Bitot einst mit ihrer Pracht umgeben hatten. Dann erreichten sie eine breite Straße, die gen Westen führte. Ashair brannte unerbittlich auf sie nieder. Die Luft am Horizont flirrte und das Atmen fiel schwer. Kinna erinnerte sich des

Reliefs auf der Tür zur Großen Halle des Totengottes und fand die blasphemischen Darstellungen dort mehr denn je zutreffend. Die Baale waren in der Tat schlecht, sie hassten die Menschen, nutzten sie aus, verließen sie in Zeiten der Not oder stürzten sie gar mutwillig und grundlos ins Unglück. Nur der Gott Jah schien gut zu sein, wenn auch sein auserwähltes Volk nicht ohne Fehl war.

Als sie ein paar Meilen weit gekommen waren, ließen sich die Israeliten langsam zurückfallen.

„Wagt ja nicht, uns zu folgen!" warnten sie die Überlebenden. „Wenn ihr euch je wieder in der Nähe der Stadt blicken lasst, wird es euch schlecht gehen."

Aber die ehemaligen Bewohner Bitots machten keine Anstalten umzudrehen. Nur wenige hielten kurz inne, blickten zurück auf die vertrauten Mauern, die im Mittagslicht golden glühten, bevor sie seufzend ihren Marsch fortsetzten.

Gegen Nachmittag erreichte die Gruppe einen Ziehbrunnen, der mit einem schweren Stein verschlossen war. Die Leute lagerten sich dicht gedrängt in den Schatten einiger Bäume, die vereinzelt in der sonst kargen Landschaft wuchsen. Kinna verbarg ihr Gesicht unter der riesenhaften Kapuze des Kittels und hielt sich abseits. Immer wieder spähte sie nach Nephem und Bihal. Sie fand den Ägypter endlich am Brunnen, Bihal aber blieb verschwunden. Die wenigen geschwächten Männer vermochten nicht, den Stein zu bewegen. Die Stangen, mit deren Hilfe man diese Arbeit sonst vollbracht hatte, waren zerbrochen worden. So dauerte es unendlich lange bis der runde Block den Zugang zum Schacht ein Stück weit freigab. Entsetzt wichen die Männer zurück, als ein dichter Schwarm von Fliegen wie eine dunkle, summende Wolke aus der Tiefe emporschoss.

„Sie haben den Brunnen vergiftet," schimpfte Nephem. „Ein Rind verfault dort unten. Der Gestank!"

„Die Shasu waren das?" fragte eine Frau, den Tränen nahe.

„Nein, das waren eure Leute. Wohl, um den Vormarsch der Shasu zu verlangsamen," erklärte Nephem verärgert.

„Vielleicht, wenn man nur ganz wenig trinkt," bettelte ein kleines Mädchen. „Ich hab so Durst."

„Man kann das Wasser abkochen," schlug ein alter Mann vor.

„Für alle? Und woher das Brennholz nehmen? Und wie Funken schlagen? Hast du etwa Axt oder Feuerstein?" fauchte ein anderer.

„Unnützes Geschwätz das alles. Wir kommen ja nicht einmal ans Wasser. Sie haben auch Seil und Eimer hinuntergeworfen," unterbrach Nephem die Streitenden.

„Einer muss eben hinuntersteigen," sagte ein Greis, der sich über den Brunnenrand lehnte. „Es geht schon. Wäre ich jünger, würde ich´s selbst machen."

„Nein, das ist viel zu steil und zu tief. An den Wänden findet man keinen Halt. Und wenn man abrutscht, ist es aus," erwiderte eine Frau, die sich hinzugesellt hatte.

„Wenn wir nichts zu trinken bekommen, ist es aus mit uns," meinte Nephem. Vorsichtig näherte sich Kinna dem Brunnen. Das Dämmerlicht des sterbenden Tages und die tief ins Gesicht gezogene Kapuze verhüllten ihr Angesicht, sodass sie sich sicher fühlte, nicht erkannt zu werden. Sie warf einen Blick in den Schacht. Er war in der Tat sehr steil und die Steine im unteren Bereich schimmerten feucht. Der Abstieg war lang und anspruchsvoll, aber keineswegs unmöglich. Im Labyrinth hatte sie nicht selten ähnlich komplizierte Passagen gemeistert.

„Irgendjemand muss hinunter und das Seil hochbringen," sagte eine der Mütter besorgt. „Mein Kind verdurstet."

„Warum gehst nicht du?" fragte eine andere.

„Ich habe ein kleines Mädchen. Wenn ich abstürze, was soll mein Kind ohne mich anfangen?"

„Wir sollten einen von den Alten

152

hinunterwerfen," verlangte wieder eine andere.

„Die Alten muss man ehren," erwiderte ein dabeistehender Greis erschreckt.

„Ehren soll man sie? Das ich nicht lache! Was haben die Alten denn für uns getan, als unsere schöne Stadt belagert wurde? Zum Kämpfen taugen sie so wenig wie zum Kindermachen. Nur fressen und uns Jungen auf der Tasche liegen können sie. Lasst uns einen der Greise hinabwerfen."

Nephem winkte ab. „Das bringt doch nichts. Der wird sich nur den Hals brechen. Es ist viel zu tief."

„Wir könnten unsere Kleider zusammenbinden und eines der Kinder hinunterlassen."

„Oder diesen Sklaven hier! Wer ist dein Herr, Sklave?" fragte eine Frau, deren Kleid darauf schließen ließ, dass sie einst zu den wohlhabenderen Bürgern Bitots gehört haben mochte. „Antworte! Du da in dem Gerberkittel."

Kinna zuckte zusammen. Offenbar hielt die Frau sie für einen Sklaven.

„Ja, Sklave, steig du hinunter und schaff uns das Seil hoch," stimmte Nephem zu. „Wer hat Kleidung, die wir zusammenbinden können?"

Doch noch ehe es dazu kam, hatte sich Kinna bereits über den Brunnenrand geschwungen und begann den Abstieg. Es mochte an die neunzig Fuß nach unten gehen. Der Schacht selber war so eng, dass Kinna mit dem Arm die gegenüberliegende Seite leicht erreichen konnte. Instinktiv fanden ihre Finger selbst kleinste Vorsprünge, an denen sie sich festhalten konnte. Von unten schlug ihr der beißende Gestank des Kadavers entgegen.

„Bist du wahnsinnig, Sklave?" rief Nephem ihr von oben nach. „Warte doch bis…"

„Nein," widersprach die Händlerfrau lachend. „Sieh nur wie geschickt er ist. Wie eine Spinne."

Kinna hatte bereits ein Viertel des Weges nach unten zurückgelegt, bevor sie einen Blick nach oben wagte. Die Silhouetten etlicher Köpfe zeichneten sich tiefschwarz gegen den roten Abendhimmel ab.

Als Kinna über die Hälfte war, wurde das Klettern beschwerlicher. Die Steine waren glitschig und verlangsamten den Abstieg erheblich. Auch war es so finster, dass sie nach Haltepunkten tasten musste.

„Weiter, Sklave. Bald hast du´s geschafft," rief Nephem herunter.

„Ja, weiter. Weiter," spornten sie andere Stimmen an.

Kinnas Finger und Arme brannten vor Erschöpfung, aber sie hatte den Grund des Brunnens erreicht. Oben war die Sonne untergegangen und Kinna konnte den Ausschnitt eines fernen, klaren Sternenhimmels erkennen.

Während ihr der Abstieg keine größeren Schwierigkeiten bereitet hatte, fand sie sich nun vor einem Problem, das sie nicht bedacht hatte. Der Kadaver verstopfte fast den kompletten Schacht. Nur an den Seiten stand das Wasser so hoch, dass man es in einen schief gehaltenen Eimer laufen lassen konnte. Es war also nicht genug, Seil und Eimer einfach zurück nach oben zu bringen, sondern jemand musste unten bleiben, um den Eimer von Hand zu füllen.

Kinna seufzte. Sie schnürte sich das Seil um die Hüfte und begann den Aufstieg. Als sie weit genug gekommen war, zog sie den Eimer nach und hievte ihn über den Brunnenrand. Sie hörte Jubeln und sah, wie sich ihr Hände entgegenstreckten. Sie wollte erklären, dass sie wieder hinab müsse, fürchtete aber, Nephem könnte sie an ihrer Stimme erkennen. Also stieg sie ohne weiteres wieder hinunter.

„Was macht er denn?" fragte eine Stimme von oben. „Hat er den Verstand verloren?"

„Ich glaube nicht," erwiderte Nephem nachdenklich. „Lasst ihn nur machen. Der weiß, was er tut."

Einen Augenblick später überholte sie der Wassereimer, nur um wenig später leer wieder nach oben gezogen zu werden. Man hatte begriffen.

„Du bist ein guter Sklave und ich werde dich belohnen. Ich habe Verwandte in Sidon," schrie die Händlerfrau hinunter. Auch andere ermutigten sie. Kinna wäre indes froh gewesen, in Stille klettern zu können. Die Erschöpfung war überwältigend. Mehrfach verlor sie den Halt und wäre beinahe abgestürzt. Doch wieder erreichte sie glücklich den Grund des Brunnens. Vorsichtig kniete sie sich auf den Kadaver. Die Leichengase, die sich in ihm gesammelt hatten, ließen ihn trotz des zusätzlichen Gewichts auf dem Wasser treiben. Das Fell fühlte sich kalt und glitschig an. Kinna füllte den Eimer soweit sie konnte und zog dann am Seil. Der Eimer schwebte hinauf.

„Wie Jephuneh schwebte. Wie Caleb und ich schwebten," dachte Kinna müde.

Bis tief in die Nacht füllte sie unzählige Eimer. Sie selbst nahm nur wenige Schluck aus der flachen Hand. Das Wasser schmeckte bitter.

„Leichenwasser. Gift," dachte sie. Alles, was die Toten berührten, wurde schlecht. Doch sie hatte keine Wahl, so wenig wie die Mütter, die ihren Kindern mit der abscheulichen Flüssigkeit die trockenen Lippen benetzten.

Als der letzte Eimer sich in Richtung Nachthimmel in Bewegung setzte. Rief Nephem nach ihr.

„Du kannst hoch kommen. Alle haben getrunken und ihre Schläuche aufgefüllt."

Kinna sammelte ihre verbleibenden Kräfte und stieg hinauf. Sie hoffte, die Dunkelheit würde sie vor Nephems Blicken verbergen. Doch noch bevor sie den Brunnenrand erreichte, streckte ihr der Ägypter die Hand entgegen.

„Nimm, Wiedergeborene. Steig auch aus dieser Grube."

Sie zögerte einen Moment, doch dann ergriff sie seine Hand. Einen Augenblick später lehnte sie am Brunnen und atmete die kühle, reine Nachtluft ein. Sie zitterte vor Erschöpfung und Kälte.

Nephem breitete eine Decke über sie.

„Hast du gedacht, ich wüsste nicht, wer du bist? Als ich dich hinabklettern sah, war mir alles klar," sagte der Ägypter. Obwohl es dunkel war, konnte sie am Ton seiner Stimme hören, dass er amüsiert war.

„Was ist mit Bihal?" fragte Kinna.

„Deine verrückte Mutter? Oh, die weigerte sich, die Stadt zu verlassen. Suchte nach dir, ihrer verlorenen Tochter." Nephem senkte die Stimme. „Die Shasu haben sie getötet."

Kinna wollte Aufschreien, vor Wut, vor Entsetzen. Doch die Müdigkeit versiegelte ihre Lippen.

„Ich bringe den Tod, Nephem," sagte sie nach einer Weile. „Ich bin wie der Kadaver dort unten. Alles, was ich berühre, wird schlecht."

„Mag sein. Nichtsdestotrotz hast du heute deinen Leuten einen großen Dienst erwiesen," erwiderte der Ägypter. Er fügte hinzu: „Mach dir übrigens wegen dem Blinden Mann keine Sorgen. Ich hab verbreitet, die Shasu hätten den Bann an ihm vollstreckt. Immerhin war er ein Baalspriester. Und das ist gar nicht mal so weit von der Wahrheit entfernt, Kinna. Sie hätten ihn gewiss nicht gehen lassen."

„Ich danke dir," erwiderte sie.

„Schlaf jetzt, bald erscheint der Sonnenwagen über dem Horizont und wir haben noch ein gutes Stück Weges vor uns. Ich glaube, wir haben eine gute Chance."

*

Nach einem kärglichen Frühstück im Morgengrauen, dem Kinna die Hälfte ihres restlichen Mundvorrats opferte, setzte sich der Zug wieder in Bewegung. Nephem hatte die Führung übernommen, weil er kräftiger als die anderen war und weil er weit weniger von der Katastrophe beeinträchtigt zu sein

156

schien. Sein Geist war klar und sein Wille zu Überleben ungebrochen.

„Wenn wir erst Ai erreicht haben, nehme ich Fühlung mit meinen Leuten auf. Wir haben eine Handelsvertretung dort. Dann geht's weiter nach Tyros und mit dem Schiff nach Ägypten," erklärte er freudig. „Ra sei Dank, das ich mein Leben nicht in eurem traurigen Land beschließen muss."

Kinna nahm einen Schluck aus ihrem Schlauch.

„Sei vorsichtig damit. Trink so wenig wie möglich. Wenn die Götter uns gewogen sind, finden wir heute eine andere Quelle," sagte er. Was das Wasser betraf, hatte er Recht. Einige der Überlebenden hatten sich in der Nacht übergeben, andere klagten über Krämpfe und Durchfall.

„Heute wandern wir, bis es heiß wird, dann rasten wir bis zum Abend und dann gehen wir noch ein Stück weiter. Der Weg ist auch in der Dunkelheit gut zu sehen und zudem verstehe ich mich auf die Kunst, Sterne zu lesen. In drei, vier Tagen müsste die Mauern von Ai am Horizont auftauchen. Dann sind wir sicher. Es ist eine volkreiche Stadt."

„Wie Bitot?" fragte Kinna, die im Halbschlaf neben dem Ägypter hertrottete.

„Nein, was denkst du! Ai ist weit größer als euer Nest. In diesem Teil der Welt wird es nur von Jericho übertroffen," erklärte Nephem.

Kinna, für die die Gärten Bitots gleichsam die Grenze ihrer Welt und Vorstellungskraft gebildet hatten, dachte über die Worte des Ägypters nach.

„Natürlich ist selbst Jericho kaum größer als ein Vorstädtchen selbst der geringsten der Städte meiner Heimat," fügte Nephem wie beiläufig hinzu.

„Ich weiß, dass es Pyramiden in deinem Land gibt, die unser Haus der Häuser bei weitem übertreffen," erwiderte Kinna. „Efrati hat uns oft von den Wundern eures Landes berichtet."

„Hören und Sehen sind zwei verschiedene Dinge. Hat euch Efrati das auch gelehrt?" fragte Nephem

157

hochmütig.

Kinna beschloss, sich nicht weiter auf ein Gespräch über Efrati, den Mund des Baals und Verräter Bitots, einzulassen. Sie war zu müde, zu erschöpft von ihrem nächtlichen Abenteuer am Grund des Brunnens. Allein, während sie auf ihre Füße sah, fragte sie sich, ob auch der Verräter diesen Weg entlanggegangen war. Und wenn.... Vielleicht war er bereits in Ai oder in Jericho oder in seiner Heimat, dem Land der Sphinx. Vielleicht würde sie ihn am Ende doch wiedersehen.

„Und wenn, dann werde ich dem Mund vergelten wie ich dem Auge vergolten habe," dachte sie und lächelte versonnen.

*

Gegen Mittag rasteten sie in einer kleinen Oase, die im Schatten eines steilen Felsens lag. Der braune Block mit seinen glatten Wänden wirkte wie hingeschleudert in die sonst flache Landschaft. Aus einem Spalt an seinem Fuß sprudelte eine Quelle mit frischem Wasser, das ein klein wenig nach Salz schmeckte. Die Leute heulten auf vor Entzücken. Sie schütteten, was noch von Kinnas Giftwasser übrig war, in den Sand und füllten ihre Schläuche mit kühlem Quellwasser.

Alle drängten sich in den Schatten des Felsens, um der Mittagshitze zu entgehen. Viele dösten ein, andere plauderten leise miteinander oder sangen den Kindern vor, die unter den Strapazen der Flucht am meisten litten und dieses Leid doch am stillsten trugen.

Plötzlich erschien eine Staubwolke am Horizont. Sie kam auf dem gleichen Weg, den sie gegangen waren, und näherte sich schnell. Die Flüchtlinge brauchten nicht lange, um zu begreifen, was ihnen aus Bitot gefolgt war. Die Streitwägen der Shasu.

„Verrat," knurrte Nephem. „Verrat. Ich hätte es

wissen müssen. Traue nie einem Shasu. Wie Schakale sind sie."

„Vielleicht wollen sie nur reden," gab Kinna zu bedenken.

„Und deshalb schicken sie ihre Streitwägen? Nein, ich sage dir, sie wollen uns erschlagen. Oh, Ra, muss ich doch in diesem Land umkommen?" jammerte Nephem.

„Aber warum jetzt? Warum haben sie uns nicht schon in der Stadt ermordet?" fragte sich Kinna. Das Lager begann in Aufruhr zu geraten. Hastig raffte man die wenigen Besitztümer zusammen, die einem geblieben waren, eine Decke, einen Fetzen Brot, ein zerbrochenes Spielzeug. Die Kinder weinten vor Müdigkeit und Hunger, die Frauen zeterten und schimpften. Etliche der Greise blieben einfach sitzen und stierten in Richtung der sich rasch nähernden Wolke, in der bald die Klingen und Rüstungen der Krieger aufblitzten.

Auch Nephem war aufgesprungen.

„Warum? Warum? Was für eine Frage! Vielleicht wollten sie ihre Stadt nicht mit noch mehr Blut und Leichen verunreinigen. Vielleicht haben sie es sich schlicht anders überlegt. Wer weiß, was in den Köpfen dieser Leute vorgeht. Was zählt ist, dass wir schleunigst von hier fortkommen."

„Wohin? In die offene Wüste?"

„Nein, da sind wir ein leichtes Opfer. Und selbst wenn wir davonkommen, erledigt uns der Durst. Gewiss werden sie eine Wache an der Quelle zurücklassen. Nein, wir müssen uns verstecken."

„Und wo?"

Nephem deutete auf einen schmalen Vorsprung am Felsen, der einer niedrigen Höhle vorgelagert war.

Kinna musterte die bräunliche Wand, die knapp zwanzig Fuß steil emporragte.

„Die anderen sind zu schwach, dort hinauf zu gelangen. Ist auch gewiss nicht genug Platz da oben," sagte sie.

Nephem zuckte die Schultern. „Entweder wir retten uns oder gehen gemeinsam mit ihnen unter. Es ist an dir."

Kinna warf einen mitleidigen Blick auf ihre Leute, die in kopfloser Panik in die glutheiße Wüste eilten.

„Los, Wiedergeborene, sei klug," mahnte Nephem ungeduldig.

Kinna war zwar von der letzten Nacht und dem mühevollen Marsch dieses Morgens noch geschwächt, trotzdem bezwang sie den Felsen mit spielender Leichtigkeit. Nephem, ungeübt im Klettern, tat sich schwerer. Kinna musste ihm mehrfach helfen, bis auch er den Vorsprung erreicht hatte. Unten war ihr Aufstieg nicht unentdeckt geblieben. Mehrere Dutzend Frauen streckten flehend die Hände nach ihnen aus.

„Werft ein Seil hinunter. Rettet uns."

„Rettet meine Tochter, meinen kleinen Sohn."

Kinnas Herz brach ein weiteres Mal.

„Ich kann nicht. Ich kann nicht," rief sie. „Rettet euch! Lauft doch fort von hier! Seht, die Israeliten sind nicht mehr weit. Lauft weg."

„Du kannst nichts mehr für sie tun, Wiedergeborene," sagte Nephem und zog sie am Ärmel. „Lass uns gehen. Der Spalt führt tiefer in den Felsen hat. Komm, schnell."

Die Streitwägen erreichten jetzt den Rand des Lagers. Pfeile schwirrten durch die Luft und Lanzen bohrten sich in weiches, ausgezehrtes Fleisch. Die Greise, die sitzen geblieben waren, nahmen den Tod gelassen hin. Er war ihnen nach langer Mühe willkommen. Die Frauen dagegen, die in der Oase geblieben waren, kämpften wie Löwinnen gegen das Unvermeidliche. Kreischend schirmten sie mit ihren Leibern die Kinder oder versuchten sich vor die Wägen zu werfen, die jedoch mit Leichtigkeit auswichen oder sie schlicht überrollten.

Da erschien auch Caleb. Wie ein Kriegsgott,

160

herrlich und schrecklich zugleich, war er anzusehen, wie er auf seinem Wagen stand. Wieder und wieder spannte er den Bogen und säte Tod unter die letzten Überlenden Bitots. Sein Blick war wie Eisen und über seinem schönen Gesicht lag ein unheilvoller und ganz unmenschlicher Glanz. Er mordete nicht Menschen, sondern erlegte blutrünstige Wölfe. Er reinigte die Erde.

„Er reinigt die Erde von uns."

Kinnas Herz schlug ein weniger schneller bei diesem Anblick. Calebs Jugend und Kraft ließen sie erbeben. Keiner der Göttersöhne, nicht einmal ihr Hauptmann, der mächtige Elra, konnten sich mit diesem hier messen. Nicht einmal jetzt, wo sie sah, wie er ihre Leute abschlachtete, konnte sie Caleb hassen. Das Gegenteil.

„Dein Gott sei mit dir," dachte sie. Dann wandte sie sich schnell ab und folgte Nephem durch den Spalt ins Innere des Felsens.

*

Nach wenigen Schritten mündete der Spalt in eine längliche Höhle, die zum Himmel hin geöffnet war.

„Gefangen," sagte Nephem enttäuscht.

„Wir warten, bis es vorbei ist," erwiderte Kinna.

„Und wenn sie uns gesehen haben und uns folgen?"

Kinna zuckte die Schultern.

„Hast du denn keine Angst vor dem Tod?" fragte Nephem.

„Vor dem Tod? Aber nein. Wie sollte ich, wo ich der Unterwelt doch schon einmal entkommen bin?"

Das Geschrei der Sterbenden drang zu ihnen, hallte grässlich von den Wänden wider. Stunde um Stunde verging. Die Sonne brannte unerbittlich in den engen Spalt und heizte das Gestein derart auf, dass man sich daran verbrannte. Sie zogen ihre

Obergewänder aus und bargen sich in deren Schatten.

„Kein Wasser," ächzte Nephem. In der Tat hatten sie vergessen, ihre Schläuche mitzunehmen.

Kinna erwiderte nichts. Vor Hitze fielen sie bald in einen Dämmerschlaf, der von Alpträumen heimgesucht wurde.

Gegen Abend wurde es besser. Schwere Schatten krochen über das Gestein, wurden länger und länger, bis sie sie endlich unter sich begruben. Noch immer wurde draußen vereinzelt gemordet. Kinna hielt sich die Ohren zu, doch es half nichts. Auch Nephem war betroffen. Seine arrogante Miene war einem Ausdruck von Trauer und Erschöpfung gewichen. Er schüttelte den Kopf, als wolle der vereinen, was seine Ohren hören mussten, als stimme er dem hundertfachen Morden nicht zu.

„Sie treiben sie zusammen," sagte er immer wieder. „Wie Vieh treiben sie sie zusammen."

Als das letzte Tageslicht hinter dem Horizont verschwand, erstarb auch der letzte Schrei. Es war vorbei.

„Wir müssen fliehen," meinte Nephem nachdem sie lange geschwiegen und angestrengt in die Dunkelheit gelauscht hatten. „Die Nacht verbirgt uns. Wir müssen verschwinden, solange es geht."

Sie schlichen durch den Spalt zurück. Da sahen sie den Schein eines Lagerfeuers und vernahmen verhaltene Stimmen. Es war, wie der Ägyptern vermutete hatte. Die Israeliten bewachten die Quelle, um möglichen Überlebenden des Massakers die Rückkehr zum Wasser unmöglich zu machen. Wer nicht ihren Waffen zum Opfer gefallen würde, musste so in der Wüste verenden.

Nephem zögerte, doch Kinna kroch weiter. Lautlos, wie ein Schatten unter Schatten, gelangte sie auf den Vorsprung. Sie spähte über dessen Rand und erkannte zwei Männer, die an einem kleinen Lagerfeuer saßen. Waffen und Rüstung hatten sie abgelegt. Ihre Pferde waren in der Nähe angebunden.

Zwischen dem Felsen und dem Lagerfeuer stand der Streitwagen.

„Ben, Japhet,“ dachte Kinna überrascht. Japhet saß mit dem Rücken zu ihr, doch dank ihres scharfen Gehörs erkannte sie seine Stimme. Und Bens Gesicht war im Schein des Feuers leichthin zu erkennen. Kinna kehrte zu Nephem zurück und erstattete ihm flüsternd Bericht.

„Wir müssen warten, bis sie nach Bitot zurückkehren,“ meinte Nephem.

Kinn schüttelte den Kopf. „Wir halten das keinen weiteren Tag ohne Wasser durch. Und was, wenn sie hier ein paar Tage sind?“

„Ich weiß,“ gab Nephem zu. „Wir werden verdursten. Lebendig werden wir gebraten.“

„Nein.“

„Was heißt das, Nein?“

„Wir werden nicht sterben. Nicht so, nicht ohne Kampf.“

„Was hast du vor, Wiedergeborene?“

„Die beiden dort haben Essen und Trinken. Mit dem Wagen und ihrem Proviant können wir es leicht nach Ai schaffen.“

Nephem sah sie besorgt an.

„Hast du deinen Verstand verloren? Wie stellst du dir das vor, zwei bewaffnete Krieger zu bestehlen?“

„Nicht bestehlen, töten müssen wir sie.“

Nephem schüttelte den Kopf. „Wie denn ohne Waffen? Und überhaupt, du bist ein Mädchen und ich ein Schreiber und wir beide sind dem Tod weit näher als dem Leben,“ protestierte der Ägypter im Flüsterton.

„Hast du noch dein Messer? Das, das du Bihal geliehen hast?“

Nephem überlegte kurz. „Gewiss. Doch das taugt nur, um Rohr anzuspitzen.“

„Wir schneiden ihnen damit im Schlaf die Hälse durch,“ erklärte Kinna entschlossen.

„Ich kann nicht,“ stammelte Nephem entsetzt.

„Ich kann es nicht, bei Isis."

Kinna streckte die Hand aus.

„Gib mir das Messer. Ich tue es."

„Du? Und wenn es misslingt? Wenn sie am Ende *mich* finden?"

„Das Messer," wiederholte Kinna ungeduldig.

Mit zitternder Hand reichte Nephem ihr die Klinge.

„Oh, Ra, Horus…"

Kinna drückte ihm den Zeigefinger auf die Lippen.

„Geh zurück, Ägypter. Ich rufe dich, wenn es getan ist. Hörst du nichts von mir, halt dich still und bete zu deinen Baalen, dass sie dich erhören."

*

Kinna kroch bis zum Rand des Vorsprungs und belauerte die beiden Israeliten lautlos, bis sich Ben in eine Decke hüllte und Schlafen legte. Japhet, noch immer mit dem Rücken zu ihr, stand auf und begann vor und zurück zu schaukeln, wobei er leise mit seinem Gott sprach.

„Hoffentlich lässt er sich Zeit," dachte Kinna. Sie hatte ebenfalls das starke Bedürfnis die Unsterblichen anzurufen, wusste aber nicht welche. Der einzige Gott, der ihr Gnade erwiesen hatte, war der Gott des Mannes, den sie zu töten gedachte, während er zu ihm betete.

Japhet ließ sich Zeit und so konnte Kinna unentdeckt hinab gelangen. Wie ein Skorpion huschte sie über den sandigen Boden und verbarg sich hinter dem Streitwagen. Sie war nun weniger als sechs Schritte von Japhet entfernt. Geduldig wartete sie, bis er sich hingesetzt hatte. Sie konnte an seiner Haltung erkennen, dass er gegen den Schlaf kämpfte. Immer wieder sank sein Kopf auf die Brust.

Als der Schlaf ihn endlich übermannt hatte, schlich sich Kinna von hinten an ihn heran, drückte seine Stirn zurück und schnitt ihm die Kehle durch. Sie war erstaunt, wie leicht die kurze Klinge in den Hals des Israeliten drang. Es war nicht viel anders als bei einem Lamm. Japhet ließ sich zurückzufallen und drückte die Hände auf die Wunde. Mit einem Ausdruck des Entsetzens versuchte er seinen Freund zu Hilfe zu rufen, doch der Schrei erstickte in Strömen von Blut. Und mit dem Blut, das der Wunde entfloss, floh auch die Kraft aus Japhets Körper. Er stellte keine Gefahr mehr für sie dar.

Anders sah es mit Ben aus. Er war erwacht und hatte sich auf den Bauch gedreht. Verschlafen stierte er in Richtung seines Freundes. Doch Kinna hatte sich bereits wieder in die Schatten zurückgezogen und umrundete ungesehen und ungehört den Lagerplatz. Ben rappelte sich auf. Er schien noch immer nicht zu begreifen, was geschehen war.

„Was ist, Japhet?" fragte er. „Geht es dir nicht gut? Hast du getrunken?"

Japhets blutüberströmte Hand schoss empor. Jetzt stürzte Ben auf seinen Freund zu. Er kniete sich neben ihn, schob die Hand unter seinen Kopf und versuchte die Blutung zu stoppen.

Kinna wagte nicht, Ben auf die gleiche Weise anzugreifen. Das Moment der Überraschung war nun nicht mehr auf ihrer Seite. In wenigen Augenblicken, sobald Japhet tot war und Ben zur Besinnung käme, würde er zweifellos seine Waffen anlegen. Sie hatte die Israeliten kämpfen sehen und wusste, dass sie das blutige Handwerk nur zu gut verstanden. Der einzige Vorteil, den Kinna hatte, war, dass Ben noch nicht zu ahnen schien wie nahe sie ihm in diesem Moment bereits war. Sie fand seinen Speer neben der Decke liegen. Ohne weiter darüber nachzudenken, nahm sie die Waffe, zielte auf Bens Rücken und stürmte los. Sie traf ihn knapp unterhalb der Schulter. Die Spitze bohrte sich eine Handbreit ins Fleisch. Kinna zog den Speer zurück. Ben stolperte über Japhet und kroch auf allen Vieren in die Nacht hinaus.

Kinnas Gehör war von ihren Tagen in der Unterwelt noch immer überaus empfindlich, sodass ihr die Verfolgung ihres Opfers leicht fiel. Sie empfand Mitleid mit dem Mann. Indem er versuchte, sich die Dunkelheit zu Nutze zu machen, hatte er sich unwiderruflich in ihre Gewalt begeben. Ohne Eile folgte sie ihm. Zwar versuchte er leise zu sein, doch selbst sein unterdrücktes Atmen war genug, ihn zu verraten. Mit den Ohren konnte sie ihn sehen, während er in völliger Finsternis verloren und ihr schutzlos ausgeliefert war.

Sie tippte ihn mit dem Speer an. Der Israelit schrie auf und kroch hastig weiter. Dann hielt er den Atem an und machte sich ganz klein. Doch auch das half nichts. Wieder tippte sie ihn an. Diesmal begriff Ben, dass jeder weitere Fluchtversuch sinnlos war.

„Wer bist du?" fragte er keuchend. Die Wunde auf seinem Rücken musste ihm schwer zu schaffen machen.

Sie antwortete nicht. Tatsächlich bedauerte sie, dass es ausgerechnet Ben sein musste, der ihr in dieser Nacht begegnet war. In Bitot war er freundlich zu ihr gewesen, Kinna hatte es nicht vergessen. Er hatte Japhet veranlasst, ihr den Sklavenkittel zu bringen, mit dem sie sich unerkannt unter ihre Leute hatte mischen können. Es war nicht viel gewesen, diese Geste des guten Willens. Doch im Angesicht der völligen Vernichtung ihrer Heimatstadt durch die Israeliten schien selbst die kleinste Gefälligkeit gewichtig.

„Ein Dämon bist du. Siehst in der Finsternis mit deinen Feueraugen. Jah steh mir bei! Öffne die Pforten des Himmels und schick einen Engel deinem Diener beizustehen," flehte Ben.

Das Bezeichnung Dämon traf Kinna bis ins Mark. Dämon, böser Geist, Wesen aus dem Abgrund… Vielleicht war sie das wirklich, ein Wesen aus dem Abgrund, ein Kind der Unterwelt...

Sie blickte in den Himmel hinauf, ob sich dort

nicht eine Pforte öffne und ein Engel käme, sie niederzuschlagen. Doch der Himmel blieb versiegelt. Gleichgültig vergossen die Sterne ihr schwaches Licht über das schwarze Tuch der Nacht.

„Ich bin kein Dämon," sagte sie.

Ben horchte auf.

„Du...du... ich kenne dich. Du bist das Mädchen, das wir in der Gasse gefunden haben. Das Mädchen mit dem Kleid," stammelte Ben.

„Ich bin es."

„Ich flehe dich an. Verschone mich."

„Du hast meine Leute umgebracht," sagte sie.

„Es war Jahs Wille, den Bann an eurem Volk zu vollziehen. Wer kann sich gegen den Willen des Allmächtigen stellen? Aber sieh, Mädchen, dich hat er verschont. Willst du nicht Gutes mit Gutem vergelten."

„Ich habe euch schon einmal geholfen," erwiderte Kinna. „Es ist mir nicht gut bekommen."

Ben jammerte leise. „Ich habe Kinder."

„Ja, Kinder...unsere Kinder habt ihr auch erschlagen."

Ben weinte lautlos. Er musste eingesehen haben, es hatte keinen Zweck mehr zu verhandeln.

Als er den Namen seines Gottes schrie, stieß sie den Speer in seine Richtung. Sie musste seine Flanke getroffen haben, denn die Waffe ließ sich mühelos zurückziehen.

Ben heulte auf und schlug nach ihr. Wieder stieß sie zu. Und wieder. Und wieder. Siebenzehnmal rammte sie den Speer mit aller Kraft in den Leib des Mannes, ohne je genau zu wissen, wo sie ihn traf.

Dann war es vorbei. Sie ging zurück zum Lagerfeuer, von dem nur noch Glut übrig war. Sie nahm etwas von der Asche und kostete davon.

„Nephem," rief sie.

Argwöhnisch lugte der Ägypter aus seinem Versteck hervor.

„Ich sehe nur einen, wo ist der andere?" fragte er.

167

Kinna deutete in die Richtung von Bens Leiche. Dann nahm sie einen tiefen Schluck aus Japhets Wasserschlauch.

Das lockte Nephem endgültig aus seinem Versteck. So hastig er konnte, kletterte er nach unten. Dann stürzte er auf sie zu und entriss ihr den Schlauch.

Als er seinen Durst gestillt hatte, brach er in eine wirre Eulogie aus, die gleichwohl seine tierköpfigen Götter als auch sie, Kinna, pries.

„Wiedergeborene! Herrin der Rache! Nachtläuferin!"

„Beruhig dich," bat ihn Kinna. „Andere werden gewiss bald kommen, diese beiden abzulösen. Vielleicht sind auch noch Gruppen unterwegs, die die Wüste durchstreifen. Auf jeden Fall sind wir hier nicht sicher."

Kinna fachte das Feuer erneut an. Im Schein der Flammen sammelten sie hastig die Besitztümer Bens und Japhets ein, ihre Waffen, Speere und einen jener Langbögen, mit denen die Israeliten den Göttersöhnen zugesetzt hatten, vor allem aber ihren Proviant. Dann füllten sie die Wasserschläuche an der Quelle. Es kostete sie einige Zeit, die Pferde vor den Wagen zu spannen. Die Tiere waren scheu und die Arbeit ungewohnt. Doch auch das gelang schließlich.

Als das erste Licht des neuen Tages über den Horizont zu kriechen begann, waren sie reisefertig.

Undeutlich nahm Kinna einen Felsen in der Nähe der Oase war, an den sie sich nicht erinnern konnte. Erst als das Licht ein wenig stärker wurde und Ashairs Strahlen die letzten Überreste der Nacht wegbrannten, sah sie, dass es sich bei dem sonderbaren Stein um aufeinander geschichtete Leichen handelte. Hunderte Leiber von Frauen, Kindern und Alten lagen ohne jede Ordnung in- und übereinander. Fliegen schwirrten in dicken Schwaden über dem Leichenberg. Einige Körper waren in der Nacht von Schakalen aus dem grausigen Verbund gerissen worden und lagen halb zerfetzt im Sand, nun ein Fraß für die Geier.

Nephem betrachtete Kinna von der Seite, während sich die Pferde in Bewegung setzten.

„Wenn du ein neues Leben in AI beginnen willst, musst du sie hier zurücklassen," sagte er ernst.

„Wir lassen sie doch zurück," erwiderte Kinna, den Blick noch immer auch den Leichenhaufen gerichtet.

„Nein, du nimmst sie mit. Mit den Augen hältst du sie sie fest, begräbst sie in deiner Seele."

„Ich begrabe sie in meiner Seele…" wiederholte Kinna nachdenklich.

„Es ist schlecht, wenn wir die Toten nicht gehenlassen, wenn wir Gräber für sie sind. Nicht gut für uns und nicht gut für sie. Ein Ballast ist es, der uns schwer macht, dass wir versinken."

„Das sagt ein Mann, dessen Volk gewaltige Nekropolen baut und den Toten mehr Aufmerksamkeit schenkt als den Lebenden."

„Es ist ein Unterschied, Gräber zu bauen oder selbst eines zu sein," meinte Nephem.

Kinna erwiderte hierauf nichts. Aber sie wandte den Blick von den Toten ab und folgte dem Verlauf der Straße, die sich in leichten Kurven durch die öde Landschaft zog. Über dem Horizont schwirrte bereits die Luft. Es würde ein heißer Tag werden.

*

Entweder es waren keine Streitwagen der Israeliten mehr in der Gegend oder sie hatten beschlossen, die Straße zu ignorieren. Was es auch war, Nephem und Kinna wurden nicht belästigt. Sie fuhren den ganzen Tag durch und rasteten erst am Nachmittag in einem Tal, durch das ein kleiner Bach floss. Wo die Sonne das Land nicht verbrannt hatte, war es von saftigem Gras und Wildblumen überzogen. Die Erde war hier fruchtbar, fett und ganz schwarz. Ein reiches Land, das ein vielköpfiges Volk ernähren konnte. Umso sonderbarer mutete es an, dass nirgends Menschen oder Herden zu sehen waren. Auch die aus Findlingen errichteten Höfe und Ställe waren allesamt verlassen.

Nephem wusch die Reste seines Gewandes im Bach und legte sie zum Trocknen auf einen sonnenbeschienenen Stein. Dann begann er an sich selbst zu arbeiten. Fast brutal schrubbte und rieb er seine Haut mit Grasbüscheln ab, bis sie ganz rot war. Kinnas Anwesenheit störte ihn dabei keineswegs.

„Die Shasu scheinen bereits sehr regelmäßig in diese Gegend einzufallen. Die Leute haben sich in die befestigten Städte zurückgezogen," stellte er fest, nachdem er sich zum Trocknen ins Gras gelegt hatte, die Arme unter dem Kopf verschränkt.

„Wo sie sicher sind," spottete Kinna.

„Die Shasu sind wie eine Heuschreckenplage. Sie überziehen das Land und richten großen Schaden an, gewiss. Aber irgendwann verschwinden sie so plötzlich, wie sie aufgetaucht sind," sagte Nephem. Nach einem guten Tag auf dem Wagen, zwei reichlichen Mahlzeiten und einem Bad waren sein Hochmut und angeborener Sinn für Humor wieder zurückgekehrt. Er war bester Laune und voller Hoffnung. „Wie Wasser, das die flache Erde überspült, aber am Felsen zerbricht, sind die Shasu."

„An Bitot sind sie nicht zerbrochen," wandte Kinna ein.

Nephem grinste. „Sei nicht töricht. Es hat sie ein dreiviertel Jahr gekostet, die Stadt einzunehmen. Und wären die Speicher nicht in Brand geraten, hätten sie bis heute keine Fortschritte gemacht. Bald siehst du Ai, das leicht zehnmal so groß ist wie Bitot. Und Jericho ist noch größer als jenes. Nein, nein, Wiedergeborene, die Shasu werden verschwinden wie ein Unwetter oder ein schlechter Traum."

Kinna war nicht entgangen, dass Nephem weder Efratis, noch ihren Part am Fall Bitots erwähnt hatte. Sie schätzte, der Ägypter wollte sie entweder schonen

170

oder diese Episode seines Leben einfach so schnell wie möglich hinter sich lassen. Anders als sie ließ er die Toten in der Wüste zurück.

„Du solltest dich auch waschen," schlug er vor. „Wie du aussiehst, halten sie dich glatt für eine Aussätzige und lassen dich nicht in die Stadt."

Kinna sah an sich herunter. In der Tat war der Sklavenkittel noch das sauberste an ihr. Ihre Haut war mit einem gräulichen Film aus Staub und Schweiß bedeckt, ihr Haar völlig verfilzt. So wie sie jetzt aussah, würde sie tatsächlich an jedem nur halbwegs zivilisierten Ort argwöhnische Blicke auf sich ziehen.

Unschlüssig betrachtete sie den Bach.

„Mach nur, Wiedergeborene, ich schließe die Augen. Nicht dass da viel zu sehen wäre..." scherzte Nephem.

„Versprich es," verlangte Kinna.

„Ja, ja."

Kinna zog den Kittel und den Fetzen, der ihr Unterkleid war, über den Kopf und begann sich zu waschen. Ströme von Schmutz liefen über ihre Haut und färbten das Wasser braun. Als sie zufrieden war, rieb sie Lehm vom Ufer in ihre Haare und wusch sie aus. Sie musste den Vorgang ein halbes Dutzend mal wiederholen, bis das Wasser rein blieb und ihr Haar wieder seine natürliche Farbe, ein glänzendes Schwarz, angenommen hatte. Sie schielte nach Nephem, doch der war eingeschlafen. Gleichmäßig ging seine Brust auf und ab und seine Lippen deuteten ein zufriedenes Lächeln an. Sie wusch ihre Kleidung aus, so gut es ging, und legte sie neben die seine zum Trocknen in die Sonne.

Dann ließ sie den Blick über das Tal streifen. Nach beiden Seiten konnte man einige Meilen weit sehen. Für den Augenblick waren sie sicher. Ein sonderbares, ein trügerisches Gefühl, das sie lange nicht empfunden hatte: Sicherheit. Auch die Schönheit des Ortes machte sie betroffen. Das friedliche Rauschen des Bachs und das Gezwitscher der Vögel verlieh der Idylle einen ganz unwirklichen Hintergrund.

„So viel Frieden. Wie ein Paradies ist das. Und doch trinkt das Land Blut und frisst seine Menschen," dachte sie. Dann legte sie sich neben den Ägypter, verschränkte wie jener die Hände unter dem Kopf und betrachtete die Wolken, die langsam über den Himmel zogen, bis ihre Augen schwer wurden.

*

„Sieh, Kind, ich zeige dir die Insel, die der Dunkle Engel seinem Vater zum Trotz geschaffen hat. Wie ein Aussatz treibt sie auf dem Meer und verunstaltet die gute Schöpfung Jahs," sagte Mose. Er führte Kinna an der Hand durch einen Raum, dessen Boden aus Wolken gefügt war. Sie fühlten sich wie weiches Gras an und zerstieben, wann immer ihr Fuß sie berührte, in winzige Wirbel. Das Ende des Raums führte auf einen Aussichtspunkt, der so hoch über der Erde schwebte, dass man die ganze Welt betrachten konnte. Kinna erschauderte, doch Mose beruhigte sie.

„Hab keine Angst und sieh, sieh nur hinab."

Zwei riesige Erdteile waren da, getrennt von einem unermesslich weiten Meer. In dessen Mitte lag die Insel, von der Mose gesprochen hatte. Im Gegensatz zu den anderen Erdteilen, deren Ränder schartig waren, bildete ihre Küste eine perfekte Kreislinie. Das Land war von dunkelgrüner Farbe und die Städte waren so blendend weiß, dass sie wie Sterne wirkten, die auf die Erde gestürzt waren.

„Das ist Atlantis, die Hure, die Verrufene, der Anfang aller Enden," erklärte Mose, wobei seine Stimme keineswegs den Unwillen seiner Worte widerspiegelte.

„Es ist wunderschön," stellte Kinna fest.

Mose nickte. „Ja, das ist sie. Aber es ist eine trügerische Schönheit. Es ist die Art von Schönheit, mit der der Dunkle uns verführt. Er zeigt uns etwas

172

Wundervolles und sagt: `Wie kann etwas so Herrliches nicht auch gut sein?´ Aber lass uns hinuntersteigen, dass wir selbst sehen."

Kinna wusste nicht wie, aber langsam schwebten sie hinab. Die Insel wurde größer und größer. Bald konnte sie einzelne Landschaften ausmachen, Gebirge, Wälder, Flüsse. Sie näherten sich einer der Städte nahe der Küste. Die Gebäude waren allesamt aus makellosem weißen Stein gefügt. Breite Straßen mündeten in weitläufige Plätze, die von hohen Kolonnaden umgeben waren. Die Häuser waren mehrstöckig, mit verbundenen Dachterrassen und großzügigen Balkonen zur Straße hin.

Sie landeten auf einem der Plätze. Zahllose Menschen waren unterwegs. Ihre bunte Kleidung stach grell vom durch und durch weißen Stadtbild ab. Die meisten trugen Gewänder in der blaugrünen Farbpalette des Meeres. Auch ihre Augen waren blau oder grün. Frauen wie Männer hatte blondes, ins weiße gehende Haar, scharf geschnittene Gesichtszüge und hohe Wangenknochen. Auf ihre Art waren sie schön, vollkommen sogar, doch es war eine kalte, eine tote Schönheit. Kinder oder Alte sah Kinna nirgends. Nur Männer und Frauen in mittleren Jahren, die gelangweilt spazieren gingen oder verhalten miteinander plauderten.

„Sieh sie dir an, Kinna," sagte Mose. „Dieses Volk hat sich der Dunkle geschaffen. Seine perfekten Menschen, die in seiner perfekten Welt leben. Keine Träne wirst du je auf ihren Wangen sehen und Krankheit rührt sie nicht an. Hunger und Not kennen sie nicht. Der Dunkle gibt ihnen alles, was sie brauchen, und er gibt es ihnen in Fülle. So müssen sie weder arbeiten, noch Handel treiben, Krieg führen oder sonst etwas tun. Sie fassen auch einander nicht an, Kinna. Die Männer spüren nicht den Stachel der Begierde und die Frauen werden nie die Qualen einer Geburt erdulden müssen."

Kinna bedachte sich. „Warum sind sie denn dann

da?"

Mose lächelte. „Was für ein kluges Kind du bist! Genau das ist die Frage: Warum sind sie da? Jah hat nichts geschaffen, dass nicht einem bestimmten Zweck dient. Sonne und Regen nähren die Pflanzen des Feldes. Jene wieder ernähren die Tiere und diese uns Menschen. Wir sind die Krone seiner Schöpfung, Ebenbilder des Heiligen selbst. Aber auch wir haben einen Zweck."

„Was mag dieser Zweck sein? Dass wir ihn anbeten?" fragte Kinna, nicht so sehr, weil diese Frage sie wirklich bewegte, sondern weil sie glaubte, Mose einen Grund zum Weiterreden schuldig zu sein.

„Aber nicht doch, Kind. Jah benötigt unsere Anbetung nicht. Aber er benötigt uns. Wir dienen ihm, indem wir leben. Das ist unser Zweck. Dass wir leben," erklärte Mose amüsiert, während sie unbeachtet von den anderen Menschen umhergingen.

„Ich verstehe das nicht," erwiderte Kinna. „Dass wir leben, ist unsere Aufgabe?"

Mose zwinkerte verschwörerisch.

„Das und das wir dieses Leben spüren. Denn Jah lebt in uns, in unserer Seele. Und durch uns lebt er in seiner Schöpfung. Darum sagen wir: `Die Berge sind der Schemel seiner Füße.` Und durch uns erfährt er dieses Leben mit allem was dazu gehört, Kinna, Liebe…"

„…und Hass," unterbrach ihn Kinna.

Mose nickte.

„Freude…"

„…und Trauer."

„Lust…"

„…und Schmerz."

„Und endlich erlebt der Ewige in uns auch das, was seinem Wesen am meisten widerspricht."

„Den Tod," sagte Kinna nachdenklich.

„So ist es," stimmte Mose zu. „Und verstehst du nun, warum diese Kreaturen, die der Dunkle sich gemacht hat, Jah ein Gräuel sind?"

Kinna betrachtete die alterslosen Gesichter. Wie ausdruckslos und unendlich gelangweilt sie schienen.

„Sie fühlen das Leben nicht. Darum hasst Jah sie."

„Du sagst es, meine kluge Tochter. Wandelnde Leichen sind sie, Gräber für den Heiligen. Und darum hat er sie verworfen, diese Geschöpfe des Dunklen Engels, darum hat er uns befohlen, sie auszurotten, wo immer wir sie finden," sprach Mose. Er hielt inne. Sein Blick wurde plötzlich düster und seine Stimme grollte wie Donner.

„Sieh, Kind, sieh den Zorn des wahren Gottes," rief er.

Im gleichen Moment begann die Erde fühlbar zu beben. Die Menschen sahen sich erstaunt um, zeigten aber weder Angst, noch Besorgnis. Vielmehr schienen sie erfreut über dieses überraschende Ereignis. Sie deuteten auf den Himmel. Schwarze Wolken verschlangen die Sonne und spien gewaltige Blitze. Die Erde bebte erneut, diesmal heftiger, so heftig, dass einige Säulen krachend umfielen und Risse sich auf den Hauswänden zeigten.

„Sieh den Zorn des wahren Gottes!" schrie Mose wie von Sinnen. Er hatte sich völlig verändert, war ganz und gar erfüllt von einer übermenschlichen Wut. Kinna erkannte den sanften Lehrer der Israeliten nicht wieder.

Mose deutete auf eines der Häuser und sofort stürzte es in sich zusammen. Dann bezeichnete er einen Palast, den runde Kuppeln schmückten, und auch jene verschwanden augenblicklich in einer riesigen Staubwolke.

Kinna flehte die Umstehenden an, sich in Sicherheit zu bringen. Doch die waren alles andere als besorgt über die Vernichtung ihrer Stadt. Sie klatschten in die Hände und freuten sich über das Spektakel, das die Monotonie ihres vollkommenen Daseins durchbrach.

Kinna stürzte davon. Sie rannte entlang einer

breiten Straße, während die Häuser links und rechts von ihr zerstört wurden. Etliche Brände waren ausgebrochen und turmhohe Flammen loderten aus den Fenstern. Rauch und Staub nahmen ihr die Sicht und das Donnern der einstürzende Häuser war ohrenbetäubend.

Plötzlich stieß sie mit jemandem zusammen. Sie beide gingen zu Boden. Hastig rappelte sich Kinna auf. Bis auf ein paar Abschürfungen war sie unverletzt. Der andere tat es ihr gleich. Er hielt sich den Kopf.

„Bist du verletzt?" fragte sie.

Der Mann schüttelte das blonde Haupt. Gesicht und Gewand waren vom Staub geweißt.

„Wir müssen fliehen. Die Stadt geht unter. Nein, die ganze Insel geht unter," rief sie durch den Lärm.

Der Fremde rieb sich das Gesicht mit dem Ärmel sauber. Da sah Kinna, dass es Avlas war, der Baal Bitots. Sie erkannte sein Gesicht sofort wieder, obwohl es jünger und weniger scharf gezeichnet war, als sie es in Erinnerung hatte.

Sprachlos wich sie einen Schritt zurück, bereit auch vor diesem Alptraum zu fliehen. Doch Avlas schien sie nicht zu erkennen. Er lächelte sie unbedarft an.

„Es tut mir leid, dass ich dir im Weg stand. Es ist nur... Die Dinge sind heute... ganz fremdartig und verstörend... Ich frage mich..." begann er zu faseln.

Trümmer schlugen neben ihnen auf und ein weiteres Beben durchzuckte die Erde.

Da fasste sie Avlas kurzerhand am Arm und zog ihn mit sich. Er folgte ihr willig. Kurz vor einem rundbogigen Tor aus weißem Marmor riss die Straße vor ihnen auf. Der Spalt füllte sich sogleich mit Wasser, das salzig roch.

„Ha. Die Insel versinkt," stellte Avlas erstaunt fest.

„Wir müssen zu einem Schiff," sagte Kinna.

„Aber ja. Ein Schiff wäre wohl nützlich. Der

Hafen ist nicht weit. Ich frage mich nur…"

„Welche Richtung? Zeig mir den Weg! Schnell!"

Sie eilten weiter über eine gepflasterte Straße, die aus der Stadt führte und sich in einem dichten Wald verlor. Riesige Bäume, die handgroße sternförmige Blätter trugen wie Kinna sie noch nie zuvor gesehen hatte, säumten ihren Weg. Der Boden zwischen ihnen war von Farn wie mit einem dichten, grünen Teppich überwuchert. Immer wider rissen tiefe Spalten auf und verschlangen ganze Gruppen dieser Baumriesen.

„Das Land frisst seine Bewohner," dachte Kinna. Sie dachte es wieder und wieder. „Das Land frisst seine Bewohner. Es frisst seine Bewohner."

Endlich erreichten sie den Hafen. Ein halbes Dutzend riesiger Schiffe lag vor Anker. Über breite Stege bestiegen zahllose Menschen ohne Eile die silbrig schimmernden Gefährte, über denen weiße Segel aufgezogen wurden. Obwohl die See in Aufruhr war, lagen die Schiffe ganz ruhig in den Wellen.

„Wir sind noch rechtzeitig gekommen, wie es scheint," stellte Avlas fest. „Ich frage mich nur…"

Wieder konnte er den Satz nicht beenden, denn ein ohrenbetäubendes Krachen ließ die Luft erzittern. Kinna blickte zurück. Erst verschwand eine lange Reihe von Bäumen. Dann erbebte die Erde noch heftiger als je zuvor. Der Teil der Insel, auf dem sie sich befanden, hatte sich vom Rest gelöst und begann in atemberaubender Geschwindigkeit zu sinken.

Sie rannten hinab zu den Schiffen. Viele der Leute auf den Stegen waren aufgrund des Erdbebens in die brodelnde See gestürzt. Fünf Schiffe hatten damit begonnen, die Stege zurückzuziehen und die Anker einzuholen. Nur ein einziges Schiff war noch damit beschäftigt, Passagiere aufzunehmen. Avlas und Kinna waren die letzten, die den Steg betraten. Als sie oben angelangt waren, wandte sich Avlas plötzlich um. Er lächelte sie an. Es war ein hochmütiges und kühles Lächeln, wie jenes, das er ihr im Haus der Häuser gezeigt hatte, als sie vor ihn trat, um geprüft zu werden.

„Leider bist du nicht wert, an Bord zu gehen,“ sagte er.

„Ich habe dich gerettet,“ erwiderte Kinna zornig. „Ohne mich wärst du in der Stadt geblieben wie die anderen und unter den Trümmern begraben worden. Lass mich vorbei! Ich bin genau soviel wert wie jeder andere deiner Rasse.“

„Nein, nein. Es ist...dein Blut. Etwas stimmt nicht damit. Es ist verdorben.“

Kinna versuchte sich an ihm vorbei zu drücken, doch Avlas stieß sie hart vor die Brust. Sie verlor den Halt und stürzte in das brodelnde Meer.

*

Sie fuhr auf und traf mit ihrer Stirn Nephems Nase. Der rollte sich jammernd von ihr.

„So eine Frechheit! Ich wollte dir nichts Schlechtes,“ heulte er.

Er dauerte einige Augenblicke, bis das Nachhallen des Traums Kinna losließ und sie begriff, dass Nephem dabei gewesen war, sich ihr zu nähern. Noch immer war er erregt. Hastig sprang sie auf und zog sich die noch feuchten Kleider an. Nephem tat es ihr gleich.

Schweigend nahmen sie eine Mahlzeit von getrocknetem Fleisch und Fladenbrot ein. Langsam wurde es Abend und sie hatten noch einige gute Stunden, ihren Weg fortzusetzen.

Es war Nephem, der das Schweigen endlich brach, als sie sich zum Aufbruch fertig machten.

„Ich dachte, es würde dir gefallen. Ich habe schon lange keine Frau mehr gehabt. Du bist nicht hässlich, musst du wissen. Etwas fahl im Gesicht vielleicht und noch etwas knochig um die Hüften, aber insgesamt bist du... sehr schön,“ sagte er.

Kinna wusste nicht, ob sie sich geschmeichelt oder beleidigt fühlen sollte. Sie entschied sich für das

178

erstere. Ihre Wangen röteten sich etwas. Doch als Nephem versuchte, sie zu umarmen, entwich sie ihm.

„Wir müssen weiter," sagte sie.

Nephem zögerte kurz und schien nachzudenken.

Dann brach es aus ihm heraus: „Eine dumme Gans, eine Barbarin, bist du! Jedes Mädchen in Ägypten würde sich die Finger nach mir, dem Dritten Schreiber des Getreidemeisters der Nordprovinz lecken. Keine Mädchen ohne gutes Blut meine ich, sondern solche aus sehr guten und angesehenen Familien."

Kinna musste über den Ausbruch ihres Freundes lachen. Es war das erste Mal seit langer, langer Zeit, dass sie herzlich lachte. Und sie lachte so sehr, dass ihr die Bauchmuskeln wehtaten und Tränen ihre Augen verschleierten. Nephem stierte sie erst ärgerlich an. Aber dann musste auch er lachen.

Jenseits des Tals begann sich das Land allmählich zu beleben. Sie passierten bald die ersten Höfe, die noch nicht von ihren Bewohnern verlassen worden waren. Hirten trieben ihre Herden in die Ställe und Frauen trugen Wasserkrüge auf den Köpfen. Wo immer sie vorüberkamen, blieben die Leuten stehen und sahen ihnen nach. Ein einsamer Streitwagen war in diesen Tagen zweifellos ein beunruhigender Anblick.

„Wir sollten noch einmal in Freien schlafen, abseits der Menschen," schlug Nephem vor. „Ich sehne mich zwar nach einem weichen Bett, aber ich traue den Leuten hier nicht. Erst, wenn ich bei meinen Brüdern in Ai bin, werde ich aufatmen können."

Kurz vor Einbruch der Nacht verließen sie die Straße. In einer Senke fanden sie einen geeigneten Lagerplatz. Sie banden die Pferde an und verzehrten ihr Abendessen. Obwohl es kühl war, beschlossen sie, kein Feuer zu machen.

„Morgen werden wir Ai erreichen," sagte Nephem. „Dann hat dieser Alptraum ein Ende."

Kinna schwieg und betrachtete das Millionenheer

179

der Sterne.

„Was wirst du tun? Hast du Verwandte, zu denen du gehen kannst?" fragte der Ägypter.

„Die Sterne sind meine Verwandten."

„Ich kann dich zu meinen Leuten mitnehmen. Ich gebe dich einfach als meine Sklavin aus. Man wird keine Fragen stellen," meinte Nephem nach einer kleinen Weile.

„Deine Sklavin…"

Nephem zuckte die Schultern.

„Als meine Schwester kann ich dich schlecht ausgeben."

„Nein, natürlich nicht."

„Nein, das wäre töricht," sagte Nephem.

„Sehr töricht."

Wieder fielen beide in ein langes Schweigen.

„Mir liegt an dir, Wiedergeborene. Ich will nur, dass du das weißt. Mein Herz fühlt sich zu deinem hingezogen," begann Nephem stockend. „Das Leben kann so schön sein, so angenehm. Wir sind nicht dazu gemacht zu leiden."

Kinna musste plötzlich an den Traum, den sie diesen Nachmittag gehabt hatte, denken. Die Worte des Mose kamen ihr in den Sinn.

„Du irrst du, wir sind gerade dazu gemacht."

Nephem seufzte.

„Du machst es einem nicht leicht, dummes Ding! Verstehst du denn nicht, was ich für dich fühle?"

„Ich verstehe es," erwiderte Kinna warm.

„Und was sagst du dazu? Nein, sag nichts, sag lieber nichts. Beantworte mir nur die Frage, ob du mich zu meinen Leuten in Ai begleitest?" fragte Nephem aufgeregt.

„Aber ja, Nephem, ich folge dir. Als deine Gefährtin, als deine Freundin und auch als deine Sklavin, wenn mein Herr es wünscht."

Nephem rückte vorsichtig an sie heran und legte behutsam den Arm um ihre Schultern.

Da wandte sie ihm ihr Gesicht zu und schenkte

ihm ihre Lippen zum Kuss.

*

Am folgenden Morgen erreichten sie Ai. Die Stadt lag halb auf einer Anhöhe vor einem Berg beachtlicher Ausmaße, halb auf und in ihm selbst. Ihr ältester Teil, den man die Zitadelle nannte, bildete ein ausgedehntes System miteinander verbundener Höhlen, die in einem Steilhang lagen. Nun dienten diese Höhlensysteme als Vorratslager und Rückzugspunkte für den Fall, dass die Unterstadt fiele. Dass das je geschehen würde, war indes unwahrscheinlich, denn Ais Mauern waren bedeutend höher und dicker als die von Bitot. Nephem hatte nicht gelogen, als er Ai mit ihrer Heimat verglich. Gegen ihre schiere Größe und Zahl an Bewohnern nahm sich Bitot wie ein besseres Dorf aus.

Die Unterstadt erstreckte sich bis zum Fuße des Berges. Die einzelnen Viertel waren mit niedrigen Mauern und Türmen voneinander getrennt, die noch aus einer Zeit herrührten, als Ai weniger volkreich gewesen war als heute. Auf der Spitze des Berges, gleichsam als eine künstliche Verlängerung desselben, thronte der Ziggurath Adoni, die Wohnstätte des hiesigen Baals, der sich Melekbaal nannte. Es handelte sich um einen pyramidalen Palast, der dem Haus der Häuser in allem außer der Größe glich. Zigurrath Adoni´s Basis war fast viermal so weit und der Turm selbst leicht doppelt so hoch. Dem Haus des Melekbaals zu Füßen wuchsen einige kuppelförmige Bauten und hohe, sehr schlanke Türme mit Balkonen aus dem Berg, von denen man die gesamte Unterstadt und das umliegende Land weithin überblicken konnte. Pyramide wie Nachbargebäude waren weiß getüncht, sodass ihr Anblick im Licht des Vormittags blendete.

Die Tore Ai´s waren weit geöffnet. Eine Unzahl von Reisenden und Wägen suchten Einlass.

Wenige Meilen vor der Stadt hatten Nephem und

sie den Streitwagen in einen Graben geschoben, die Pferde freigelassen und waren das letzte Stück zu Fuß gegangen. Sie wollten kein Aufsehen erregen, um nicht am Ende noch als feindliche Spione verhaftet zu werden.

So mengten sie sich unter die Menschen und wurden langsam durch das Tor eingesogen. Der Lärm von Stimmen, Tieren und das Rattern der Räder auf dem Pflaster war ohrenbetäubend. Noch nie zuvor hatte Kinna eine derartige Menge an Menschen gesehen. Die breiten Straßen waren von drei- bis fünfstöckigen Gebäuden umgeben, zwischen denen enge Gassen in die Hinterhöfe führten. Vor den Häusern boten Händler ihre Waren an: Kostbare Gewürze, kupfernes Geschirr, gefärbtes Tuch, Bernstein und Korallen, aber auch Sklaven und Tiere, Honigbrot, Obst und andere Güter des alltäglichen Bedarfs.

„Sieh dort, Israeliten," meinte Kinna und deutete auf zwei junge Männer. Bis auf eine schwere Kette um ihre Hälse, die an einem Ring in der Wand hing, waren sie nackt.

„Kriegsgefangene," meinte Nephem abschätzig. „Wenn wir die Shasu erst besiegt haben, werden die Märkte voll von ihnen sein. Die Preise werden ins Bodenlose fallen. Pharao wird zweifellos einige Tausend von ihnen zurückkaufen."

„Hat er sie nicht gehen lassen, ja fortgeschickt, weil ihr Gott Ägypten heimgesuchte?"

„Fortgejagt hat er sie, das stimmt, aber gewiss nicht, weil ihr kleiner Wüstenbaal unsere Götter besiegt hat. Und außerdem war Pharaos Leib damals ein anderer und auch ihr Gott war ein anderer, ja, die Welt war eine andere. Sie sind ein halsstarriges und böses Volk. Deshalb hat der Pharao sie verjagt und deshalb wird ihr Gott sie auch am Ende verlassen und in die Hand jener geben, deren Land sie zu stehlen versuchen. Man wird sie zurück in die Lehmgruben und Minen schicken, dass sie unter dem Stock leben

182

und sterben. Aber diesmal werden sie es nicht so gut haben, wie ehedem, dessen kannst du sicher sein," erklärte Nephem erzürnt. „Sieh sie dir nur an mit ihrem...ihrem...Welcher Gott verlangt so etwas von seinen Dienern?"

Kopfschüttelnd wies Nephem auf das Geschlecht der beschnittenen Männer. Als er Kinnas interessierten Blick wahrnahm, zog er sie eilig weiter.

Wenig später erreichten sie ein palastartiges Gebäude, dessen Vordach von zwei rundbauchigen Säulen getragen wurde. Diese waren über und über mit den Bildzeichen der Ägypter verziert.

Zwei Krieger mit hohen Helmen und weißem Waffenrock standen Wache. Sie musterten Nephem argwöhnisch, als er sich ihnen näherte. Sein Gewand war zwar einigermaßen sauber, doch hing es in Fetzen von ihm. Nichtsdestotrotz streckte er die Brust heraus, hob das Kinn und sprach sie auf Ägyptisch an. Sie hörten ihm zu und stellten einige Fragen. Dann verschwand einer nach im Innern des Hauses. Wenig später kam er mit einem untersetzen Mann zurück. Er trug ein goldenes Diadem mit einem türkisfarbenem Stein auf dem glattrasiertem Schädel. Von oben bis unten sah er Nephem an. Dann hellten sich seine Züge auf und er umarmte ihn herzlich.

„Dass du lebst, mein Guter! Den Göttern danke ich dafür. Komm nur herein und bring auch deine...deine..."

„Sklavin," sagte Nephem grinsend.

„Ja, deine Sklavin mit."

Drinnen trennten sich ihrer Wege. Nephem ging mit dem dicken Ägypter ins Herrenzimmer, während sich Kinna ein Schwarm dunkelhäutiger Dienerinnen annahm. Man führte sie in einen Raum, in dem ein riesiger Waschzuber stand. Kinna entkleidete sich und stieg mittels einer Leiter hinein. Dann wurde eimerweise Wasser auf sie geschüttet. Es war lauwarm und duftete leicht nach Blüten. Nachdem sich Kinna so erfrischt hatte, reichte man ihr Tücher zum

Trocknen und dann ein einfaches Wickelgewand mit einem safranfarbenem Gürtel, wie es die anderen Frauen des Haushalts trugen. Kinna lauschte der sonderbaren Sprache der Sklavinnen gerne. Trotz ihrer Fremdartigkeit hatte sie etwas sehr Melodisches und Geheimnisvolles.

„Jetzt, wo ich seine Sklavin bin," dachte sie amüsiert, „sollte ich auch seine Sprache lernen."

Eine Stunde später saß sie mit Nephem und dem untersetzten Ägypter in einem kleinen Raum zusammen. Dieser öffnete sich zu einer Terrasse hin, die wiederum die Brücke zu einem ummauerten Blumengarten bildete. Die schiere Farbenpracht war überwältigend und der süße Duft schwängerte die Luft.

Nephem lächelte ihr zu, sichtlich zufrieden mit ihrer Erscheinung. Auch er war gewaschen und trug ein frisches Gewand. Verändert sah er aus, fremdartig, edel, wie aus einer anderen Welt. Als sie ihn beim Eintritt gesehen hatte, war sie verlegen am Eingang stehengeblieben und hatte den Blick gesenkt.

„Na, komm doch, setz dich und iss," hatte er lachend gerufen. „Sieh, wir haben Wachteleier, Kuchen, in Honig eingelegtes Obst, kaltes Fleisch. Das ist etwas anderes, als immer nur Fladenbrot und Sand zwischen den Zähnen."

Und er hatte Recht. Diese Mahlzeit war wirklich etwas anderes. Als sie ihre anfängliche Verlegenheit überwunden hatte, griff sie mit vollen Händen zu und schlang die Speisen wie ein ausgehungertes Raubtier herunter.

Währenddessen unterhielten sich Nephem und der andere Ägypter angeregt in ihrer Heimatsprache. Ihren ernsten Mienen nach zu urteilen, redeten sie vom Fortgang des Krieges.

„Das war Plethi, der Verwalter dieser Handelsmission und mein Förderer," erklärte Nephem, nachdem sich Plethi entfernt hatte.

„Worüber habt ihr gesprochen?" fragte Kinna.

„Über den Fall Bitots und die Shasu, wie du dir denken kannst. Wusstest du, dass die Israeliten, die deine Heimat erobert haben, nur zwei Stämme eines weit größeren Volkes waren und keineswegs die zahlreichsten? Zwölf Stämme hat dieses Volk!" sagte Nephem.

„Wie Sand am Meer sind sie."

„Eher wie ein Heuschreckenschwarm," meinte der Ägypter. „Noch beunruhigender aber ist, dass alle diese Stämme sich nun in Bewegung gesetzt haben. Mit Bitot fiel die letzte einer Reihe befestigter Städte, die ihren Vormarsch aufgehalten haben. Nun ziehen sie gegen Ai und Jericho. Man ist besorgt, wie du dir denken kannst. Plethi plant, Ai zu verlassen und nach Ägypten zurückzukehren, bis die Sache ausgestanden ist."

„Du meinst also, dass auch diese Stadt fällt?" fragte Kinna.

„Nein, Ai wird nicht fallen. Melekbaal sammelt bereits seine Truppen. Außerdem hat er Boten ausgesandt, um Söldner anzuwerben. Eine gewaltige Streitmacht soll aufgeboten werden. Man will den Shasu auf offenem Feld begegnen, um eine Belagerung zu verhindern," sagte Nephem. „Ai hat auch Streitwagen. Wir haben sie geliefert! Ägyptische Qualitätsarbeit! Das wird ein Gemetzel geben! Oh, die Shasu werden sich noch wünschen, in der Wüste geblieben zu sein."

„Ich habe genug vom Krieg gesehen," erwiderte Kinna ruhig.

Sie stand auf und ging in den Garten hinaus, in jenes private Paradies hinter dem Haus. Kleine Wege führten durch die duftenden Blumenrabatte, über denen Bienen summten. Die hohen Mauern waren wie die Säulen vor dem Haus mit den Zeichen der Ägypter verziert. Kinna betrachtete sie nachdenklich. Es war sonderbar, doch je länger sie hinsah, desto eher glaubte sie, zu verstehen, was sie bedeuteten.

So tief war sie in ihren Betrachtungen versunken,

dass sie nicht bemerkte, wie Nephem hinter sie trat.

„Was siehst du?" fragte er.

„Dieser dort, der schakalköpfige Baal, ist euer Ashuri," sagte sie.

„Du hast Recht. Das ist Anubis, der Herr über die jenseitige Welt," bestätigte Nephem.

„Sag mir, Dritter Schreiber, sind eure Baale auch böse?"

Nephem dachte über Kinnas Frage nach. Dann sprach er: „Ich weiß es nicht. Wir beten sie an und bringen ihnen Opfer dar, um ihre Gunst zu gewinnen. Nirgends auf der Welt gibt es so viele Tempel und Priester wie in Ägypten. Doch trotz der unzähligen Opfer, die wir ihnen Tag für Tag darbringen, geschehen manchmal schlechte Dinge."

„Geschehen sagst du? Ist es nicht so, dass die Baale alles beherrschen und alles nach ihrem Willen...geschieht?"

Nephem nahm Kinna an den Schultern und drehte sie herum. Lächelnd sah er sie an.

„Du bist bitter, Wiedergeborene. Ich kann es dir nicht verdenken nach all dem, was du erleben musstest. Aber deine schlechten Tage liegen nun hinter dir. Plethi wird in einer Woche nach Ägypten aufbrechen und wir werden mit ihm ziehen. In Tyros liegt schon ein Schiff für uns bereit. Bist du je auf einem Schiff gefahren?"

Kinna schüttelte den Kopf.

„Du wirst es mögen. Die Schiffe der Tyrer sind wahre Wunderwerke. Sie sind nicht flach, wie unsere Nilbarken, sondern haben tiefe Rümpfe. Es ist, als würden sie im Wasser stehen. Die Wellen prallen an ihren gebogenen Planken ab."

Wieder erinnerte sich Kinna ihres Traums von Atlantis, der Insel des Dunklen Engels. Auch die weißen Schiffe der Leute von Atlantis schienen im Wasser zu stehen.

„Ich freue mich, die Schiffe der Tyrer zu sehen," erwiderte sie. Sie fasste Nephems Hand und sah ihm

186

tief in die Augen.

„Erzähl mir von deiner Heimat," bat sie ihn. Und Nephem erzählte.

*

Die folgenden Tage verliefen wie ein ununterbrochener Traum. Am Morgen brachen Nephem und Plethi auf, um die Geschäfte des Pharaos vor ihrer Abreise zu ordnen. Kinna blieb mit der Dienerschaft im Haus zurück. Unter Aufsicht einer dicken Aufseherin, die alle Mona nannten und die Plethis Geliebte war, wurden die Besitztümer des Hauses in seefeste Kisten verpackt und in ein nahegelegenes Lagerhaus gebracht. Zu Kinnas Überraschung führte Mona selbst über alles Buch. Behände wie ein Meisterschreiber ließ sie ihr Binsenröhrchen über das gelbliche Papier tanzen. Auf langen Papyrusrollen verzeichnete Mona alles vom Teller bis zum Goldbarren. Darüber hinaus stand sie auch Plethis Buchhaltung vor, verzeichnete akribisch alle Ein-und Ausgänge und verfertigte den jährlichen Rechenschaftsbericht für den Pharao.

In diesen Tagen sandte sie Boten aus, Gläubiger wie Schuldner der Handelsmission einzuladen. Vor allem Gläubiger stellten sich bald ein. Mona empfing sie hinter einem schweren Tisch sitzend, der mit einem Wust von Papyrusrollen, Gewichten, Schreibwerkzeug, Schwamm und Tintenfäßern bedeckt war. Über diesem Chaos schwebte Monas breites und freundliches Gesicht wie die abendliche Sonne über dem Nil. Die Männer, die wagten nach Plethi zu fragen oder sich geradeheraus darüber beschwerten, mit einer Frau, ja einer Dienerin verhandeln zu müssen, ließ sie ungebührlich lange warten, während sie die entsprechenden Abrechnungen und Schuldscheine studierte, nur um sie dann mit einigen unverbindlichen Höflichkeiten oder furchtbaren Drohungen fortzuschicken. Jene aber, die Mona kannten und um ihre Macht im Hause Plethis wussten, schmeichelten ihr und erhielten dafür im Gegenzug prompt ihre Ausstände in Silberplättchen ausgezahlt.

Obwohl sie von einer Insel namens Kreta stammte, sprach Mona sowohl ägyptisch, als auch die Sprache dieses Landes fließend. Sie unterhielt sich mit Kinna, wann immer ihre Pflichten ihr Zeit dazu ließen. Spaßhaft brachte sie ihr auch einige Brocken Ägyptisch bei und ließ sie sogar auf einem schlechten Stück Papyrus einige Zeichen malen.

„Du hast Talent," stellte Mona anerkennend fest. „Es ist etwas anderes, mit Tinte zu schreiben. Wie leicht verläuft sie, vor allem, wenn das Papyrus nicht fein genug ist. Aber du hast eine ruhige und gefühlvolle Hand wie ein erfahrener Schreiber. Ganz untypisch für ein Mädchen von deinem Alter."

Kinna fürchtete, Mona würde sie über ihr Herkunft und Verbindung mit Nephem, ihre gemeinsamen Abenteuer ausfragen. Sie hatte beschlossen Nephems Rat zu folgen und das Gewesene hinter sich zu lassen. Die Schatten der Unterwelt sollten nicht ewig das Licht ihrer Jugend würgen. Sie wollte Kinder haben, ein Haus und ein Leben in Frieden. Ob dieses Haus hier oder Ägypten oder am Ende der Welt stand, spielte keine Rolle für sie. Efrati und Avlas, Caleb und Mose, Iala und Bihal, ja selbst ihre Eltern gehörten einer Welt an, die nicht mehr war und deren trauriges und schmerzhaftes Andenken sie nicht in ihrem Herzen aufbewahren wollte. Sie wollte kein Grab sein, wie Nephem es ausgedrückt hatte.

Mona bewies indes außerordentliche Diskretion. Weder fragte sie nach Kinnas Vergangenheit, noch machte sie irgendwelche Andeutungen. Stattdessen erzählte sie ihr von Ägypten, von den tausend Tempeln und zehntausenden Priestern des Landes. Sie beschrieb phantastische Bauwerke und weiße Städte, die Kinna erneut an ihren Traum von Atlantis erinnerten. Schließlich kam Mona auch auf den Pharao selbst zu sprechen, den sie einmal mit ihren eigenen Augen gesehen hatte, wenn auch aus großer Entfernung.

„Der Pharao ist der im Fleisch wiedergeborene Gott Horus. Der Leib des Gottes erneuert sich, aber der Pharao bleibt stets der gleiche," sagte sie.

„Woher wisst ihr, dass es Horus ist, wenn er dich den Körper eines gewöhnlichen Sterblichen angezogen hat?" fragte Kinna rundheraus. Sie hatte alle Respekt vor den Baalen verloren. Die einzige Ausnahme bildete der seltsame Gott Jah, zu dem sie sich auf sonderbare Weise hingezogen fühlte, obgleich er weder Bild, noch Stimme besaß.

Mona nahm ihr die kleine Blasphemie nicht krumm.

„Er nimmt nichts zu sich und gibt nichts ab. Kann ein gewöhnlicher Sterblicher überdauern, der weder isst noch trinkt, der weder kotet und uriniert? Es ist die Kraft des Horus, die den Leib des Menschen erhält, solange es ihm gefällt. Und selbst wenn Horus sich ein neues Fleisch wählt, bleibt noch etwas von seiner Macht im Leichnam des abgelegten Gefäßes zurück. Denn der Leichnam ist beständig. Er verwest nicht," erklärte Mona.

Kinna erinnerte sich an die Larven, die sie in der Großen Halle des Ashuri gesehen hatte und deren Fleisch ebenfalls nicht von ihren Knochen gefallen war. Ob Mona etwas ähnliches meinte, wenn sie von der Unverweslichkeit der Pharaonenleiber sprach?

„Kann man die Leichen der Pharaonen sehen?" fragte sie. „Holt ihr sie je aus ihren Häusern?"

Mona klatschte in die Hände und lachte auf. „Was denkst du? Natürlich nicht. Sie sind uns heilig, denn auch nach dem Tod dienen sie noch dem Horus. Er bedient sich ihrer nämlich, um ins Totenreich hinabzusteigen, um dann nach drei Tagen von dort wieder zurückzukommen. Horus ist der Gott, der lebt und stirbt, der Zerrissene und

Wiederzusammengesetzte, der Träger unserer Sünden, das immerwährende Opfer."

Solche und ähnliche Gespräche führten Mona und sie in jenen Tagen vor ihrer Abreise, in jenen Tagen, die Kinna wie ein nicht enden wollender Tram schienen. Sie lernte viel über die Denkweise der Ägypter, die von der ihren ganz verschieden war. Die Ägypter liebten es, Dinge zu zählen und zu berechnen. Es war ein kopflastiges Volk, besessen davon, die Ordnungen der Baale in ihren unwandelbaren Formeln zu begreifen, nur um das Begriffene dann in ihren Alltag zu übersetzen. So war der Tagesablauf des Pharaos wie des niedrigsten Sklaven genau bemessen und durchgeplant, bemessen und durchgeplant war auch die zehntägige Woche, das Jahr, die Lebensabschnitte und schließlich das Leben als solches. Für alles gab es festgelegte Zeiten und eine rechte Weise des Tuns. Diese Kopflastigkeit setzte sich in der Religion des Landes fort. In Kinnas Heimat betete man die Baale entweder an, weil man sich vor ihnen fürchtete oder weil man sich etwas von ihnen erhoffte. Was es auch war, immer betraf das Gebet das eigene Leben, das Diesseits, das Hier und Heute, und immer legte man in die Bitte das ganze Herz und die ganze Seele. Die Ägypter dagegen nahmen gewaltige Anstrengungen auf sich, ein jenseitiges Dasein abzusichern, das vollkommen und perfekt und frei von jeder Überraschung und jedem Kummer wäre. Ein endloses, gleichförmiges Dasein, gemäß den unverbrüchlichen Ordnungen der Götter. Sie glaubten, wenn sie bestimmte Riten befolgten und die Gunst der Götter durch minutiös abgehaltene Opfer und fehlerlos rezitierte endlos lange Gebet gewännen, würden sie an ihrem makellosen Unsterblichkeitsleben Anteil haben oder gar selbst in götterähnliche Wesen transformiert werden.

„Natürlich ist das nur den Reichen möglich, denn sie allein verfügen über die Mittel, die nötigen Opfer und Rituale von geschulten Priestern durchführen zu lassen und ein anständiges Totenhaus zu bauen," sagte Mona mit Verdruss. Doch dann strahlte sie wieder und meinte vertraulich: „Darum ist es für uns Frauen so wichtig, uns einen Mann zu angeln, der es zu etwas bringt. Mein Plethi ist nicht schlecht aufgestellt. Er hat bereits ein eigenes Grabmal in Auftrag gegeben, wo wir beide die Reise in die Ewigkeit antreten können. Es ist klein, aber immerhin. Dein Nephem ist aber auch keine schlechte Partie, Kind. Noch ist er zwar arm, aber das wird sich bald ändern. Er hat Verstand und Mut und..." – Mona streichelte ihr über die Wangen – „...und Geschmack hat er auch. Wie du aufgeblüht bist in den letzten Tagen! Eine Freude für meine Augen!"

*

Wenn Kinna nicht mit Mona zusammen war, spazierte sie durch die Stadt. Sie genoss die chaotische Lebendigkeit Ais. Die meisten öffentlichen Häuser waren bereits hoffnungslos überfüllt. Immer mehr Landbewohner flohen vor den herannahenden Israeliten in die Stadt. Daneben stellten sich auch die ersten Söldnertrupps ein, die der Reichtum des Melekbaal und Hoffnung auf leichte Beute hierher gelockt hatten. Pausenlos wurden Getreide und andere Vorräte in die Stadt gebracht. Tag und Nacht erklang das Schmettern von Hämmern in den Waffenschmieden und von den Mauern, die eilig ausgebessert und verstärkt wurden.

Trotz der Vorbereitungen für den Krieg, die den Alltag mehr und mehr überschatteten, waren die Leute von Ai stets gutgelaunt und zum Scherzen aufgelegt. Man konnte ihnen ansehen, dass sie sich keineswegs fürchteten, sondern von der Macht ihres Baals, sie vor den Shasu beschützen zu können, fest überzeugt waren.

„Wie auch wir glaubten, Avlas würde uns beschützen..."

Auch die aus dem Jungvolk ausgehobenen Rekruten, die in den Parks und auf den Vorplätzen der Paläste lernten mit Speer und Schwert umzugehen und in Reih und Glied zu kämpfen, sangen am Abend fröhliche Lieder und trieben sich in den Gasthäusern herum, wo sie mit offenen Händen ihr Wehrgeld unter die Leute brachten.

Kinna bedauerte diese jungen Krieger insgeheim. Sie hatte die Israeliten kämpfen und siegen sehen. Wahrlich waren sie keine Gegner, die man unterschätzen durfte. Sieg oder Niederlage, die Jugend Ais würde die Felder reichlich mit ihrem Blut wässern.

„Gut, wenn sie ihre Tage genießen, bevor sie gegen die Stämme ziehen," dachte sie. Kinna war froh, bald aus dieser Stadt und diesem Land fortziehen zu können.

„Nach Ägypten, wo Frieden ist. Vom Krieg habe ich genug gesehen."

Manchmal, wenn sie mit jemandem ins Gespräch kam, erkundigte sie sich vorsichtig, ob nicht Leute aus Bitot angekommen waren. Ein hochgewachsener Ägypter vielleicht, mit langem Bart, funkelnden Augen, einer weithin tragenden Stimme, begleitet von vier starken und überaus großen Männern. Doch bei der Flut an Flüchtlingen und Fremden, die Tag um Tag durch die Tore strömten, war es schwer, etwas genaues herauszufinden. Trotzdem trieb sie etwas immer wieder an, Kenntnis von Avlas und Efratis Schicksal zu bekommen. Sie musste wissen, bevor sie loslassen, vergessen konnte. Doch wie es schien, hatten beide Ai gemieden. Zumindest wusste man nichts von ihnen. Auch Nephem konnte von den Beamten des Melekbaal nichts in Erfahrung bringen.

„Du muss sie ruhen lassen, die beiden," mahnte Nephem sie sanft. „Bald sind wir in Ägypten, weit weg von hier."

„Ich frage mich nur… In meinem Herzen…" Vergeblich versuchte sie ihre Gefühle in Worte zu

192

fassen. Doch auch ohne Worte verstand sie Nephem.

„Wenn du diese Schatten der Vergangenheit im Herzen trägst, ist dort kein Platz mehr für mich," meinte er grinsend. „Ich aber beanspruche viel Platz in deinem Herzen, ja den ganzen Platz beanspruche ich und noch etwas dazu."

Da lächelte sie, nahm seine Hand und bettete sie auf ihre Brust über dem Herzen.

„Es gehört dir, das ganze Herz und noch etwas mehr," sagte sie und wusste doch, ihre Lippen sprachen nicht die Wahrheit.

Wenn Kinna der Lärm und Tumult der Stadt zu viel wurden, zog sie sich in den kleinen Blumengarten hinter Plethis Haus zurück. Dort konnte sie ungestört ihren Gedanken nachhängen und sich erholen. Am Abend kam Nephem. Stets brachte er kleine Geschenke mit. Geschnitzte Tiere, billigen Schmuck, Süßigkeiten. Es waren ungeschickte Gaben, wie man sie einem verwöhnten Kind gegeben haben würde. Doch Kinna freute sich und vergalt Nephem´s Großzügigkeit mit heißen Küssen und Umarmungen, die sich bis spät in die Nacht fortsetzten.

*

Am neunten Tag waren Plethis und Nephems Geschäfte in der Stadt abgeschlossen. Die Waren und Besitztümer waren auf Ochsenwagen verladen worden und befanden sich bereits mit dem Hauspersonal auf der Straße nach Tyros. Sie selbst beschlossen abseits der Hauptroute auf verborgenen Bergpfaden zu reisen, wo es sicherer war, wurden doch die großen Straßen von Überfällen der Shasu mittlerweile schwer geplagt.

Mona und Plethi stritten den ganzen Morgen darüber, ob er eine Sänfte nehmen oder die Reise auf einem Esel zurücklegen sollte. Mona war aus praktischen Erwägungen für den Esel, Plethi dagegen beharrte auf seiner Würde als Vertreter des Pharao in diesem Land.

193

„Wie sähe das wohl aus, wenn ich auf einem Esel sitzen würde?" rief Plethi aus.

Mona verdrehte die Augen.

„Der Weg durch die Berge ist zu schlecht für seine Sänfte, mein Guter, und Träger sind praktisch nicht mehr zu bekommen. Außerdem treiben sich auch dort mittlerweile die Shasu herum und überfallen Reisende, wenn auch nicht so häufig wie auf der Hauptstraße. Die würden sich die Finger nach einem ägyptischen Kaufmann in einer Sänfte lecken. Nein, mein Lieber, lass uns wie Bettler reisen – ohne Komfort, ohne Dienerschaft, dafür sicher und unbehelligt," mahnte sie.

Hilfesuchend sah sich Plethi nach Nephem um.

Doch dieser zuckte nur die Achseln und sagte: „Sie hat Recht."

Plethi schlug die Hände über den Kopf zusammen und lief zeternd durch das leere Haus. Schließlich ließ er sich schwer atmend auf einer Steinbank nieder.

„Wie Diebe in der Nacht werden wir Ai also verlassen," sagte er. „Eine Schande ist das. Diese verfluchten Barbaren. Mögen die Krieger der Baale sie zerschmettern, ihre Frauen schänden und ihre Kinder in die Sklaverei verkaufen."

„So wird es geschehen," stimmte Nephem bei. „Bald ist diese Plage nur noch eine Erinnerung."

Mona warf Kinna einen vielsagenden Blick zu, der verriet, dass sie Zweifel hegte. Dann aber, zufrieden damit, ihren Willen durchgesetzt zu haben, küsste sie Plethis Glatze und flüsterte ihm etwas ins Ohr, das ihn wie ein Mädchen kichern ließ.

Wenige Stunden später befanden sie sich auf dem Weg in die Berge. Sie hatten nur zwei Esel ergattern können und das zu einem horrenden Preis. Plethi ritt auf einem der Tiere, während das andere ihr Gepäck schleppte. Nephem und ein Hirte aus der Gegend, der sie führte, gingen voraus, die beiden Frauen folgten. Ihre ägyptischen Gewänder hatten sie mit einfachen

Reisekleidern vertauscht. So glichen sie einer der vielen flüchtenden Familien, mit dem einzigen Unterschied, dass sie nicht in Richtung Ais, sondern von dort wegzogen. Doch auch auf diesem Weg waren sie nicht allein. Wer konnte, mied die Hauptstraßen.

Mona hatte mit ihren Warnungen vor den Shasu recht behalten. Am dritten Tag stießen sie auf die Überreste eines Lagers, das überfallen worden hatte. Zwei Kaufleute und ein halbes Dutzend ihrer Diener lagen erschlagen am Wegesrand. Die Leichen waren übel zugerichtet. Geier und Wildhunde hatten ganze Arbeit geleistet.

Nephem deutete mit dem Kinn auf eine nahe Hügelkette, auf der ein kleiner Dornenwald wuchs. Die Spuren von Reittieren und Sandalen führten in diese Richtung.

Schweigend gingen sie weiter, verstohlene Blicke nach dem Dornenwald werfend.

„Ob sie noch da sind?" fragte Plethi nach einer Weile. Er schwitzte am ganzen Körper.

„Oh ja," erwiderte ihr Führer gleichmütig.

„Was sollen wir denn tun? Wir haben keine Waffen."

„Wir tun gar nichts, mein Herz," sagte Mona.

„Oh, oh..." wimmerte Plethi.

„Sei doch still, du Narr. Bedenke, du bis ein Flüchtling und hast nichts zu verlieren, außer dein Leben," schimpfte Mona.

„Ja, mein Leben…Ist das nicht genug?"

Plötzlich erschien ein Reiter vor dem Wäldchen. Eine Weile ritt er parallel zu ihnen auf dem Hügelrücken.

„Er beobachtet uns," jammerte Plethi.

„Er versucht herauszufinden, ob wir die Mühe wert sind," sagte Mona.

„Was sollen wir tun?" fragte Nephem, der bisher geschwiegen hatte.

„Gar nichts," schlug ihr Führer vor. „Sie haben sich an den Händlern gütlich gehalten. Vermutlich

195

haben sie kein Interesse an uns."

„Gewiss," stimmte Mona zu. „Was wollen die schon mit uns?"

Tatsächlich machte der Reiter nach einer halben Meile kehrt. Sie konnten aufatmen.

*

Nach einer bangen Nacht, in der sie nicht gewagt hatten, Feuer zu machen, zogen sie erschöpft und durchgefroren weiter. An jenem Tag begegneten sie weder Spähern der Israeliten, noch anderen Wanderern, worüber sie froh waren. Die Gegend war karg und wurde immer karger, je höher sie stiegen. Obwohl die Sonne hoch am Himmel stand, blieb es kühl. Ein frostiger Wind rötete ihre Wangen und Ohren. Nur langsam kamen sie voran. Stellenweise verengten sich die Pfade auf wenige Fuß, sodass sie hintereinander gehen mussten. Plethi jammerte in einem fort. Seine Stimmung wurde auch nicht besser, als sie eine Anhöhe erreichten, von der aus man einen spektakulären Blick über die darunterliegende Hügellandschaft hatte.

„Von nun an geht es nur noch bergab," meinte ihr Führer. „Zwei langsame Tage, dann treffen wir auf die Straße nach Tyros. Von dort ist es nur noch ein kleines Stück."

Sie schafften die Strecke etwas schneller als erwartet. Unterwegs trafen sie auf eine Gruppe Hirten, die ihnen Ziegenfleisch, Milch und Käse verkauften. Von ihnen erfuhren sie auch, dass die wenigen Späher der Shasu, die sich hier aufgehalten hatten, vor einigen Tagen wieder Richtung Süden gezogen waren.

„Die Feiglinge," lachte Plethi, der sich an einem Stück Käse gütlich tat. Je näher sie ihrem Ziel kamen, desto besser wurde seine Laune. „Zweifellos haben sie Tyros Mauern und die Hilfstruppen gesehen, die Melekbaal dort versammelt. Da ist ihnen wohl die Lust am Rauben und Plündern vergangen!"

196

„Oder sie haben einfach nur in Erfahrung gebracht, was sie immer wissen wollten," meinte Mona.

Dann, als die Straße nach Tyros schon in Sicht war, verabschiedete sich auch ihr Führer. Plethi zahlte ihm den vereinbarten Lohn und schenkte ihm dazu noch eine goldene Spange, so zufrieden und erleichtert war er.

„Morgen spätestens werden wir in Tyros sein, Freunde," rief er aus. Und zur Feier ihrer nahen Rettung nötigte er Mona die letzte Strecke des Weges an seiner Statt auf dem Esel zu reiten, während er das Tier führte.

Kinna ging neben Nephem. Schweigend hielten sie sich die Hände, während sie gemächlichen Schrittes den Eseln folgten.

Es war Nephem, der das Schweigen endlich brach.

„Du bist so still, seit wir aus Ai aufgebrochen sind. So abwesend. Was bedrückt dich? Trägst du die Toten noch immer bei dir?"

Kinna nickte. „Die Toten und Lebenden. Ich habe Träume, mein Herz, und dunkle Ahnungen. Sei mir nicht böse deswegen. Weit reichen die Schatten, wenn Ashair nach Westen zieht."

Nephem drückte ihre Hand. „Wenn wir erst dieses Land verlassen haben, wird es besser werden. Es braucht einfach Zeit."

„Ja, nur Zeit braucht es," wiederholte Kinna. Doch etwas in ihr wusste, das ihre Antwort wieder unaufrichtig war. Was sie bedrückte, war mehr als nur die Ansammlung tragischer Erlebnisse, deren Opfer und zugleich Verursacher sie gewesen war. In den vergangenen Tagen hatte sie lange und gründlich über das Gewesene nachgedacht und erforscht, welche Spuren es auf dem Grund ihrer Seele hinterlassen hatte. Und während ihre Blicke sich im endlosen Nachthimmel verloren, war sie zu einem Ergebnis gekommen. Sie würde in diesem Leben keinen

197

Frieden finden, wenn nicht Efrati und Avlas die gleiche Strafe erhalten hätten wie der Blinde Mann. Oft dachte sie daran, wie das Scheusal unter ihren Händen verendet war. Und je häufiger sie sich die Szene ins Bewusstsein rief, desto mehr wichen Ekel und Grauen einem Empfinden tiefer Befriedigung und Erleichterung.

„Den Bann an ihnen vollstrecken," dachte es in ihr voller Genuss, während sie zugleich darüber nachgrübelte, wie es denn zu bewerkstelligen wäre. Sie wusste ja nicht einmal, ob Efrati und Avlas sich noch im Land aufhielten. In Ai wenigstens waren sie nicht gewesen.

„Den Bann vollstrecken..."

Sie verstand die Israeliten jetzt besser. Der Bann schien auf den ersten Blick grausam und er war es auch, fraß das Schwert doch immer auch Unschuldige. Auf der anderen Seite aber reinigte er Gebannte und die Banner auf gleiche Weise, nahm ihnen Last und Sorge ab. Für die einen ermöglichte er einen Neuanfang frei von der Bürde des Gewesenen, von bösen Erinnerungen und schlechten Träumen, für die anderen aber war ein schnelles und barmherziges Ende. Und was mehr durfte ein Sterblicher erhoffen als das, ein schnelles Ende? So dachte Kinna und ihre Gedanken waren dunkel und reichten tief wie ein Brunnenschacht.

*

Gegend Mittag des folgenden Tages machte sie eine Staubwolke am Horizont aus, die sich ihnen langsam näherte. Sie befanden sich bereits auf der Straße nach Tyros und hofften, dort anzukommen, bevor man die Tore zur Nacht schloss.

„Die Shasu sind das nicht," meinte Plethis halb hoffend, halb fragend.

„Nicht doch," erwiderte Nephem. „Das müssen Verstärkungen für Ai sein."

„Sollen wir uns verstecken?" fragte Kinna.

„Warum denn? Wir sollten abseits der Straße auf dieser Anhöhe dort Rast machen und uns die Parade ansehen," schlug Nephem vor.

Mona und Plethi stimmten zu. Sie erklommen eine sanfte Anhöhe und rasteten im Schatten einiger Pinien. Bald kam die Vorhut von leichter Reiterei in Sicht. Ihnen folgten, mit Speer und Schild bewehrt, die aus der Zivilbevölkerung ausgehobenen Fußtruppen. Man sah ihnen an, dass sie wenig Erfahrung im Kriegshandwerk besaßen. Sie spazierten eher, als dass sie marschierten, und an der Kleidung, die sie unter den Lederwämsen trugen, erkannte man ihre Berufe. Es waren kleine Leute. Landpächter, Fischer, Hirten, Zimmerleute. Ihnen folgte eine Abteilung Steinschleuderer, alles junge Männer mit lockigem Haar und lachenden Gesichtern, übermütig und begierig auf Abenteuer. Hierauf erschienen Bogenschützen in fremdartiger Tracht. Es waren Leute aus dem Reich der Hethiter, erfahrene Kämpfer mit langen Bärten und spitzen, mit Bronze beschlagenen Helmen. Dann erschien eine Gruppe schwerer Infanterie in Schuppenrüstungen und hohen Schilden.

„Viel Staub für so wenige Krieger," meinte Nephem nachdenklich.

„Insgesamt gerade sechshundert und zweiundzwanzig," zählte Mona auf.

„Vielleicht hat man nicht alle gesandt. Vielleicht gibt es noch andere Heerhaufen," fragte sich Plethi. Doch sie wussten, dass dem nicht so war.

Plötzlich sprang Plethi auf.

„Seht! Seht doch dort!"

Er deutete auf sechs gewaltige graue Ungeheuer, die hinter einander die Straße entlang trotteten. Sie hatten Beine dick wie Baumstämme und lange Rüssel, die sie vor sich her schwenkten wie Sicheln. Furchterregend waren ihre gebogenen Stoßzähne, deren Spitzen mit Metall beschlagen waren. Auf den riesigen Rücken der Ungetüme waren Plattformen

199

befestigt, auf denen schwarzhäutige Menschen mit Speeren und Bögen hockten. Sie trugen bunte Hosen, ihre Oberkörper aber waren nackt.

„Die kommen zweifellos von uns," freute sich Plethi.

„Was sind das für Bestien?" fragte Kinna.

„Kriegselefanten nennt man sie. Es sind mächtige Tiere aus den geheimnisvollen Ländern jenseits der Nilquelle im Süden. Die Sonne geht dort niemals unter und brennt viel heißer als bei uns. Deshalb ist die Haut der Menschen, die dort wohnen so schwarz. Aber die ewige Hitze bewirkt noch mehr. Kein Getreide gedeiht auf dem ausgedörrten Boden, weswegen Tiere und Menschen sich allein durch Jagd erhalten müssen. Die Aithiopier, das schwarze Volk, sind daher die besten Schützen und erfahrene Tierbändiger, wie du siehst," erklärte Plethi.

„Ich frage mich nur, wie sie diese Ungeheuer hierher gebracht haben," fragte sich Nephem.

„Auf einem Schiff natürlich," erwiderte Mona lachend.

Nephem schüttelte den Kopf. „Kein Schiff ist stark genug auch nur eines dieser Wesen zu tragen."

„Wir werden es bald herausfinden. Zweifellos sind sie in Tyros gelandet, die Schiffe werden wohl dort noch vor Anker liegen," meinte Plethi. Er war in Hochstimmung. „Mit diesen Kriegselefanten ist uns der Sieg gewiss. Nicht einmal die Göttersöhne könnten ihnen widerstehen!"

Den Elefanten folgte eine lange Reihe ägyptischer Streitwägen und Reiterei. Plethi wollte schon hinabgehen, weil er einige der Offiziere wiedererkannte, doch Mona hielt ihn zurück.

„Du weißt nicht, ob Späher der Shasu nicht doch ihre Augen auch auf uns haben, ganz gleich was uns die Bergleute gesagt haben. Besser wir bleiben unerkannt, bis wir in Tyros sind."

Plethi protestierte schwach, gab sich dann aber geschlagen.

200

„Was ist denn das?" rief Nephem aus.

„Bei Thet! Ein wandernder Ziggurath! Und ein leibhaftiger Baal!" erwiderte Plethi erstaunt.

Plötzlich tauchte am Ende Zuges ein monströses Gebilde auf. Es glich dem Haus der Häuser in Bitot oder der Burg des Melekbaal von Ai, eine weiße, pyramidale Struktur, nur kleiner als jene. Eine dichte Staubwolke verhüllte seine Basis, sodass es erst schien, als schwebe sie über dem Boden. Ein Wagen, auf dem eine mannshohe Trommel platziert war, fuhr vor der Pyramide her. Ihr monotoner Schlag ließ die Luft erbeben und wurde jedes mal von einem Ruf aus hunderten Kehlen beantwortet. Nun sah man, dass die Pyramide keineswegs schwebte, sondern auf den Schultern von Sklaven ruhte. Zwischen ihnen liefen Zwerge mit angespitzten Stöcken umher, die die Träger unaufhörlich drangsalierten. Als das Gebilde näherkam, konnte man erkennen, dass es sich um nur einen Holzaufbau handelte, der mit weißem Segeltuch bespannt und nach vorne hin geöffnet war.

Kinna schluckte. Sie wollte, konnte es nicht glauben, was sie nun erblickte. Auf einem mit Gold beschlagenem Thron, die Beine übereinandergeschlagen saß Avlas.

Ungläubig rieb sich Kinna die Augen.

„Es kann nicht sein..." dachte sie.

Doch es war so. In seinem grünen Gewand, mit seinem blonden, glatten Haar und jenem sonderbaren Lächeln auf den Lippen war er unverwechselbar, Avlas, der Herr der Häuser, das Herz jenes dreigestaltigen Ungetüms, das sie in die Finsternis gestützt hatte. Lässig ruhte seine Hand auf der Armlehne des Throns, während er gelangweilt mit strahlend blauen Augen den Heereszug übersah. Doch plötzlich, als hätte etwas seine Aufmerksamkeit erregt, drehte er sich nach ihnen um. Kinna erstarrte.

„Er hat mich wiedererkannt," schoss es ihr durch den Kopf. Ihre Knie zitterten und hätte Nephem sie nicht gestützt, hätte sie sich nicht auf den Beinen halten können. Avlas starrte tatsächlich in ihre Richtung. Das Lächeln auf seinem Gesicht war gefroren und kein einziger Muskel in seinem Gesicht bewegte sich. Wissend und unbeteiligt zugleich blickte er hinauf zu ihnen.

„Was ist nur?" fragte Nephem belustigt. Er hatte Avlas nie gesehen hatte und konnte ihn daher auch nicht wiedererkennen.

Verzweifelt krallte Kinna sich an Nephems Arm fest, ihre Kehle war wie zugeschnürt.

„Was hat sie denn?" fragte Mona besorgt.

„Was hat sie? Was hat sie? Was für eine Frage! Selbst mir schwinden bald die Sinne," rief Plethi aus. „Ein wandernder Baalsturm mit einem leibhaftigen Baal!"

„Lasst sie in Frieden", erwiderte Nephem ärgerlich.

Mona zog die Augenbrauen hoch, sagte aber nichts weiter.

Da wandte sich Avlas wieder ab und Kinna fiel ein Stein vom Herzen. Sie musste sich getäuscht haben, gewiss hatte er sie nicht wiedererkannt, sondern sich nur nach ein paar Flüchtlingen am Wegesrand umgesehen.

Als der Tross, der dem Heereszug folgte, hinter dem Horizont verschwunden war, und die Staubwolke kleiner und kleiner wurde, setzten sie ihre Reise nach Tyros fort. Plethi wurde nicht müde, wieder und wieder das Gesehene zu beschreiben und zu kommentieren. Mona war ihm eine gefällige Zuhörerin, und auch Nephem stimmte zu, dass er dergleichen in seinem Leben noch nicht gesehen hatte. Nur Kinna schwieg und hielt sich etwas abseits. Die schweren Schatten der Vergangenheit waren erneut auf sie gefallen und mehr den je wusste sie, dass sie nicht würde glücklich werden können, solange Avlas und Efrati lebten.

*

202

Kurz vor Einbruch der Dunkelheit kamen Tyros Türme in Sicht. Trotz der fortgeschrittenen Stunde, belebte sich die Gegend merklich. Die Straße war nun von Hütten und kleinen Ställen gesäumt, in denen dicht gedrängt eine Unzahl von Menschen und Tieren hausten. Bauern kamen mit ihren leeren Karren vom Markt zurück und Hirten trieben ihre Herden in die Pferche. Auch einige Soldaten und Reiter, zweifellos Nachzügler des Baalsheeres, passierten sie im Eilschritt.

Die Altstadt von Tyros lag auf einer Landzunge und war von drei Seiten vom Meer umgeben. Kontore, Lagerhäuser und der alte Palast befanden sich auf der winzigen Halbinsel. Wie ausgestreckte Finger reichten die Anlegeplätze des sie umgebenden Hafens in die See hinaus. Und auch auf den Wassern herrschte ein reges Kommen und Gehen. Dutzende Schiffe lagen vor Anker und wurden von Sklaven be- oder entladen. Mit Kisten und Ballen auf den Köpfen huschten sie gleich Ameisen über die schmalen Stege und verschwanden in den riesigen Lagerhäusern. Die Neustadt mit ihren niedrigen Häusern wuchs ins Land hinein und war von einer starken Doppelmauer mit etlichen Türmen geschützt. Hier befanden sich die Tempel, Märkte, Werkstätten, Manufakturen und Wohnhäuser der wohlhabenderen Bürger und Kaufleute. Jenseits dieser Mauern aber erstreckte sich der größte Teil von Tyros, ein chaotisches Gewirr aus windschiefen Holzhütten und niedrigen Lehmhäusern, deren Putz abbröckelte. Man nannte diese Vorstadt schlicht den Pfuhl. Ein buntes und lautes Volk hauste dort, Halsabschneider und Glücksritter, kleine Kaufleute, die hofften ihr Glück zu machen und solche, die es verloren hatten. An jeder Ecke fanden sich Hurenhäuser und Kellergewölbe, in denen berauschende Getränke und Kräuter verkauft wurden. Scharen schmutziger Kinder, Rinder, Esel und Kleinvieh füllten die engen Gassen. Stinkender Unrat aller Art türmte sich vor den Häusern.

Der Pfuhl, ohnehin schon hoffnungslos überbevölkert, quoll in diesen Tagen aus allen Nähten. Viele Söldnern von Übersee hatten den Pfuhl zu ihrer vorübergehenden Heimat gemacht. Trotz mancher Grobheiten, die die Einwohner sich gefallen lassen mussten, waren die Söldner gern gesehene Gäste, denn sie zahlten mit Plättchen aus Silber und Gold. Anders verhielt es sich mit der zweiten Gruppe von Fremden, die den Pfuhl füllten. Es waren Flüchtlinge aus den besiegten Städten des Südens. Die meisten hatten bei ihrer Flucht alles verloren. Nun bettelten sie um ihr tägliches Brot oder verkauften sich und die ihren freiwillig auf den Märkten in die Sklaverei. Sie schliefen unter freiem Himmel, wurden bespuckt, geschlagen und selbst von den niedrigsten und boshaftesten Kreaturen des Pfuhls noch mit Verachtung betrachtet.

Mehr als an jedem anderen Ort des Meerlandes konnte man in Tyros´ Vorstadt den Wandel spüren, der die ganze Welt ergriffen zu haben schien. Die alten Mächte waren erschüttert, wankten unter dem Ansturm junger Völker. Ägypten, das einst auch dieses Land bis an die Grenzen des Hethiterreichs fest in seinen Händen gehalten hatte, hatte sich ängstlich in seine eigenen Grenzen und Festungen zurückgezogen. Das Hethiterreich im Norden stand nach Jahren von Angriffen der Seevölker am Rande des Kollaps. Etliche seiner Städte lagen in Trümmern, während in anderen Hunger, Seuchen und Bürgerkrieg wüteten. Das Große Ostreich wurde von nomadischen Stämmen, die seine innere Schwäche skrupellos ausnutzten, belagert. Und die Stadtfestungen des Zweistromlandes führten einen endlosen Krieg gegeneinander. Die großen Karawanenstraßen, die einst Ost und West miteinander verbunden hatten, lagen verwaist.

Doch im gleichen Maß, wie die alten Reiche fielen, füllten neue die entstandene Leere. War der

Handel über Land zum Erliegen gekommen, führten nun Seefahrer ihre tiefrumpfigen Schiffe über die Wellen. Immer fernere Ziele steuerten sie an und kamen mit exotischer und unermesslich kostbarer Fracht zurück. Auf Kreta, Sizilien und Sardinien herrschten mittlerweile starke Könige, die stetig wachsende Flotten unterhielten. Doch auch ihnen wuchs bereits Konkurrenz vom mykenischen Festland her, wo einst kleine Piratennester sich gleichfalls zu ansehnlichen Städten gemausert hatten.

Eine Welt starb und eine andere wurde geboren.

*

„Die Tore sind bereits verschlossen," sagte Nephem, den man ausgesandt hatte, mit der ägyptischen Vertretung in der Neustadt Fühlung aufzunehmen. „Wir müssen heute Nacht hier eine Unterkunft finden."

Plethi seufzte. „Wenn es nur eine Nacht ist! Ach, wenn sie uns nur nicht die Hälse durchschneiden."

Sie fanden nach langem Suchen ein Plätzchen in einem Stall. Sie bezahlten einen unverschämten Aufschlag für frisches Stroh, ein dürftiges Abendmahl und das Versprechen, dass der einäugige Besitzer über ihrem Schlaf wachen würde.

Doch an Schlaf war nicht zu denken. War die Vorstadt schon am Tag laut und hektisch, so steigerte sich ihre nervöse Betriebsamkeit in der Nacht noch um Längen. Sonderbare Lieder, gespielt auf fremdartigen Instrumenten und in unbekannten Sprachen gesungen, erfüllten unterbrochen von Gelächter und Geschrei die Luft.

Kinna lag lange wach und dachte an Avlas, an seinen Blick, der durch Kleidung und Haut bis in ihr Innerstes gesehen zu haben schien. Immer wieder fragte sie sich, ob er sie nicht vielleicht doch wiedererkannt hatte. Ihr Verstand sagte ihr zwar, es war unmöglich. Er musste sie für tot halten und selbst wenn nicht, wie hätte er ein Mädchen, dem er nur einmal im Zwielicht seiner Wohnung begegnet war, in fremder Tracht, in fremder Begleitung und in einem fremden Land für sie halten können? Doch da war eine andere Stimme, die beharrlich das Gegenteil behauptete.

„Er hat dich erkannt, Kinna, und er weiß, was du getan hast."

Sie schüttelte den Gedanken ab.

„Nein, er ist nach Süden gezogen, um mit den Israeliten Krieg zu führen, und ich gehe übers Wasser nach Ägypten. Ich werde ihn nie wieder sehen," versuchte sie sich zu beruhigen. Doch es half nichts. Avlas starrte sie durch die Dunkelheit an und sein kaltes Lächeln trieb ihr Schauer über die Haut. Mit ihm wurden die Ereignisse der vergangenen Tage und Wochen und Monate wieder lebendig. Sie ertrank in einem Wechselbad der Gefühle. Unruhig wälzte sie sich hin und her. Hass, Schmerz, Trauer, Schuld, Angst rissen an ihrer Seele. Über allem aber stand der unbändige Wunsch, Rache zu nehmen, zu vernichten, was sie nicht loslassen wollte.

„Ich wünschte, es wäre still in mir."

Irgendwann hielt sie es nicht mehr aus. Leise schlich sie sich aus dem Stall. Der Besitzer, der gelobt hatte, über sie zu wachen, schnarchte mit einem Krug säuerlich riechenden Biers auf dem Bauch.

„Nur auf eine Stunde," sagte sie sich und zog ihren Schleier tief ins Gesicht. Die kühle Nachtluft tat gut. Mit Genugtuung stellte sie fest, dass sie in der Dunkelheit noch immer besser sehen konnte als bei Tageslicht. Vor Abenteuerlust kribbelte es unter ihrer Haut, als sie durch die Gassen des Pfuhls wanderte.

Und sie sah Ungeheuerliches, Böses, Abgründiges. Ai war belebt gewesen, chaotisch sogar, doch dabei sauber und geordnet. Im Pfuhl dagegen zeigte sich das Leben von einer anderen, dunkleren, doch zugleich urtümlicheren Seite. Männer und Frauen gaben sich mitten auf der Straße einander hin, während nur wenige Schritte entfernt einem Kaufmann die Kehle durchgeschnitten wurde. Man schlachtete einen Ochsen, dessen Blut auf die nackten Füße eines Akrobaten spritzte, der unter dem Beifall Betrunkener halsbrecherische Kunststücke darbot. Auch ein Kind sah zu, einsam, nackt, traurig, hungrig und dem Tode näher als dem Leben.

Fremde Götter wurden hier angebetet, wilde Gestalten mit spitzen Zähnen, Schlangen als Haar, ehernen Bärten und großen Augen. Grob geschnitzte Standbilder vor denen man Bier vergoss, fanden sich an allen Ecken.

Kinna passierte ein großes Festzelt, in dem laut gefeiert wurde, als sie plötzlich wie vom Schlag getroffen inne hielt. Ihr Gehör, geschult vom Schweigen des Labyrinths, nahm aus dem Gewirr dutzender Stimme eine wahr, die ihr mehr als bekannt vorkam.

Sie betrat die weitläufige Hütte durch einen bogenförmigen Durchgang. Drinnen saßen die Gäste in Gruppen um kleine, kupferne Kessel, aus denen sie ihre Schalen mit berauschendem Getränk füllten. Ein Mykener mit geölten Locken spielte auf einer aus Schilfrohr geschnitzten Flöte, während eine Frau, die ihm verblüffend ähnlich sah, dazu tanzte. Kinna ließ den Blick durch den Raum schweifen, doch mehr als auf ihr Auge, vertraute sie ihrem Gehör. Sie musste nur wenige Momente lauschen, bis sie die tiefe, durchdringende Stimme wieder vernahm. Sie bekam Gänsehaut. Es war Efrati, der Mund des Baals.

*

Efrati hatte sich verändert. Seinen Bart trug er nun kurzgeschoren und die prachtvolle Robe des Priesteramtes hatte er mit einem einfachen ägyptischen Leinenrock vertauscht. Er saß mit zwei Kaufleuten in exotischer Tracht zusammen, die seinen Worten gebannt lauschten. Seine Stimme war noch immer kräftig und sehr wohlklingend. So vermochte sie Kinna deutlich herauszuhören, obwohl sich Efrati zweifellos bemühte, gedämpft zu sprechen.

Als ihre erste Verwunderung sich gelegt hatte, erfüllte Kinna unbändiger Hass. Sie bedauerte, kein Messer zur Hand zu haben. Wie gerne hätte sie es ihm in den Hals gerammt, dem Verräter. Doch für den Augenblick musste sie sich mit der Rolle einer Beobachterin zufrieden geben.

Es bereitete ihr keinerlei Mühe, sich in Efratis Nähe zu schleichen. Dazu ging es zu wild in der Halle zu und außerdem war Efrati ganz in sein Gespräch mit den Kaufleuten vertieft, sodass er keine Augen für seine Umgebung hatte.

Kinna kniete sich neben einen ohnmächtigen Mann wenige Fuß hinter dem Rücken des Verräters und tat so, als versorge sie ihn, während sie die Ohren spitzte.

Doch sie war zu spät gekommen. Das Gespräch war bereits vorüber. Efrati lud die beiden Kaufleute ein, sich die Ware doch selbst anzusehen. Diese nahmen seine Einladung mit würdigem Nicken an. Dann erhoben sich die drei und verließen das Zelt.

Kinna beschloss ihnen zu folgen. Auf keinen Fall wollte sie den Mund entkommen lassen, ohne zu wissen, was er im Schilde führte. Lautlos glitt sie von Schatten zu Schatten, während sie dem Verräter in immer abgelegenere Gassen nachging. Endlich betraten die drei ein aus Lehmziegeln ausgeführtes Gebäude am Rande des Pfuhls. Das Dach war halb eingestürzt und nur behelfsmäßig mit Bastmatten gedeckt. Vor dem Haus erlebte Kinna die zweite große Überraschung dieser Nacht. Ein Göttersohn hielt dort Wache. Zwar trug er nicht die eherne Rüstung seiner Rasse, doch sein massiver Wuchs und muskulösen Körperbau verrieten ihn als einen der Riesen. Lässig stützte er sich auf eine schwere Keule und spähte sichtlich gelangweilt in die Nacht hinaus. Lautlos umrundete Kinna das Haus. An der Rückwand fand sie einen umgestürzten Wagen, von dem aus sie leicht auf das Dach gelangen konnte. Mühelos erklomm sie die Wand. Vom Dachsims aus schob sie sich auf das fragile Geflecht aus Stangen und Matten. Durch einen Spalt konnte sie in das Innere des Hauses sehen. Efrati stand genau unter ihr. Er hielt den Schopf eines Mädchens. Sie wimmerte erbärmlich. Ihr Unterkleid war bis auf die Füße gerutscht und entblößte ihre makellose Figur. Tränen liefen ihr über die Wangen. Efrati war allem Anschein nach unter die Sklavenhändler gegangen.

Die beiden Kaufleute ließen sich die Ware von allen Seiten zeigen, begrapschten das Mädchen, öffnete ihren Mund, um die Gesundheit der Zähne zu überprüfen. Obgleich sie die Nase rümpften und etliche Mängel feststellten, konnte Kinna doch ihre Gier deutlich sehen. Auch Efrati schien sich dessen bewusst zu sein, denn er erwiderte ihren Einwänden nichts.

„Was willst du?" fragte einer der Händler.

„Du kennst meinen Preis, Babil: Eine Passage nach Kreta für mich und meine Söhne, sowie zwei griechische Talente in Silber," erwiderte Efrati mit seiner durchdringenden Stimme.

„Lächerlich! Für den Preis kann ich zwanzig Mädchen kaufen," fuhr ihn der andere Kaufmann an.

„Gewiss," sagte Efrati lächelnd, „aber keine Baalsbraut, keine, die das Blut hat. Ich habe euch bereits eine Probe geliefert."

Dieses Argument brachte die beiden Kaufleute zum Schweigen.

„Also, was ist?"

„Melekbaal hat vom Blut gekostet und bestätigt, dass es die richtige Güte hat," gab der Mann namens Babil zu.

„Warum also das Feilschen und Schachern, ihr Kleingeister? Oder soll ich sie etwa anderswo anbieten?" fragte Efrati.

„In Anbetracht der Lage wäre das wohl nicht in

deinem Interesse. Ein gesuchter Mann, der gestohlene Ware verhandelt, kann sich nicht gerade auf den Markt begeben," meinte der andere Händler ärgerlich.

Efrati riss das Mädchen an den Haaren zurück. Sie stieß einen hohen Schrei aus.

„Aber nicht doch, Freund," rief Babil erschreckt. „Komm morgen früh in den Hafen. Frag nach dem Schiff ´Wellenbrecher.´ Der Kapitän wird dich entlohnen und nach Kreta bringen. Und wir werden das Mädchen dort in Empfang nehmen."

„Gut," stimmte Efrati zu und ließ das Mädchen los. Dieses zog hastig das Kleid hoch und verzog sich in eine Ecke. „Ich frage mich nur, wie ihr die Kleine nach Ai bringt. Die Straßen sind gefährlich."

„Lass das nur unsere Sorge sein," erwiderte Babil.

Plötzlich löste sich etwas trockener Bast von einer Matte. Die Partikel schwebten hinab und landeten auf Efratis Schulter. Kinna hielt den Atem an. Doch Efrati schien nichts bemerkt zu haben. Vorsichtig kroch sie zurück und schlug den Weg zu ihrer Herberge ein.

„Wellenbrecher, Kreta, Baalsbraut…" Ihr war schwindlig. Sie versuchte sich einen Reim auf das Gesehene, Gehörte zu machen. Woher hatte Efrati das Mädchen und wie hatte er ihr Blut prüfen können?

„Vielleicht hat er das Kistchen mit dem Gerät zum Blutaubsaugen von Avlas gestohlen. Aber wie hat er das fertiggebracht? Und wozu? Gewinnsucht? Rache?"

Fragen über Fragen, Rätsel über Rätsel und kein Ausweg aus diesem Labyrinth, wohin sie ihren Geist auch wendete. Sie dachte weiter darüber nach, während sie durch die Stadt strich, schichtete Mutmaßungen zu wackligen Türmen auf, die mal um mal in sich zusammenstürzten. Bald drehte sich ihr Kopf, ihr Herz schrie und es war als klaffte ein Spalt in ihrer Seele auf, der sie verschlingen wollte.

„Was willst du von mir?", dachte Kinna. Und

weil sie keinen anderen Ratgeber wusste, hatte sie ihre Frage unwillkürlich an den Gott Jah gerichtet, den unsichtbaren, namenlosen Gott der Israeliten.

Plötzlich fühlte sie eine Hand auf ihrer Schulter. Sie wirbelte herum. Ein dürrer Mann mit einer von Beulen verfressenen Nase stierte sie an.

„Was willst du?" schrie sie ihn an.

Der Mann wich zurück.

„Verzeih. Ich habe dich verwechselt. Ich suche meine Schwester..."

Kinna brauchte einen Augenblick, um in die Wirklichkeit zurückzukommen.

„Wie siehst sie denn aus?"

Er beschrieb eine junge Frau, beschrieb sie ausführlich mit der Liebe eines Verwandten, Kleinigkeiten hervorhebend, die für einen Fremden nichts bedeuteten. Es war nicht das Mädchen, das sie bei Efrati gesehen hatte, obwohl einige Merkmale, wie Alter und Körpergröße zutreffend waren.

„Ich habe sie nicht gesehen," sagte Kinna schließlich.

Der Mann hob die Hände, nur um sie sogleich wieder fallen zu lassen.

„Vielleicht ist sie weggelaufen," mutmaßte Kinna.

„Nein," widersprach der Mann kopfschüttelnd. „Es ist der Schedim, der sie geholt hat, ganz bestimmt."

„Wie kannst du dir so sicher sein?"

Der Beulennasige sah sie erstaunt an.

„Du musst neu im Pfuhl sein. Hör dich nur um, jeder wird dir das gleiche sagen. In der Nacht geht ein Schedim, ein Nachtgeist, um, der Mädchen entführt. Jedes Schloss bricht er auf und jede Mauer ersteigt er mit Leichtigkeit. Wer sich ihm in den Weg stellt, den erwürgt er mit bloßen Händen."

Kinna dachte sofort an Efratis Göttersöhne.

„Wie lange treibt sich der Schedim schon im Pfuhl herum?" fragte sie.

„Ich kann es nicht genau sagen, weil wir erst vor vier Tagen angekommen sind. Aber es kann noch nicht lange sein. Die Bewohner sind sehr besorgt, aber die Großen Häuser weigern sich, die Stadtwache auf den Gassen patrouillieren zu lassen. Stattdessen bewachen sie ihre Tore mit dreifacher Mannschaft."

Plötzlich sah der Mann ein anderes Mädchen vorüber huschen. Kurzerhand ließ er Kinna stehen und folgte jener in die Nacht hinaus. Auch Kinna setzte ihren Weg fort. Diesmal ging sie in Richtung des Gasthauses zurück, wo sie untergebracht waren.

„Jah, zeigt mir diese Dinge. Aber was soll ich damit anfangen?" dachte sie wieder und wieder. Obwohl es warm war, zitterte sie am ganzen Leib. Kalter Schweiß stand auf ihrer Stirn. Ihre Knie waren weich, ihre Schritte unstet. Sie musste innehalten und sich an eine Hauswand lehnen. Ihr Herz trommelte in der Brust.

„Du zeigt und stößt mich auf etwas, nun sag mir auch, was du von mir willst?" fragte sie mit zusammengebissenen Zähne. „Was willst du von mir? Warum zeigt du mir diese Dinge?"

Sie verstand, warum dieser Gott keine Bild und keine Stimme hatte. Allein sich ihm im Geist zuzuwenden, war schier überwältigend. Kinna spürte die Nähe Jahs und es war eine unerträgliche Nähe, die sie auslaugte und ihr den Atem raubte.

Doch Jah schwieg und schwieg auch nicht. Denn Kinna fühlte, dass in dem, was er ihr gezeigt hatte, eine deutliche Aufforderung lag. Die traurigen Blicke des Beulennasigen enthielten einen klaren Befehl. Und auch all die sinnlosen und grausamen Begebenheiten, deren Opfer sie geworden war, schienen nun einem größeren Zusammenhang einer seltsamen Ordnung zu folgen, die sie mit Bestimmtheit an diesen Punkt geführt hatte. Doch nun, auch das fühlte Kinna, musste sie sich selbst entscheiden. Der Gott hatte sie losgelassen, um ihre Gesinnung zu prüfen. Kein Spielball des Schicksals

212

war sie in diesem Augenblick mehr, sondern ein freier Mensch, an den ein Ruf ergangen war, dem er folgen oder den er in den Wind schlagen konnte.

Zwei Wege lagen vor ihr. Sie konnte mit Nephem ins Land der Sphinx ziehen, seine Frau werden, die Mutter seiner Kinder. Was sie zu Unrecht erlitten hatte, würde ihr vergolten werden, der Gott Jah seine Schuld an ihr begleichen, weil sie seinem Volk geholfen hatte. Sie konnte ihre Vergangenheit hinter sich lassen, musste nicht das Grab der Gewesenen sein und alle Tage ihrer Lebens den bitteren Geschmack der Asche auf der Zunge dulden. Irgendwann nach vielen, vielen Jahren würde ihre Seele heilen, wenn auch tiefe Narben zurückbleiben würden.

Der andere Weg dagegen war dunkel und beängstigend. Es war der Weg der Rache, der Weg zurück in die Unterwelt. Aber es war auch der Weg, das wusste sie, an dessen Ende sie Erlösung und echten Frieden finden würde. Und es war der Weg, den sie nicht alleine gehen musste, denn der Gott Jah würde sie fortan begleiten.

*

Als die Morgensonne aus dem Osten kam und die Schatten vertrieb, hatte Kinna eine Entscheidung getroffen. Sie saß aufrecht auf ihrer Schlafmatte und stierte in das Zwielicht der grauen Stunde zwischen Tag und Nacht.

Nephem wachte auf. Er streckte sich, gähnte. Dann grinste er sie an.

„Schon wach?"

„Ja."

„Wir leben noch, das ist ein guter Anfang," scherzte er.

„Ein guter Anfang in der Tat."

Er kroch zu ihr hinüber, küsste ihre Stirn.

„Ganz kalt bist du. Soll ich dich wärmen? Die anderen schlafen noch und schlafen tief."

213

Sie wehrte seine Anträge mit sanfter Gewalt ab.

„Was ist denn?" fragte Nephem enttäuscht.

„Ich werde nicht mit dir nach Ägypten gehen," sagte sie ruhig.

Nephem sah sie entgeistert an.

„Ich muss erst meine Toten begraben," erklärte sie.

Nephem rieb sich die Stirn. Seltsamerweise fragte er nicht nach ihren Beweggründen. Vielleicht ahnte er sie.

„Ich werde nicht auf dich warten können, Kinna," sagte er.

„Ich verstehe und ich erwarte es nicht von dir, mein Herz."

„Du wirst ganz auf dich alleine gestellt sein. Ein Mädchen ohne Familie, ohne Heimat, ohne Freunde, in einem Land, das nach Blut schreit."

„Ich weiß es."

„Willst du es dir nicht nochmal anders überlegen?" fragte er plötzlich, fragte es mehr aus einer Art Pflichtgefühl heraus, als in der Hoffnung, sie würde ihren Entschluss noch ändern.

„Ich muss meine Toten begraben, sonst werde ich selbst für immer ein Grab sein."

Nephem nickte. Sie schwiegen eine Weile. Lauschten auf die Geräusche der erwachenden Stadt.

„Was wirst du tun? Wohin dich wenden? Wovon leben? Und wer wird dich schützen?"

„Ein Gott geht neben mir," sagte sie leise. „Er wird machen, dass mein Fuß an keinen Stein stößt."

Nephem zog ein Beutelchen hervor und reichte es ihr.

„Ägyptische Währung in Gold und Silber. Nimm es für den Fall, dass dein Gott einen Stein übersieht."

Sie nahm das Beutelchen und war erstaunt, wie schwer es in ihrer Hand wog. Sie lächelte, streichelte die Wange Nephems.

„Mein Herz, mein Freund, ich werde dich nicht vergessen," sagte sie.

Nephem nickte. Er atmete schwer, rang mit den Tränen.

„Geh jetzt bevor die anderen erwachen," meinte er mit gesenktem Haupt. Und sie wusste, dass ihr Anblick ihm unerträglich geworden war.

Sie nahm seinen Kopf in die Hände und küsste noch einmal seine Stirn. Dann stand sie auf und huschte hinaus.

„Warum bin ich überhaupt zurückgekommen?" fragte sie sich. „Hoffte ich, dass Nephem mich am Ende vielleicht doch überzeugen würde, ihm zu folgen? Oder dass der Gott Jah von mir ablassen würde, weil ich seine Prüfung bestanden habe?"

Sie lächelte. Diese Fragen, diese ewige Fragen…

„Keine Fragen mehr, kein Zaudern, kein Suchen nach Gründen," dachte sie. Der Sonnenwagen stieg höher, das Leben im Pfuhl erwachte. Bald würde man die Tore zur Innenstadt öffnen.

„Es ist, was es ist, und es wird sein, was es sein wird."

Frei fühlte sich Kinna und stark, wie wiedergeboren. Ihre Entschlüsse standen fest. Und doch wusste sie nicht, was die nächste Stunde bringen würde. Sie musste das Schiff Wellenbrecher finden, das war der Anfang. Und dann, dann…

Sie schloss die Augen und hielt ihr Gesicht in das gleißende Morgenlicht. Es war kalt, doch sie hieß die Kälte willkommen. Sie war auserwählt, berufen. Und das Wissen um diese Erwählung wärmte ihr Herz. Ausgesucht war sie aus dem Millionenheer der Sterblichen, die strafende Hand des Wüstengottes zu sein. Er hatte ihr Herz gewogen und sie für würdig befunden. Eine Ehre ohnegleichen war ihr zuteil geworden. Nun war sie die Braut Jahs und die Engel im Himmel würden einmal vor ihr in den Staub fallen und sie anbeten. Doch zuvor, zuvor musste sie ihre Toten begraben. Und mit Efrati, dem Mund des Baals Avlas, würde sie beginnen.

→ → →

Lesetipps

→ → →

Caligula

Kindheit und Jugend eines Gottes

von **Marcus Caracalla**

ISBN: 978-3-7386-5639-8
388 Seiten

Preis: Taschenbuch 14,90€ oder als E-Book: 5,99€

Auf dem Höhepunkt seiner Macht leidet das römische Imperium unter den mörderischen Rivalitäten und der wachsenden Dekadenz seiner Oberschicht. In diese Zeit des sittlichen Verfalls wird Caligula hineingeboren. Bis heute ist er der Welt als geisteskranker Despot in Erinnerung geblieben; ein Mensch, der am Ende seines Lebens nicht einmal davor zurückschreckte, seine Schwester zu heiraten und sich selbst als Gott verehren zu lassen.

Dieser erste Band einer Trilogie erzählt von der Kindheit und Jugend des späteren Kaisers. Weil sein Vater nach dem Tod des Augustus vor den neuen Herrschern Roms fliehen muss, wächst Caligula im unwirtlichen Norden des Reichs auf. Das raue Lagerleben und ständige Kriegsgefahr prägen seine ersten Jahre. Er muss sich gegen Gleichaltrige durchsetzen und lernt früh, dass einzig Rücksichtslosigkeit und Brutalität zum Ziel führen. Als sein Vater nach Rom zurückberufen wird, gerät Caligula in einen Strudel von Intrigen und Verrat. Sein Leben schwebt in ständiger Gefahr. Nicht nur der irrsinnige Tiberius, auch Seian, der machthungrige Präfekt der Prätorianer, und Livia, die hinterhältige Mutter des Kaisers, haben es auf ihn abgesehen. Nur in dem er sich an die perverse Wirklichkeit anpasst, gelingt es ihm, zu überleben.

Caligula

Die Lehren von Fleisch und Blut

von **Marcus Caracalla**

ISBN: 978-3748137627
306 Seiten

Preis: Taschenbuch 12,99€ oder als E-Book: 6,99€

Tiberius entführt den jungen Caligula in sein Exil auf Capri. Dort, im berüchtigten Haus des Jupiters, wird Caligula Zeuge und unfreiwilliger Gehilfe der unmenschlichen Machenschaften des dahinsiechenden Kaisers. Währenddessen kämpfen in Rom Caligulas Familie, Tiberius und der ehrgeizige Prätorianerpräfekt Seian um die Macht im Reich; ein Streit, der vor keinem noch so skrupellosen Mittel zurückschreckt. Bald mengt sich in den Straßen der ewigen Stadt das Blut der Unschuldigen mit dem ihrer Mörder.

Labyrinth

von **Marcus Caracalla**

ISBN: 978-3-7386-1462-6
276 Seiten

Preis: Taschenbuch 12,90€ oder als E-Book: 2,99€

Ein Werk von erstaunlicher Kraft und Tiefe! Tief wie das sagenhafte Labyrinth des Minos, in dessen innerster Kammer ein Scheusal auf den blutigen Tribut wartet. Kraftvoll wie die Protagonisten, Ariadne, Theseus, Phaidra, Daidalos und all die anderen, die sich im tausendzimmerigen Palast des Königs in einem Netz von Grausamkeit und Lügen gefangen finden.

Erzählt wird vom Schicksal der Schicksalslosen, von der Schuld der Unschuldigen und von ihren vergeblichen Versuchen, sich aus den Verstrickungen der Gewalt zu befreien. Inzest, Sadismus und Wahnsinn herrschen im goldenen Haus des Minos, aus dem kein Entkommen möglich scheint.

Der minoische Sagenkreis bildet die Grundlage dieses Romans der Antihelden, die zugleich Täter und Opfer sind. Er berichtet ihre Geschichte, zeigt ihre Perspektive und die finale Ausweglosigkeit ihres Handelns. Am Ende zermalmt sie die Katastrophe, die sie selbst heraufbeschworen haben.

Aussteigen – Light!

Ein familientauglicher Ratgeber wie man mit
wenig Geld komfortabel lebt

von **Andreas N. Graf**

ISBN: 978-3-7386-5305-2
188 Seiten

Preis: Taschenbuch 11,90€ oder als E-Book: 3,99€

Gut leben mit sehr wenig Geld? Geht das? Klar doch!
Es ist möglich und gar nicht mal so schwer, wenn man
weiß, wie.
Dieses Büchlein zeigt anhand der alltäglichen
Lebenspraxis einer vierköpfigen Familie, wie man es
machen kann.
Ein witziger Ratgeber für alle, die sanft aussteigen
wollen!
Ein Buch für
...Faulpelze und Philosophen.
...für Menschen, die weniger arbeiten und mehr spielen
wollen.
...für Ungeduldige, die ihren Ruhestand nicht erwarten
können.
...für Querdenker, die sich nicht unterordnen wollen.
...für Leute, die nicht viel vom Geldverdienen halten.

...für jeden, der mit wenig, sehr wenig Knete, gut leben
möchte.

Gebrauchte Häuser kaufen und für (fast) lau herrichten

Ein Ratgeber für erfolgreichen Immobilienerwerb und – renovierung mit kleinem Geldbeutel

von **Andreas N. Graf**

ISBN: 978-3-7392-1890-8
171 Seiten

Preis: Taschenbuch 11,90€ oder als E-Book: 4,99€

Viele Menschen träumen vom eigenen Heim. Aber vier Wände und ein Dach darauf genügen den meisten verständlicherweise nicht. Es soll ein hergerichtetes Häuslein in guter Stadt(-rand)-lage sein - und das am besten zum unschlagbaren Schnäppchenpreis. Diese irrealen Träumereien wird auch dieses Buch nicht wahr machen können – das will es auch gar nicht. Was es will, ist, zu zeigen, wie man mit extrem schmalen Budget zu einem passenden Haus in vernünftiger Lage kommen und wie man dieses wohnlich und komfortabel machen kann. Der Trick ist, sich von konventionellen Denk- und Handlungsmustern abzuwenden und neue, d.h. alte, traditionelle Wege zu beschreiten. Die wichtigsten Begleiter dabei sind ein gesunder Menschenverstand, Bescheidenheit und der Mut, sich seines eigenen Verstandes zu bedienen. Vom Finden eines (wirklich) geeigneten Objekts bis zu Fragen des Heizens und Lüftens werden etliche zentrale Fragen rund um das Kaufen und Instandsetzen einer gebrauchten Immobilie behandelt.

Von der Hausgeburt bis zum Homeschooling

Praktische Rat- und Rundschläge für die
artgerechte Erziehung menschlicher Kinder

von **Sybille** und **Andreas N. Graf**

ISBN: 978-3-7460-1635-1
176 Seiten

Preis: Taschenbuch 9,90€ oder als E-Book: 5,49€

Dieses Büchlein beschäftigt sich mit allen möglichen
und unmöglichen Fragen rund um das Thema des
Nachwuchs und seiner Erziehung. Neben
Schwangerschaft, Hausgeburt und der Einrichtung des
Kinderzimmers werden auch viele allzu menschliche
Probleme wie das Zahnen, Homeschooling, häusliche
Disziplin, das Lesenlernen u.v.m. besprochen. Leicht
geschrieben, teilen Sibylle und Andreas ihre alltäglichen
Erfahrungen, immer schonungslos ehrlich und manchmal
hoffnungslos amüsant.

Pan

Die Götter Amerikas I

von **Aaron Toth**

ISBN: 978-3-8448-1276-8
158 Seiten

Preis: Taschenbuch 7,90€ oder als E-Book: 3,99€

Paul Newfield, ein gefeierter Bildhauer und Soziopath, lebt zurückgezogen in einer Hütte irgendwo in den Catskill Mountains. Eines Tages taucht Amanda Burden, eine junge New Yorker Kunststudentin, wie aus dem Nichts bei ihm auf und bringt sein ruhiges Leben völlig aus der Bahn. Eine romantische Affäre entwickelt sich, die beide an den Rand ihrer Kräfte und Möglichkeiten führt. Zwischen dem Einsiedler und der Studentin stehen Welten, die unvereinbar scheinen. Für die beiden gibt es nur einen Weg, ihre inneren Dämonen zu überwinden und einander zu erlösen – doch der Preis ist tödlich.

LOCUSTA

Der Gesang der Entstehung

von **Marcus Caracalla**

ISBN: 978-3751936842

Preis: Taschenbuch 15,90€ oder als E-Book: 7,99€

Der Roman verfolgt den Werdegang von Locusta, der berühmtesten Giftmischerin aller Zeiten. Geboren als gallische Sklavin im Norden des römischen Imperiums findet sie sich bald verstrickt in die Intrigen und Machtkämpfe des jungen Kaiserreichs. Tiberius, Caligula, Seian, Messalina und Claudius nutzen ihre tödlichen Künste, bis sie ihnen selbst zum Opfer fallen. Locusta steht dem um sie wirbelndem Chaos von Meuchelmord und Verrat als stiller Pol gegenüber, unfähig aus der passiven Rolle des Werkzeugs herauszutreten und gefangen in einer inneren Welt, in der die Grenzen von Traum und Wirklichkeit verschwimmen.